新　潮　文　庫

龍ノ国幻想１

神　欺　く　皇　子

三　川　み　り　著

新　潮　社　版

目次

龍ノ国幻想

主な登場人物紹介

——龍が眠る央大地《ひさし》。その上にある国、龍ノ原《たつはら》では、女は龍の声を聞く能力を持つ。
生まれながらにその力を持たない「遊子《ゆうし》」は命を奪われる。
一方、女にしか聞こえない龍の声を聞く能力を持つ男は
禍皇子《まがつ》として処刑される定め——。

日織皇子《ひおりのみこ》 二十七歳

龍の住む国、龍ノ原に生まれ育つ。
遊子ゆえに殺された最愛の姉の復讐を
果たすことを心に誓う。実は女の身を隠し、
国を変えるため、次期皇位を目指す。

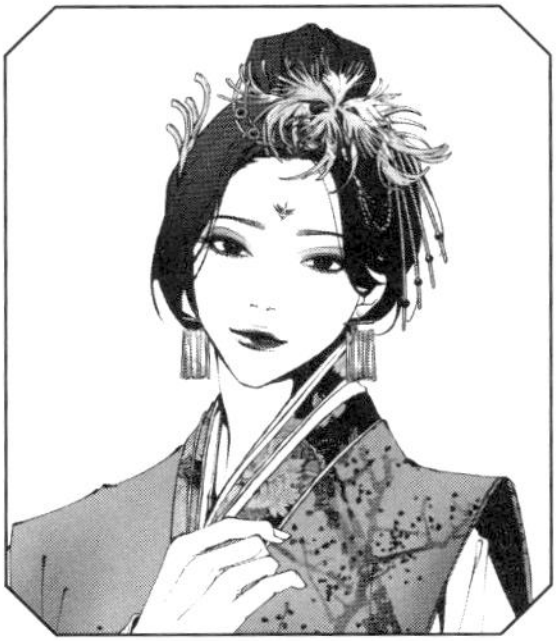

悠《はる》花《はなの》皇女《ひめみこ》 十九歳

先代皇尊《すめらみこと》の唯一の子。
病弱な身体を案じ日織に託された、
美しく利発な二人目の妻。

月《つき》白《しろ》媛《ひめ》 十六歳

日織の遠縁にあたり、
二年前に日織の妻となる。
まだ幼さを残し、無邪気に日織を慕う。

空《うつ》露《つゆ》 三十六歳

祈社《きしや》に所属する高位の神職を務める。
幼い頃から日織の教育係として傍らで支え、
「秘密」も知る側近。

山《やま》篠皇《しののみ》子《こ》 五十四歳

不津の父であり、日織の叔父にあたる。
皇位を競う一人。

居《い》鹿《しか》 十四歳

遊子の媛。祈社に預けられ暮らすなか、
悠花を慕って度々遊びに訪れる。

不《ふ》津王《つのおおきみ》 三十九歳

先代皇尊の甥。伯父亡き後、
皇尊の御位を狙う、日織にとって宿敵《ライバル》。

央大地の図
（一原八洲）

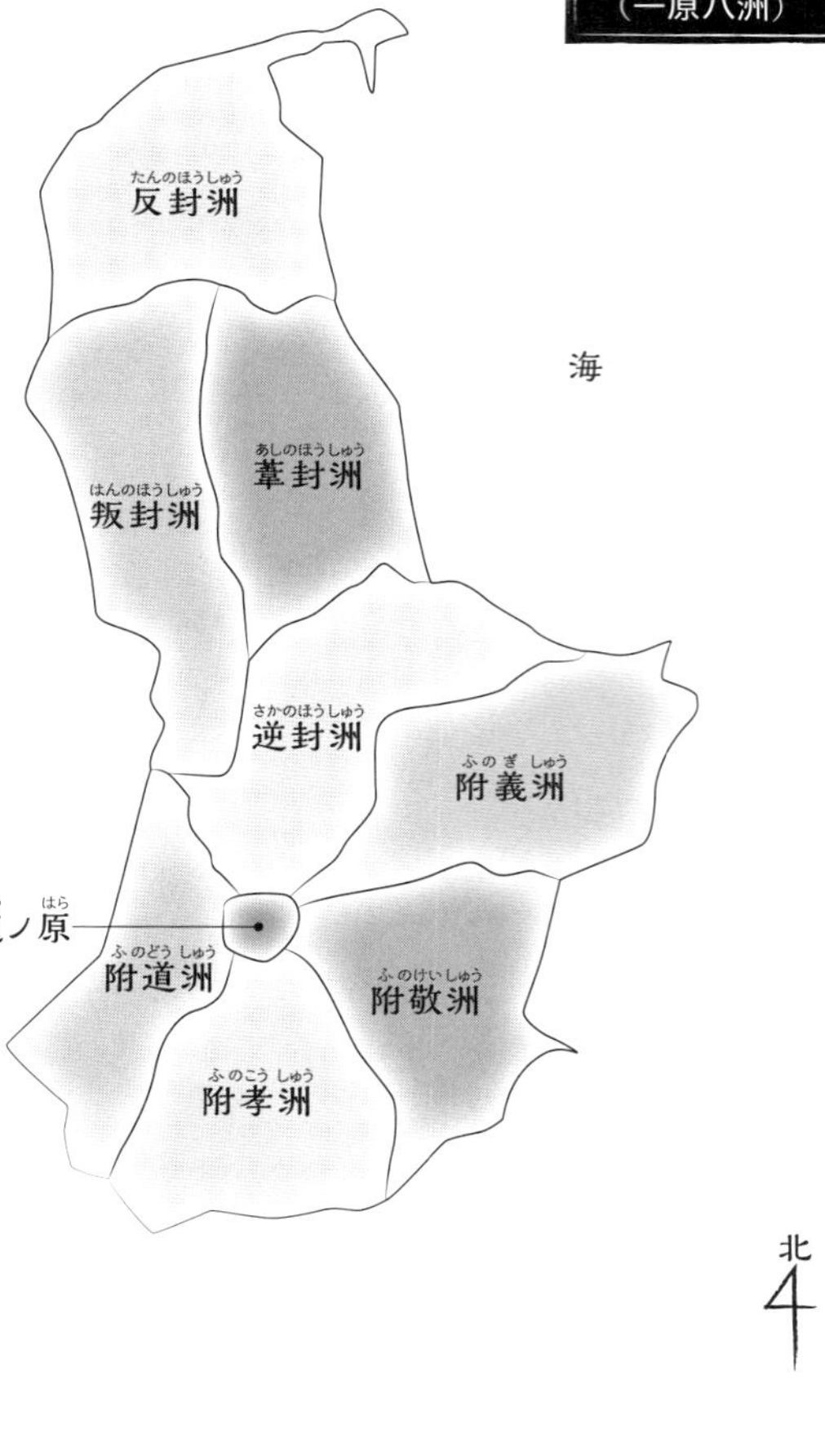

反封洲《たんのほうしゅう》
海
葦封洲《あしのほうしゅう》
叛封洲《はんのほうしゅう》
逆封洲《さかのほうしゅう》
附義洲《ふのぎしゅう》
龍《たつ》ノ原《はら》
附道洲《ふのどうしゅう》
附敬洲《ふのけいしゅう》
附孝洲《ふのこうしゅう》
北

龍ノ原図

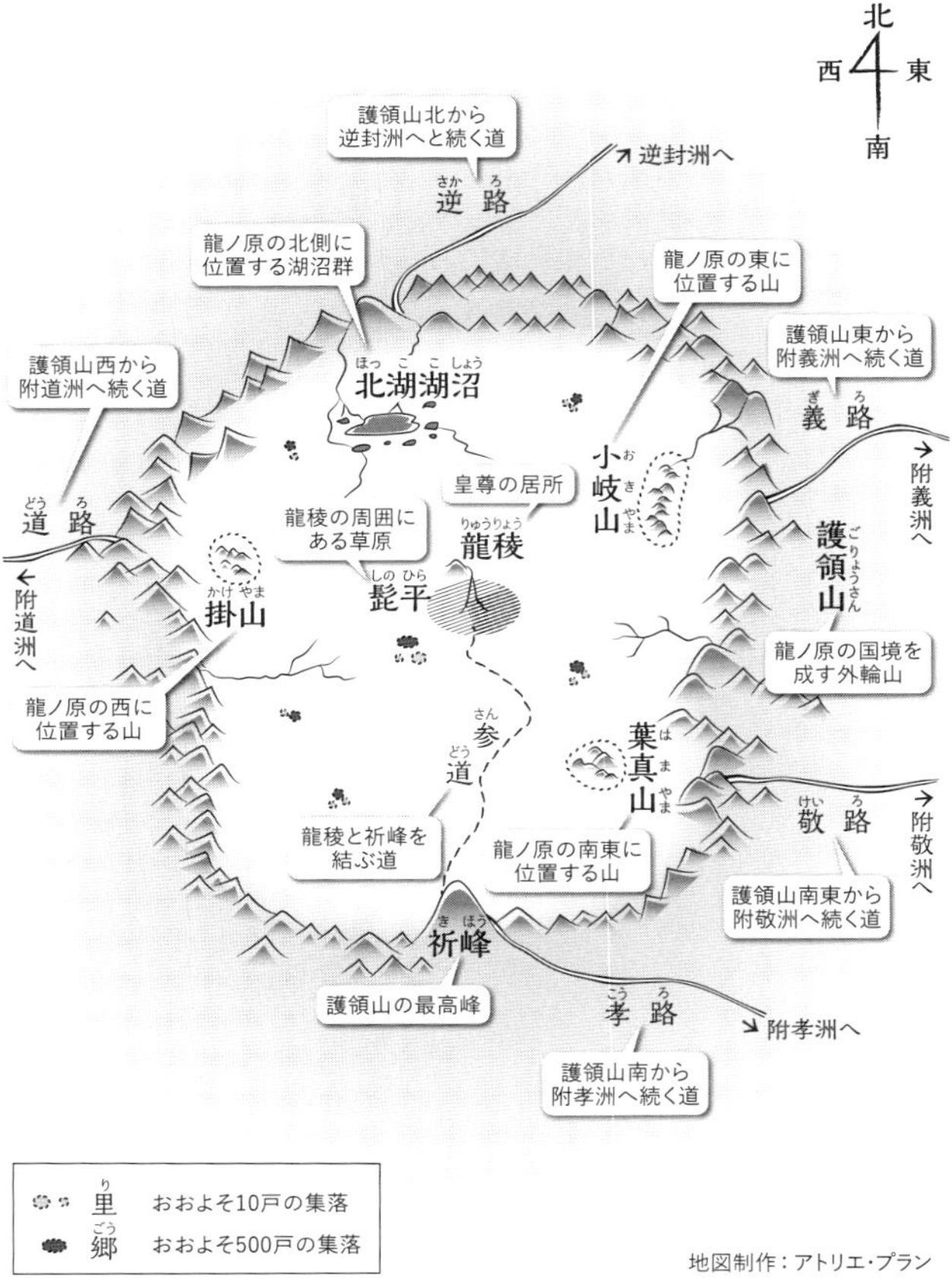

※里や郷は龍ノ原中に点在している。

地図制作：アトリエ・プラン

龍《たつ》ノ原《はら》には海がない。

それは五つの国々――五洲と国境《くにざかい》を接し囲まれているからだ。

央大地《ひさしだいち》は一原八洲《いちげんはつしゅう》と呼ばれ、あわせて九つの国で成る。一原とは龍ノ原のこと。八洲とは、龍ノ原に隣接する五洲と、その他の三洲を指す。

龍ノ原以外の八洲は全《すべ》て海に面した国々だ。

逆に、龍ノ原にはいて、八洲にはいない生き物がいる。

龍《りゅう》だ。

龍ノ原は龍の住む国だ。

龍ノ国幻想 1

神欺く皇子《かみあざむくみこ》

序章

——お姉様の好きな、花を贈ろう。

その思いつきは吾《われ》ながら良い考えだった。

七つだった日織《ひおり》は、その思いつきに夢中になった。

姉の宇預《うよ》は十四歳になり、龍《たつ》ノ原《はら》を出る定めの年齢。それは知っていたが、いざ龍ノ原を出ることが決まったと聞かされたとき、哀《かな》しくて涙がこぼれてしまった。

「わたしは龍ノ原を出て幸せになるのだから、泣かないで」と、宇預は、泣きだした日織を抱きしめてくれた。

宇預が幸せになるのは嬉《うれ》しい。

けれど龍ノ原を出たら宇預は二度と戻れないし、日織が会いに行くこともできない。

永遠の別れになる。その別れの日に、宇預に喜んでもらえる贈り物をしたかったのだ。

別れのその日。

日織は早朝から森に入り、たくさんの笹百合《ささゆり》を摘んだ。ほっそりとして薄紅の慎《つつ》ましやかな花をつける笹百合は、姉、宇預の印象そのものだった。

花摘みに没頭し、時の経《た》つのも忘れていた。汗ばんだ額を拭《ぬぐ》い、やけに暑いと思って空を見上げてはっとした。夏の力強い光を放つ太陽が、かなり高い位置に昇っていた。

「しまった」

慌《あわ》てて宮に戻ると、教育係の空露《うつつゆ》が焦《あせ》ったように怖い顔をして駆け寄ってきた。そして「宇預様はもう出発してしまいました」と、告げたのだ。日織は空露に泣きついて馬を出してもらい、彼に手綱をとらせて宇預の後を追った。

宇預は輿《こし》に乗って出発すると聞いていたから、馬ならば必ず追いつける。

龍ノ原から、八洲のいずれの国に出るにしても、必ず龍ノ原を囲む外輪山を越えなければならない。

細くくねった山道の両脇《りょうわき》には、怖いほどに勢いのある木々の緑。蟬《せみ》がやかましく鳴いている。幾重にも重なった木の葉で日射《ひざ》しは遮られているのに、その日は湿気が多く、山中はむっとした暑さだった。

暑さで、笹百合がしおれてしまうのが心配だった。両手いっぱいになるほど摘み取り、細い麻縄で束にした。それを馬体と膝《ひざ》で挟んで支え、「しおれないで」と、そればかり願っていた。

そろそろ峠かと思われる場所で、突如、空露が馬を止めた。

「どうした、空露」

彼の視線を追って前方に目をやると、細い道の脇に板葺《いたぶき》屋根の輿が放置されていた。黒い塗りを施してあるが、装飾のない質素なもの。宇預が乗って出発した輿に違いない。

ただ周囲を見回しても、輿を担《かつ》ぐ人足の姿も宇預の姿もない。人の気配はない。

ゆっくりと輿に馬を近づけた空露は、鞍《くら》から下りる。その顔は緊張していた。

「日織。周囲を見てきます。ここにいて下さい」

馬を近くにあった槻《つき》の木に繋《つな》ぐと、空露は道をそれて熊笹《くまざさ》や橡《つるばみ》の幼木が茂る道の脇へと入っていく。先は窪地《くぼち》になっているようで、その辺りはひどく踏み荒らされている。

笹百合を両手で抱え、日織も馬を下りて輿に近づく。輿の中には、領巾《ひれ》と櫛《くし》が残されている。宇預の持ちものに間違いない。不安を覚え、怖くなった。

そのとき窪地の方から、空露が小さく呻《うめ》く声が聞こえた。

「空露？」

道の脇へ数歩踏みこむと、鋭い声が返ってきた。

「こちらに来ては駄目です！」

来るなと言われたが、何がそこにあるのかを知らなければ、もっと怖くなりそうだった。笹百合を抱えたまま、空露の声がした窪地へ走る。

ゆるい斜面に生えた夏草を滑り下りると、空露の後ろ姿があった。窪地は、乾上《ひあ》がった池の跡なのか、地面は不愉快な湿り気を含んでいた。

「空露。何があった⁉」

窪地に降り、空露の方へ駆ける日織をふり返り、彼は焦ったように怒鳴る。

「見てはならない、日織！」

空露は日織に駆け寄り、体を抱いて押しとどめ、手で日織の目を覆《おお》う。目の前にあるものを見せまいとしたらしいが、遅かった。

日織は、窪地の真ん中にうち捨てられたものを見てしまっていた。

抱えていた笹百合が足もとに落ちる。その拍子に細い麻縄が切れ、笹百合はばらけてしまう。

日織の目を覆う、空露の手が震えている。

窪地の真ん中に転がっていたのは、姉、宇預の亡骸《なきがら》だった。それが亡骸だとひと目で分かったのは、彼女の首が胴から切り離されていたからだ。

余りの衝撃に、哀しいとか怖いとか、可哀相《かわいそう》だとか、そんな感情が咄嗟《とっさ》に湧《わ》いてこなかった。呆然《ぼうぜん》としていた。

ただひたすら、なぜ？　と思った。なぜ宇預が死んでいるのだろうか、と。

膝が震えた。突然、金切り声が自分の口から飛び出す。

「日織！　落ち着いて」

空露が叫ぶ。しかし金切り声が止まらない。頭の芯《しん》は空白で、何も考えられないのに、思考とは切り離された体が何かを拒絶するように金切り声を発している。止まらない。

雑木林の奥のほうから、ぶわっと涼しい風が吹きつけてきた。

凄《すさ》まじい速さで、木々の隙間《すきま》をうねり、抜け、飛んでくるものの気配。

風圧で、日織を抱えたまま空露が地面に倒れると、目を覆っていた手が離れる。

仰向けに転がった衝撃で背中を打ち、息が詰まり、金切り声が止まった。日織の目は、木々が途切れた空へ向かって、銀色の鱗《うろこ》に鋭い輝きを反射させながら、身をくねらせ昇っていく生き物の姿を捕らえた。一抱えはある、まるまるとした胴体と、空をかき分けるように左右に動く長い尾。ぬめるような光沢のある、八十一枚の鱗に覆われた銀の腹。

龍《りゅう》だった。龍ノ原にだけ住まう生き物。神の眷属《けんぞく》。

遠い山上に、あるいは遠い平地の空を、身をくねらせ飛ぶ姿を見たことはあったが、これほど近くで見たのは初めてだった。

樹皮を削り取ったような香りが、龍の巻き起こす風に含まれていた。風と香りが頬を打つ。

蒼天《そうてん》へ、龍は昇っていく。あっという間だった。

耳がじんじん痺《しび》れているのは、自分の悲鳴の余韻だ。

「なんで」

吾知らず呟《つぶや》いていた。

なぜ今、現れた？

宇預の身に起こったことと、何か関係があるのか？

何が起こったのか？

たくさんのことを龍に訊《き》きたい。神の眷属なのだから、たいがいのことは知っているだろう。

日織の一族の女たちは皆、龍の声を聞くことができる。もし日織にも同じ能力があれば、飛び去った龍の声が聞こえて、日織の疑問に、多少なりとも答えが得られたのかもしれない。

だが、日織には龍の声が聞こえない。

宇預にも聞こえなかった。

日織と宇預は、当たり前のものを、もたずに生まれてしまっていた。宇預が龍ノ原を出なければならなかったのも、そのためだった。

消え去る龍の姿が非情に思えた。

こちらに目もくれず飛び去った姿は、これが定めだとでも言いたげで。神の眷属は、宇預や日織のような『もたざる者』を、不要と斬《き》り捨てていくのだろうか。

涙が頰を伝った。

哀しみのせいでも、怖さのせいでもなかった。純粋な怒りだった。

宇預の亡骸が山中に打ち捨てられ、その上を、気にもとめずに飛び去った神の眷属が憎らしかった。神に怒りを抱くなど不遜《ふそん》この上ない。ただ七つの日織には、神に対する畏怖《いふ》が育ちきっていなかった。畏怖が育つ前に怒りを抱いた。

相手が神であろうが、理不尽さに屈するのが悔しい。

認めるものか、と胸の内で呻く。これが定めと言われても、認めたくない。

これが定めと飛び去るならば、自分はその定めに逆らってやりたかった。定めに屈するのは、宇預の死を「当然」と受けとめるのと同じ気がした。

当然と考えるのは、彼女に対する侮辱だ。宇預は死んで当然ではない。

宇預の死の事実を認めたくないかのように、強く、定めに抗《あらが》いたくなる。

散らばる笹百合は、しおれてしまっていた。

一章　美しき新妻、悠花《はるはな》

一

　そぼ降る雨の中、日織《ひおり》は鹿毛《かげ》馬の手綱を握っていた。

　銀灰色の雨除《あまよ》けの皮衣《かわごろも》を羽織っていたが、それだけで雨は防ぎきれるものではなく、衣《きぬ》の袖《そで》や白袴《しろばかま》の裾《すそ》は水気を含んで重い。まつげの水滴をまばたきで落とし、馬上から、ぬかるむ道の周囲へ視線を向けた。

　草木は雨粒に打たれ疲れ、項垂《うなだ》れていた。

　すでに初夏と呼べる季節だったが、道端の、彩《いろど》り鮮やかなはずの草花の蕾《つぼみ》は開く気配がない。唯一《ゆいいつ》咲いているのは山際《やまぎわ》に自生する白い雪笹《ゆきざさ》のみ。それは薄暗い景色に色を添えるというよりも、もの寂しさを助長する。

（花も喪に服すか）

当然だろう。龍ノ原《たつのはら》を支配する皇尊《すめらみこと》が崩御したのだから。

崩御の日から雨は降り続き、既に十日だ。新たな皇尊が即位するまで雨は必ず続く。これを殯雨《もがりあめ》と呼ぶ。皇尊の崩御と即位は、央大地《ひさしだいち》が大海に浮かびあがった神代《かみよ》から今まで、何十代も繰り返されてきたが例外はない。

道の先に、白木の四本柱で支えられた檜皮葺《ひわだぶき》の門が見えた。そこを潜《くぐ》ると、邸《やしき》の舎人《とねり》が現れて日織の馬の轡《くつわ》を取る。

「しばらくぶりですね、日織皇子《ひおりのみこ》様」

「たった五日だよ」

馬を下りながら苦笑して答えると、皺《しわ》深い目もとを和ませた舎人は肩をすくめた。

「たった五日も、うちの媛《ひめ》様には百日にも思えるらしいですよ。毎朝毎夕、日織皇子様の姿は見えないかと門を覗《のぞ》きに……」

「日織様！」

少女の声が聞こえた。日織と舎人は同時にふり返り、牝鹿《めじか》のようにほっそりとした少女が雨の中へ駆け出て、泥をはね散らしながらこちらに向かって来るのを認めた。

「ほらね。お待ちかねだったんです」

舎人は笑いを噛《か》み殺しながら言うと、馬の轡を引いてその場を離れる。

「日織様！　来てくださったのね」

少女は日織の首に飛びつき、しがみつく。

髪は頭上《ずじょう》二髻《に けい》に結い、花をかたどった珊瑚《さんご》の釵子《さいし》を挿す。可愛《かわい》らしい口もとの左右に、小さな星を描いた靨鈿《ようでん》。背子《はいし》は鮮やかな鴨羽色《かものはいろ》に、纈《ゆはた》裙《のも》は真朱《しんしゅ》。領巾《ひれ》はどこかに放り出してきたのか纏《まと》っていない。彼女の装《よそお》いはいつも、潑剌《はつらつ》として幼い印象だった。

笑うと片えくぼが出て、それがまた子どもっぽい。

「こら、濡《ぬ》れて風邪をひくよ。月白《つきしろ》」

雨粒を気にもとめずに、嬉《うれ》しさを隠せない明るい笑顔を向けてくれる無邪気な様子を見ると、日織はいつもほっとするのだ。庭に咲いた、明るい花の色を見るのに似た気持ちになる。

彼女は日織の妻で、名を月白という。

「もう濡れてます。風邪なんかひきません。寂しかったんです、日織様」

「たった五日じゃないか。甘えん坊だね。十六にもなって」

「だって日織様が、皇尊の候補に挙がったと聞いたんですもの。考えてみたら当然なのだけど。でもそれを知ったら心配になって。日織様はわたしを置いて、もう龍稜《りゅうりょう》へ入ってしまわれたのかもって」

「行くのは二日後だ。しかも、あなたも連れて行く予定だよ、月白」

「一緒に行けるのですか!?　嬉しい！」

月白の乳母《めのと》の大路《おおち》が、領巾を手にして追って来る。夫にじゃれつく月白に、大路は呆《あき》れた顔をしながらも、無邪気さに毒気を抜かれた苦笑いだ。

「お二人ともずぶ濡れになりますわよ。中へお入り下さいまし」

「大路の言うとおり。中へ行こう、月白」

抱きついて離れない月白の腰を抱えるようにして一歩踏み出したそのとき、遠雷に似た音が響き、冷たい風がふっと頭上から降ってきた。

見上げると雨粒を降らせ続けている雲の中に、白銀の鱗《うろこ》で被《おお》われた、なめらかに丸い胴の一部が見えた。龍の腹だ。灰色の濃淡がいりまじる雨雲の中を、ひときわ目立つ白さで龍が泳いでいる。日織の身長の十倍はあろうか。その大きさならば年齢は百歳を越えているはず。

「龍の声は、なにか聞こえるか？」

日織が問うと、大路が眉根《まゆね》を寄せて空を見ながら言う。

「あの龍は不機嫌そうですね。ねぇ、月白様」

月白も、ゆっくり動く龍の腹を目で追っていた。

「ええ、とても。唸《うな》り声？」

「はい。わたしにも声ではなく、ただ唸り声に聞こえます。不安げな」

「当然かもしれないな」

日織は呟《つぶや》く。

「皇尊が不在なのだから」

皇尊不在の期間は雨が止《や》まず、空位の期間が長引けば長引くほど雨は激しさを増す。

皇尊選定に手間取っていると、そのうち大水害が発生する。

崩御から数えて四十日を過ぎれば、雨で大地がふくらみはじめ、八十一日以上過ぎれば、稲田や建物が流され、山肌がずるずると滑り落ちて崩れ出す。それと同時に殯雨は、龍ノ原のみならず、隣接の五洲にまで降りはじめる。

さらに皇尊の不在が年単位におよべば、龍ノ原は水没し、八洲も水に襲われる。四年を過ぎると、央大地の下に眠っている地大神《ちのおおかみ》、地龍《ちりゅう》が目覚め、大地鳴動し、一原《いちげん》八洲《はっしゅう》の九つの国がある大地は海に没すると言われている。

地大神、地龍は元来荒ぶる神、荒魂《あらみたま》だ。それを眠らせ鎮《しず》めるのが、龍ノ原の皇尊の役割。その荒ぶる神を鎮める者がいなければどうなるか、ということだった。

（はやく皇尊が即位しなければ）

神代から今まで、最も長い皇尊の不在期間は一年。龍ノ原の正史『原紀《げんき》』にも記されている三百年前のことだったが、そのときには龍ノ原の半分が水に沈み、民の三分の二が命を落とした。隣接五洲でも殯雨により川があふれ、人が多く流されたという。そのため龍ノ原の民ばかりでなく、隣接の五洲の民も、皇尊の一日も早い即位を望む。

雲の流れに逆らうように泳ぐ白銀の腹が、ひときわ濃い雲の中へと潜って消える。龍を見送った日織は、大路に促され、月白とともに正殿へと入ると皮衣を脱いだ。皮衣の下にあった衣ですら、襟や袖はかなりの水気を含んで絞れるほどだった。

開いたままの枢戸《くるるど》と、押しあげてある半蔀《はじとみ》からは湿った風がさかんに吹きこんでいた。月白は濡れた日織が冷えないように配慮して母屋《もや》の奥へと導き、乾いた布で背中や肩や腕を丹念に拭《ふ》いてくれる。まめまめしい様子は、人の世話に慣れない若妻が夫に風邪をひかせまいと一生懸命になっている、不器用で可愛らしい真剣さだった。

「日織様、随分濡れてる。可哀相《かわいそう》」

「仕方ないね。殯雨だもの」

「仕方ないじゃ、すまないわ。お風邪をめされたら大変だもの。もう少しご自分のことに気を遣ってほしいわ」

「おや、怒られてしまった。怖い妻だな」

「もう」

軽くぶつそぶりをした月白と目があい、自然と微笑《ほほえ》みあう。月白は手を止めると目を閉じ、顔を寄せた。その頬に手を添えて軽く口づけると、紅の香りが日織の唇に微《かす》かに移る。

月白は頰を染め、満足したようにはにかんだ笑みを口もとに浮かべながら、またせっせと手を動かす。

（こんなことでしか、慰めてやれない）

心通わすための触れあいだからこそ、いつも心にある後ろめたさが首をもたげる。

ただ月白は、それで満足しているらしかった。逆にそれ以上のことなど望んでいないようなので、年齢のわりに彼女は幼いのかもしれない。

月白は、日織の祖父の妹皇女《ひめみこ》の家系だ。回り回れば血は繫《つな》がっているが、その存在は知らなかった。年齢的に妻を娶《めと》らざるを得なくなったとき、教育係の空露《うつつゆ》が探し出してきたのだ。日織の妻になるのに、ぴったりの媛がいると。

月白は「男は嫌だ」と言い張り、自分の父でさえ毛嫌いするらしい。人前に出るのも好まず、乳母とばかり過ごしたがる。

これではとうてい誰の妻にもなれないと、両親は頭を抱えていたという。

だからこそ空露は、月白が日織の妻に相応《ふさわ》しいと考えたのだ。

会ってみると、月白はひと目で日織が気に入ったらしかった。日織は他の男とは雰囲気が違い中性的で、ひ弱ととられかねない様子なのだが、それが逆に良かったのだろう。

空露は、「月白様は、男という生き物に嫌悪感《けんおかん》がある。日織ならば大丈夫」と言っていたが、その読みの通りだった。

月白が妻となって二年が経《た》つ。

結婚前には不安に思ったが、意外にも仲良くやれていた。

「日織様と龍稜に入れるの、嬉しい。日織様はいつ即位なさるの？」

「わたしは、次期皇尊の候補に挙がっているというだけだ。他に二人の候補がいる。まだ、わたしと決まったわけではないよ。それを決めるために、二日後、龍稜に入るように言われているんだ」

「でも日織様が一番だわ、きっと。日織様が皇尊になられるはずだわ」

無邪気に決めつけると、はしゃいだ声で続ける。

「龍稜に入れば、お近くに寝起きできるんでしょう？　どうせなら一緒に寝起きできればいいのに。二人きりで過ごす時間がもっと多くなるのに」

「月白とわたしが、一つ所に寝起きするのは無理だろう」

「あら、どうして？」

日織は月白に座るように促し、自分も藁蓋《わろうだ》にあぐらをかく。月白は、きょとんとした顔をしている。

「わたしは、これからもう一人妻を娶ることになる。その知らせもかねて、会いに来た」

「……え？　妻？……」

言葉の意味を飲みこみかねるように、月白は繰り返した。

「知らないか？　皇尊が崩御されるときのことを。随分知れ渡っているのだが」

月白は、首を横に振る。

「皇尊が崩御される直前、わたしは、皇尊の病床に呼ばれたんだよ」

ことの起こりは十二日前。日織は、病に臥《ふ》している皇尊に呼ばれた。

もう長くはないだろうと噂《うわさ》されていたので、そのような状態のときに、なぜ自分が病床にまで呼ばれるのか不可解に思った。皇尊は日織の叔父に当たるが、さして親しかったわけではなく、祭礼や宴で挨拶《あいさつ》する程度の間柄だったのだ。

ただ、日織が叔父皇尊に対して常々抱いていた印象は悪くなかった。優しげな、おっとりとした人柄が表情に出ている、常に微笑んでいる人だったから。

病床を訪ねて日織が目にした皇尊は、痩《や》せ衰え、青黒い顔の中で、潤《うる》み濡れた目ばかりが異様に目立った。死の予感に怯《おび》え、体を蝕《むしば》む苦痛をこらえ、体面も礼儀も考える余裕などなく、ただ自分の不安にばかり支配されていた。

痛々しいほど衰弱していた皇尊は、日織の手を握り懇々と願った。

自分が亡《な》き後、一人娘の悠花皇女が心配でたまらないのだと。悠花にはすでに母もなく、頼れる兄弟姉妹もおらず、父である自分が死ねば寄る辺がない。どうか日織の妻にして、生涯護《まも》って欲しいと。

皇尊の手は、骨と皮ばかりで皮膚はかさかさに乾いていたが、衰えた体の中で何かが燃えさかっているかのようにひどく熱かった。

その場には神職である大祇《おおぎ》、太政大臣《おおまつりのおとど》や、左右の大臣たちもいて、皇尊の言葉を聞いていた。

日織は、月白の他に妻をもつ気はなかった。そもそも日織は、妻を娶ることに罪悪感を抱いている。また妻となる女性も、月白も、双方とも可哀相な思いをするのは目に見えていたからだ。

だが、この時ばかりは「お約束します」と答えた。

「皇尊の願いを無下にはできない。心配のお気持ちも痛いほどわかる。だから悠花を娶ると承知した。今日中には、悠花に会いに行き正式に妻とするつもりだ。明日には、悠花はわたしの妻だ。だから龍稜へは悠花も一緒に連れて行く。月白も仲良く……」

言葉が途切れた。月白が日織を見つめ、ぽろぽろ涙を流しているのに気がついた。

「月白」

「日織様は、悠花様の夫になってしまわれるの？」

「そうだけれど。月白の夫であることに変わりはない」

「わたしだけの日織様では、なくなるの？」

その問いに胸が痛む。

（月白が哀《かな》しむだろうことは、わかっていた）

月白は日織を愛しているし、その愛情がいっそ幼いほどに純粋一途《いちず》で、夫を自分だけのものだと思いたい、少女らしい独占欲を内包しているのも知っていた。

それでも承知したのは、悠花を娶れば、それが後々日織の有利に働くからだった。日織には、二十年前から抱く不遜《ふそん》な望みがある。そのためには仕方なかった。

(来るかどうかもわからぬままに、待ち続けた機会だ。それが来た。この機会を逸してはならないのだから)

そのかわり日織は、月白も、まだ会ったことのない悠花も、二人とも同様に生涯をかけて大切に護ろうと心に決めている。

月白を抱き寄せてやると、彼女は甘え、日織の衣の胸に額をこすりつけた。

「なにも変わらないよ。心配するな」

「でも、……嫌」

「我慢して」

今一度口づけて、月白を宥《なだ》めた。

(罪なことをするものだ、吾《われ》ながら)

こうやって心から可哀相だと思い、大切にしたいと思う気持ちは本心だ。だが日織が抱える秘密がある限りは、日織が妻たちに心の内を全《すべ》てさらけ出すことはない。

日織は物心つく前から、秘密を抱えて生きる運命。

ときどき自分でも嫌になるが、割り切る必要があるのだ。

それからしばらく月白は泣きやまなかったが、段々と落ち着きを取り戻し、辺りが薄暗くなる頃にはようやく機嫌が直ったらしく笑顔を見せた。それを見計らったように、空露が日織を迎えに来た。


雨雲が常に龍ノ原を覆《おお》っているので、夕暮れ時ながら辺りはひどく暗かった。灰色に煙る景色の奥に、薄墨で描いたような連山の威容がある。その連山は護領山《ごりょうさん》と呼ばれ、龍ノ原をぐるりと取り囲み国境《くにざかい》を成す。日織の見つめる視線の先には、ひときわ高い峰が屹立《きつりつ》していた。護領山で最も高いその峰は祈峰《きほう》という名をもつ。四季を通して濃い緑を失わないその峰へ向け、日織は馬を進めている。

「憂鬱《ゆううつ》になるな」

濡れながら呟いた日織の声を聞きとがめ、青毛馬を並べて歩いていた空露が淡々と、しかしいくぶん諭すような口調で言う。

「悠花様を娶ることがですか？　弱気は口になさいますな」

「殯雨の話だ。深い意味はないよ」

誤魔化したが、実際、悠花を娶ることによって、月白と悠花二人ともに可哀相な思いをさせるのは気が重い。

（彼女たちを哀しませたくない）

人として接するとき、日織は男性よりも女性が好きだ。女性の中で育ったので、彼女たちの優しさや柔らかさ、強《したた》かさや面白さは、なじみ深くて落ち着く。男という生き物は、どうしても父を連想してしまう。だからだろうか。男性全てに対して、理解できない考えで動く強引な生き物という印象をぬぐえない。

幼い頃から唯一身近にいた男性は教育係の空露だが、彼は神職。他の男性たちと、どこか佇《たたず》まいが違う。

「娶ってすむのなら、娶りなさい。悠花様を妻として損はありません。先代の皇尊が、皇女を預けるほどに信頼されたとなれば、我々の望みを果たすのに有利です」

見透かされているらしい。かなわないなと、日織は首をすくめた。

「お見通しか」

空露は護領山山中にある、地大神とその眷属《けんぞく》である龍を祀《まつ》る社、祈社《きしゃ》に所属し、護領《ごりよう》衆《しゆう》を務めている神職だ。

護領衆の空露は髷《まげ》を結わない。髪を肩で切りそろえ、衣も袴《はかま》も黒一色だ。

「日織に覚悟があるのはわかっています。ただあなたは、全ての女性に宇預《うよ》様の面影を重ねてしまいがちだ。それでは身動きが出来なくなります。冷静におなりなさい」

「月白の時も、同じようなことを言われたな。ただ全てを知っていて、わたしに妻を娶れと言うおまえは大したものだ。面影云々《うんぬん》というよりも、彼女たちに申し訳ないと思うのは当然だろうが、おまえは平然としている。神職ならではか？」

嫌味半分、感心半分に言うと、空露は柔和に微笑する。

「わたしも、ようやく神職らしくなったようで、なによりです」

「面《つら》の皮が厚い」

「お褒めにあずかり光栄です」

「うん。褒めてはないがな」

日織は苦い顔をする。空露は平然と前を見ていた。

務めが長くなればなる程、神職は泰然とするものだ。空露は少年の頃から護領衆を務めているので、神職となって既に三十年近くは経っていた。

日織が向かっているのは、空露が所属している護領山の祈社。

今、悠花がそこに身を寄せている現実を考えると、亡き皇尊が娘の行く末を案じ、病床に日織を呼んでまで約束を取りつけたのは、杞憂《きゆう》とばかりは言えない。

皇女であろうとも後ろ盾がなければ生きられないのは、女には宮の一つも地領の一つも与えられないからだ。悠花も父の崩御とともに皇尊の住まいを出たが住む場所が定まらず、祈社に仮住まいしている。

祈社は、護領山中で最も高い峰、祈峰の中腹を段々に切り拓《ひら》いて造られていた。高床で白木の建物が、針葉樹の深い森の中にあちらに一つ、こちらに一つと点在し、それらは回廊で繫がっていた。祈社の周囲には龍も頻繁に現れるという。

大気が凝り《こご》空の一点で玉のような湧《わ》き立つ雲の群れになり、その中から龍は生まれる。生まれ出た龍は空にあふれる神気を喰らい成長し、自在に龍ノ原を飛翔《ひしょう》する。

龍は、眠れる地大神、地龍の一部だ。

神は、相反する二面性を抱えるからこそ力ある存在となる。荒ぶる魂と、和やかなる魂。その二つを抱えるからこその神。

荒魂である地龍のもつ穏やかな一面である、和魂《にぎみたま》。それが形となって地上に彷徨《さまよ》い出るのが、龍という生き物の正体。それらは皇尊に助言し、警告を発し、ともに龍ノ原を守護する。

地大神、地龍を鎮めるために、皇尊は龍ノ原を飛翔する龍の力を借りるのだ。

龍ノ原の人々にとって龍は見慣れた生き物ではあるが、人が触れられるほど近くに寄ってくるものではない。遠目に眺め敬うものだ。祈社はそれら龍を尊び祀り、龍ノ原と皇尊を守ってくれるようにと祈念するための社。

祈社に到着すると日織は空露に見送られ、采女《うねめ》に案内された。

(妻か)

後ろめたさはある。

（だが、後ろめたさがなんだと？　わたしはそれで、躊躇《ためら》っていられる身の上ではない。空露のように、目的のためならと平然としていなければ）

自分に言い聞かせながら、案内の采女について歩を進めていた。

前を行く采女の手には手灯《てあかり》があり、ぼんやりと行く先を照らす。

白木の柱が並ぶ回廊を、ひと気のない静かな方へと向かっていた。

回廊の軒端《のきば》からは雨粒が間断なく滴《したた》り落ち、青く苔《こけ》むした縁石に跳ね、ぴちぴちと微かな音を立てている。回廊に沿って野趣のある庭が続く。庭石や縁石は苔に被われており、辺りには特有の土くささが沈殿していた。

「こちらでございます、日織皇子様」

采女が立ち止まった。

回廊の先には高床で白木造りの殿舎があり、殿舎へあがる階《きざはし》の下には老女が待っていた。采女が日織に一礼して引き返すと、代わりに老女が近づいてくる。

「悠花皇女様の乳母、杣屋《そまや》でございます。悠花様は中でお待ちです。お入り下さい」

鷹揚《おうよう》に頷《うなず》き、日織は階をあがった。

乳母の杣屋は、ひどく不安そうに日織を見送っている。

素足で踏む床板は、ひんやりしていた。静謐《せいひつ》な空気が柱や床にまで染《し》みこんでいるかのようだが、それは神域だから当然かもしれない。ことに祈社の建物で使われるのは、護領山の一部にしか育たない白杉だ。一般的な杉よりも、加工すればなお白い木肌を見せる白杉の建物は、建物そのものを神域として隔絶する気品がある。

白杉は神域である祈社と、皇尊の住まいである龍稜にしか用いられない。白杉柱《しらすぎばしら》と言えば、神聖な場所というほどの意味をもつ言葉だ。

枢戸を開き、中へと歩を進める。

戸口の脇《わき》に油皿を載せた三本足の結び燈台があり、炎が揺れていた。灯りは一つのみで内部は薄暗い。その中でも、梁《はり》から垂れる五色の絹布の鮮やかさが際立つ。それで母屋は仕切られている。

悠花は五色布の向こうにいるのだろう。

一旦《いったん》立ち止まり気持ちを整える。

五色布の向こうにいる女性は、十日前に崩御した皇尊が残した唯一の子だった。

(罪なことで可哀相なことだと、充分わかっている。だが必要なのだ)

迷いを斬《き》り捨て、布の向こうへ声をかける。

「悠花皇女。わたしは日織です。入ります」

二

布を開いて中に入る。

白い領巾と纐裙が、しどけなく白木の床に広がっていた。悠花は挟軾《きょうしょく》にもたれかかり、足を横に流し、気怠《けだる》げに座っていた。

頭上一髻に結った髪には、常夏《とこなつ》の花を模した銀《しろがね》と翡翠《ひすい》の釵子。額には朱色の小さな花模様、花鈿《かでん》が描かれている。紅をさした唇は艶《つや》やか。肌は白く、落ち着いた縹色《はなだいろ》の背子とあいまって、さらに青白くさえ見える。こちらを見つめる目はくっきりと形良く、眦《まなじり》には目の美しさを強調するように紅《あか》い色を添えてある。

彼女の座る周囲が、現実と薄皮一枚で隔てられているような気がした。誰かが夢に描いた女が、薄暗がりに浮かびあがってきたかのような――。

日織は息を呑《の》む。

（綺麗《きれい》な人だ）

亡き皇尊は、悠花を人前に出すのを極端に嫌った。誰もが疑問を抱き、なぜかと問うた者もいた。すると決まって「病弱ゆえに」と答えていた。

（亡き皇尊が悠花を人前に出さなかったのは、この妖《あや》しいまでの美しさがあったからで

はないのか。人が騒ぐのを嫌ったのではないか）
　年は十九歳と聞いていた。目の前の女には人を惑わすような、えもいわれぬ色香があ
る。真《ま》っ直《す》ぐこちらを見つめる瞳《ひとみ》には強い意志が潜んでいそうで、それがまた物憂《ものう》げな
様子とはちぐはぐで、そのちぐはぐさも艶《なま》めかしく思えた。
「はじめてお目にかかるね、悠花。わたしが日織だ。貴方《あなた》のいとこなのは知っている
ね」
　悠花の前にあぐらをかいて座り、名乗った。
日織の父は、悠花の父の実兄。そして悠花の父が即位する前には、皇尊の位にあった。
要するに、日織の父が先々代皇尊であり、その人が亡くなった後に即位したのが、悠
花の父皇尊なのだ。二人とも皇尊を父にもち、なおかついとこの関係にあたる。近しい
血縁ではあるが、日織が悠花に会ったのはこのときが初めてだった。
　無言で悠花は頷く。
「なぜ、わたしが貴方を訪ねて来たのか知っているか？」
　手先の見えない長い袖で口もとを隠し、悠花は戸惑うように首を横にふる。怯えてい
るのだろうか。
「あなたの父君、亡き皇尊から、わたしに御遺言があったのだ。だから迎えに来た」
　一旦言葉を切り、姿勢を正す。

「あなたを、わたしの妻として迎えたい」

　悠花は目を見開く。

「あなたをわたしの妻に迎えよと、それが亡き皇尊の御遺言なんだ。わたしには既に一人妻がいる。しかしあなたを妻に迎えれば、もう一人の妻と同様に、生涯大切にお護りすると約束する。ただし、わたしはあなたを女として愛することはないと思って欲しい」

　静かな声で日織は告げた。

「勝手なことを言うが。それでも良いと思えるなら、わたしの妻になって欲しい」

　綺麗な目で何度か瞬《まばた》きして、悠花は日織を見つめている。

「どうだろうか？　答えて欲しい」

　重ねて問いながら違和感を覚える。

（なぜ答えない？　それどころかこの人は、対面してから一言も発していない。なぜ）

　日織の表情を読んだらしい悠花は、床に手を伸ばし、硯《すずり》と紙を引き寄せ筆を手に取った。さらさらと文字を書き、紙を差し出す。

『わたしは喋《しゃべ》れません。歩くことも出来ません』

　そう書かれていた。

　驚き、彼女の顔と文字を交互に見返す。悠花は「そうなのだ」と応《こた》えるように、頷く。

（ああ、だから皇尊は）

亡き皇尊が、悠花を病弱と説明していたのは、あながち嘘《うそ》ではなかったのだ。そして死の間際まで娘の行く末を案じた親心を感じた。自分が死んだ後、自分に代わり悠花が頼れる者がいて欲しかったのだろう。

（わたしは女性に対して品行方正だからな。お目にとまったか）

亡き皇尊は、悠花が可愛くて心配でたまらなかったのだろう。

子への愛情と眼差《まなざ》し。それに温かいものを感じる。

これがもし日織の父であれば、おそらく悠花は見向きもされない存在になったのだろう。日織の父であった先々代の皇尊は、皆とは違うところがある者が嫌いだった。侮蔑《ぶべつ》し嫌悪していたという。

「わたしの父と、悠花の父。兄弟でも違うものだな」

日織の表情が緩んだのに、悠花が問いかけるように小さく首を傾《かし》げた。日織は、紙を膝《ひざ》に置く。

「いや、なんでもない。このことは知らずにいた。失礼した。さっきも言ったように、わたしは御遺言の通り、あなたを妻に娶りたいと思っている」

さらさらと悠花の筆が動く。

『良いのでしょうか？　わたしのような者を妻にして』

紙にはそう書かれていた。

「何か問題があるのか？」

問うと、悠花は自分の口と足を指さす。日織は苦笑した。

「それがなんの問題に？」

自分に比べれば悠花の問題など些細《ささい》なことだ。そう言いたいのを飲みこむ。悠花は不思議そうな顔で日織を見つめている。まるで見慣れない生き物を観察するような目で。

「わたしには何の不都合もない。あなたはどうか？　応えてくれるか？」

思案するように悠花は白木の床に視線を落とすが、しばらくすると筆を紙に滑らせ、したためた文字を差し出す。

『あなたの妻になります』

そう書かれていた。

亡き父の思いを受け取った素直な言葉に、胸が痛む。

わずかな逡巡《しゅんじゅん》は見せたものの、駄々をこねるでもなく嫌な顔をするでもなく亡き父の遺言を受け入れたのは、従順に育った彼女が、父に逆らうことを知らないからだろうか。

もしくは誰かの妻にならなければ寄る辺がないと、わかっているからなのか。

日織は逆らうことを知らない、あるいは逆らうすべのない、純粋な女を騙《だま》しているのだろう。その痛みをあえて気にとめないよう、意識の外へ追い出す。

「では、これからよろしく頼む、悠花。仲良くしよう」

諦《あきら》めに似た、哀しげともとれる微笑みを、悠花は紅をさした目もとに浮かべる。

(愛してはやれない。そのかわり大切に護ろう。月白と同様にこの人も)

不安を抱かせまいと日織も微笑み返す。

雨音に混じり、とととっと軽い足音が幾つか聞こえた。

「悠花様が、お立ちになるの?」

「祈社を出てしまうの? お迎えがいらしたって」

「悠花様に、会える? 今日も会える?」

聞こえてきた澄んだ高い少女たちの声に、日織はふり返った。枢戸の外で、乳母の杣屋に話しかけているらしい。杣屋が声をひそめて答えている。

「お静かに。今、日織皇子様がいらしていますから」

「悠花様は、日織皇子様の妻になられるのですか?」

「行ってしまわれる? もしかして今日、行ってしまわれる?」

不安げな声音がかわいそうになり、日織は立ちあがった。ひそひそと会話が漏れ聞こえてくる枢戸を開くと、そこにいた杣屋と二人の少女が、びっくりした声をあげた。

「悠花に会いに来たんだね。お入りよ」

少女たちは互いに目配せし、もじもじ躊躇った。一人は十三、四歳の利発そうな眼差しの少女で、もう一人は十歳ほどの、子犬のような、きょとんと丸い目をした少女。

日織は彼女たちの視線までしゃがむ。

「遠慮はいらないよ。いつも来ているのだろう？」

うんと、彼女らは頷く。

悠花をふり返って見ると、彼女はわずかに身を起こして嬉しげに手招きしていた。それを認めた少女たちは、日織の傍らをおっかなびっくりの様子で通り抜け、悠花のところへ駆けていく。彼女の前に座ると、甘えるように身を乗り出す。

「申し訳ございません、日織様。祈社に身を寄せたその日に、あの子たちがここに迷いこんできまして。悠花様が可愛《かわい》がるものですから、毎日のように遊びに来るのです」

杣屋が申し訳なさそうに頭を下げる。

日織は立ちあがり、少女たちの後ろ姿を見つめた。

「あの子たちは、遊子《ゆうし》だね」

「はい。今、祈社にはあの二人だけだそうです。どちらの宮や邸《やしき》から預けられた子かは、存じませんが」

遊は『どこにも属さぬ』の意。遊子は、どこにも属さない子どもという意味だ。

皇尊の一族に生まれた女たちは、神の眷属である龍の声を聞く。

悠花も当然聞いているだろうし、日織の妻である月白も一族の媛《ひめ》だから、当然聞いている。この杣屋にしても、一族の末席に連なる者に違いないから聞こえるはず。

女たちによると、自分の近くに龍が現れるとその声が聞こえるのだそうだ。不機嫌な唸《うな》り声だったり、たった一言だったり、笑い声だったり。明瞭《めいりょう》なお告げのようなうなものがあるわけではない。ただ龍の気分がわかり、異変が起こっている程度は察せられるらしい。

一方で、一族の女に生まれながら龍の声を聞けない者がいる。

それを遊子と呼ぶ。

遊子は、神の眷属の声が聞こえない、生まれながらに神に見放された者とされ、昔から憐《あわ》れまれる存在ではあった。時には疎《うと》まれた。

一族から憐れまれ、疎まれる女たち。

(まだ、それだけであれば)

少女たちの小さな背中を見つめながら、日織は吾知らず歯を食いしばる。

日織の父であった先々代の皇尊は、ことのほか遊子を嫌った。神を鎮める尊い一族の中に生まれた、出来損ない。忌《い》むべき者。そう決めつけ、自分の即位とともに令を発したのだ。

遊子は祈社に集め、他の一族の者と隔てよ、と。

さらに女子の成人十四歳になれば、八洲いずれかの国主へ下げ渡すものとすると。

ひっそりと、人目を避けるように生きていた遊子は祈社に集められ、十四歳以上の者は八洲のいずれかの国主の妾《みめ》として下げ渡された。

八洲の国主は、龍ノ原の一族を喜んで受け入れている。遊子たちは八洲のいずれかで、それなりに幸せに暮らしている――そう信じられていた。日織も信じていた。

姉、宇預の亡骸《なきがら》を見るまでは。

「あちらの子は、年はいくつ？」

年上の少女の方へ視線を向けて杣屋に問う。

「十四歳だとか。殯雨《もがりあめ》が止めば、反封洲《たんのほうしゅう》の国主から迎えが来ると聞いています」

「反封洲？　そのような遠国《おんごく》へ行くと？」

「はい。一旦、逆封洲《さかのほうしゅう》に出て、そこから海路で反封洲へ入国されると」

「……あの子には、そのように説明がされている、ということか」

この二十年消えることのない怒りが、腹の底でじわりと熱さを増す。

（迎えだと？　誰もが、うすうす知っているくせに。迎えなどと言って卑怯《ひきょう》にも、罪悪感をごまかしている。はっきりと口にすれば良い。我らはあの子たちを殺すのだと）

八洲の国主たちは神を鎮める国である龍ノ原を、けして侵略しない。神国である龍ノ原に対する畏怖《いふ》からだ。その畏怖があるからこそ、龍ノ原から『遊子を受け取れ』と言われれば、抵抗なく受け入れる。

ただし、その後の遊子のあつかいは国主たちの裁量に任されていた。

遊子を妾として、大切にあつかう国主は少なかった。考えてみれば、皇尊から忌むべき者の烙印《らくいん》を押された女たちである。国まで連れ帰ってもらえれば、それは滅多にない幸運で、多くは龍ノ原の外輪山を越える前に殺されていたのだ。

遊子だった姉の宇預のように。

そして日織自身も、宇預と同じく疎まれるはずの遊子として生を受けた。

日織は、女だ。

妻の月白にさえ明かしていない。

日織は背が高く細身だ。髻《もとどり》を結い頭巾《ずきん》をつけ、衣《きぬ》と白袴を身につければ、繊細な印象の青年にしか見えない。思春期には、火柿《ひがき》という、皮膚に触れると痺《しび》れる毒気がある木の実を、声がざらざらに掠《かす》れるまで食べて喉《のど》を潰《つぶ》した。しかも用心のため、衣の襟を高くしつらえて喉元は隠している。

日織が女であり、さらに遊子であると知っているのは、今は空露しかいない。母と姉、乳母は知っていたが、その三人は既にこの世にいない。

本来なら日織も、宇預と同じように十四歳で龍ノ原を追放されていたはずだった。

日織が生まれた時、母と乳母はすぐに、日織が龍の声を聞いていないのに気がつき嘆き悲しんだらしい。

だがそこで、たった七つだった宇預が提案したという。

『この子を男の子にしちゃえば、龍の声が聞こえなくても遊子じゃなくなるよ』

と。

母と乳母は、その思いつきにかけた。

露見すればどんな罰が下るか予測できなかったが、産んだ子が二人とも追放されることに母は耐えられなかったのだろう。

日織を身籠《みご》もった直後、遊子追放の令が発せられたことにより、日織の母は夫である皇尊という存在に絶望していた。自らの娘すらも国から追い出そうとする夫の冷酷さに反発し悲嘆に暮れたが、夫の気持ちは変わりはしなかった。それにより母も一層頑《かたく》なになり、憎しみに似たものすら抱いたという。

夫婦の溝は埋まることなく、臨月を迎えた母は生家の宮に戻り出産した。

本来ならば、ひと月あまりで誕生した皇子を連れ、夫である皇尊の待つ龍稜に帰るべきであった。だが彼女は、産後の回復がままならぬとして宮に留まった。

父皇尊にとっては、初の皇子である。

皇子の顔すら見られぬことに父皇尊は業《ごう》を煮やし、「我が子を抱く」と言って、ひと月過ぎると、自ら宮にやって来た。

日織の母と乳母は、冷静だった。

近隣の里に住む娘が、日織の誕生と数日の差で男子を産んでいると聞きつけ、その子を一日借り受け、「日織皇子」として父皇尊に抱かせたのだ。

日織の母は体の不調を理由に、その後も生家の宮に留まり続け、必然的に日織も母の側にいた。時折、父皇尊が気まぐれに顔を見せはしたが、ひとときの日織の元気な様子を見れば、それで良いとばかりに宮を去ったらしい。

父皇尊は、我が子を慈《いつく》しみたい人ではなかった。

世継ぎの皇子が育っていれば、それで良かったのだ。

自らの発した令に不満を示し、暗い顔をする妻の機嫌をとるよりも、そうして離れた場所で世継ぎを育てていれば良いと考えていた節がある。

そもそも父皇尊は、日織の母を娶る前から心に決めた媛があったが、思いが遂げられず、その人のことが忘れられないのだとまことしやかに囁《ささや》かれてもいた。

もともと夫婦の情愛など脆《もろ》い――いや、なかったに等しい妻と夫。

父皇尊の冷淡さが、皮肉にも、日織の秘密を保つには好都合だった。

幸運にも日織は男子として育ち、今も無事でいる。

けれど自分だけ、母や乳母、姉の機転で生き残った。宇預は無残に殺されたのに、自分はその姉の機転で生きながらえた。それを思う度に胸に重苦しいものが溜《た》まる。

利発そうな瞳を輝かせ、悠花に何事かを話しかけている少女の横顔が見えた。まだ幼さの残る表情が愛らしい。

（あの子が旅立つ前に、令を廃止しなければ。そのために）

皇尊の発した令を廃するのは、皇尊にしか出来ない。

（そのために、わたしが皇尊になるのだ）

二十年前に宇預の亡骸を目にし、その後に死の真相を知ったとき、強烈な怒りとともに決意したのだ。

女であり、遊子であることを隠し、周囲を欺《あざむ》き続け皇尊になると。

そして父が定め、姉を殺した令を廃すると。

それが姉宇預への弔いであり、その死を無駄にしない方法であり、自らの運命に抗《あらが》う方法だった。

皇尊即位の機会が巡ってくるかどうかは、わからなかった。日織は継承権のある立場だったが、皇尊に皇子が生まれれば、その子が大兄皇子《おおえのみこ》となり皇尊を継承するのだから。

（だが幸運だった。この二十年、皇尊は男子に恵まれず、あるのは皇女の悠花だけ。悠花には気の毒だが、彼女がわたしの妻になれば、令を廃するのに有利に働く）

崩御した皇尊に皇位を継承するべき皇子がいないため、必然的に皇位は、継承権のある一族男子の誰かが継ぐ。

今回は、三人が皇尊候補に挙がっており、日織もその中の一人に入っている。

皇尊となった後に、父であった皇尊の令を廃するのが、日織の最大の目的。

もし日織が皇尊となれたときは、亡き先代皇尊の遺言でその娘を娶っていることは、大祇や大臣たちの信頼を得る材料になる。先代皇尊が命じて皇女を娶らせたほどであるのだから、受け継ぐべくして受け継いだ皇位と見なされるはず。そうなれば令を廃することに関しても、反対派を黙らせるのは容易だ。

（だがまずは、皇尊とならなくては）

皇尊選びは二日後から始まる予定だった。

「誰が従うものか。定めなんぞ」

遊子の少女らの背中を見つめながら、小さく呟く。

それは何百、何千と唱えてきた呪文《じゅもん》のような言葉。

遊子の女が皇尊となる。神を鎮める役目を負う皇尊の地位に、遊子の女が即《つ》こうなどとは不遜と、誰もが言うだろう。

しかし。

女は皇尊になれないと、神の言葉でしかと聞いた者はないのだ。

皇尊が男子直系とされているのは、地龍を眠りにつかせた皇祖、治央尊《おさのひさしのみこと》が男子であったためだ。

治央尊はその身をもって地龍を眠らせる封印となしたので、皇祖の血をひく者が神代から御位《みくらい》に即く。確かなことはそれだけ。男子直系のみを皇尊と決めたのは神ではなく、皇尊の性別が変わることにより、地龍が目覚めるのを怖《おそ》れた人なのだ。

さらに遊子は追放せよと、それも神が決めたわけではない。日織にしてみれば、恐ろしく狭量《きょうりょう》で莫迦《ばか》げた令を、父が勝手に定めたに過ぎない。

そもそも遊子が神に見放された存在だと、日織は思わない。龍の声を聞く聞かないは、特性だと信じている。

神職たちは、男よりも女の方が神への感応力が高いと言う。だからこそ一族の女たちは龍の声を聞く。ということは、ただの特性でしかないということではないだろうか。もし龍の声が聞こえないのが神に見放されている証《あかし》ならば、男の全ては神に見放されているということ。にもかかわらず男子が皇尊になるのは大いなる矛盾。しかし人は慣例と感情を便利に使い、自分たちに都合の良い理屈を考え、矛盾には目をつぶる。

人の解釈が、様々なものをねじ曲げていく。

ただの特性を、善し悪《あ》しと区別したがるのは常に、神ではなく人だ。

全て人が決めたことだとすれば、そんなものは欺いても痛くもかゆくもない。人が定めたものなら、人が破っても良いはずだった。

仮に神が決めたものだったとしても——神の目でも欺き抜く。

「二日後迎えに来る。その子たちと別れを惜しむがいいよ。まだ猶予《ゆうよ》はあるから」

日織の言葉に、少女たちは残念そうな目をした。悠花は長い袖《そで》で、彼女たちの頭を慰めるようにさらさら撫《な》でる。

「二日後、ともに龍稜に入ろう。悠花」

悠花が、日織に目を向け頷く。

龍稜。それは龍ノ原の中心に位置する、皇尊の住む場所だ。

三

この大地は央大地《ひさしだいち》と呼ばれ、一原八洲《いちげんはっしゅう》の九つの国で成っていた。

大海に浮かぶ大地は、巨大な眠れる龍の上にあると信じられている。地の底で眠る龍は、地大神《ちのおおかみ》、地龍《ちりゅう》と呼ばれ、これが目覚めれば大地は海に没すると伝えられている荒ぶる神。世の根幹を支える荒魂《あらみたま》。

龍ノ原は巨大な山稜《さんりょう》に、ぐるりとほぼ円形に囲まれた国だ。これは龍ノ原が、途方もない大きさの火山の火口にあるからだった。龍ノ原を護るように存在する山の連なりは、火口の外輪山。それを護領山と呼ぶ。

央大地と呼ばれていたが、その実態は海から隆起したいびつな形の巨大火山島。ただその規模があまりに途方もなく大きいので、島と呼ぶよりも大地と呼ぶ方がしっくりくる。

龍ノ原の皇尊は、その巨大火山の下に眠る地龍が、目覚めないように鎮めるのが役割なのだ。

神代より央大地に伝わる口伝をまとめた『古央記《こおうき》』には、国造りの神話としてこうある――。

かつて大海には、つがいの二頭の、万能の神たる巨龍がいた。

つがいの一頭があるとき死に、残された巨龍は哀《かな》しみ荒れ狂い、大海はおそろしいばかりとなった。そのとき大海の向こうには、幾百億の民が住む古《いにしえ》の大地があった。古の大地は争いが絶えず、争いのために大地は海に没し、そこから逃れた人々が大海に漕《こ》ぎ出した。

民を率いて海へ漕ぎ出したのが、龍ノ原の皇祖、治央尊。

荒れる大海で哀しみに荒れ狂う巨龍と出会った治央尊は、巨龍の哀しみを癒《い》やすことはできずとも、眠らせて哀しみを忘れさせてやると約束し、その身をもって巨龍を眠らせる封印となした。

巨龍は眠りにつき、その上に大地ができた。治央尊と民はその大地に降り立ち新たな住処《すみか》となしたのだ。

大地の下に眠る地龍は、眠り続けたいのだという。

眠り続けることこそが地龍の願いだと。

だから龍ノ原には龍がいる。

神とは穏やかなばかりの存在ではない。神としての力を有するためには、荒魂と和魂の双方を内包しなければならない。荒魂がなければ和魂にも力はない。また荒魂だけでも力はない。双方があっての神である。

故《ゆえ》に、荒ぶる神である地龍と対をなす存在としての龍が、和魂として龍ノ原には生まれ飛翔し、地龍を鎮める皇尊に力を貸す。危険を知らせ、助言をするという。

実際、皇尊の一族の女たちは龍の声を聞く。

皇尊が空位となれば龍が不安がり、雨が止《や》まない。

空位が四年におよべば、地龍が目覚め天変地異が起こり、一原八洲全てが海に没する。

龍ノ原の皇尊は、恐ろしい神を眠らせておくための重石《おもし》。地龍の眠りを護る者。

その重責は、皇尊の存命中には、新たな皇尊に譲位できないことでも明らかだった。

地龍と結縁できるのは、この世に一人のみ。その者の命が尽きない限りは、新たな縁を結べないのだ。

龍ノ原の皇尊とは央大地で、唯一無二の存在。

だからこそ、利権や領地を巡って小競《こぜ》り合《あ》いが絶えない八洲の国々でも、龍ノ原に手を出せないのだ。

細かい雨を透かし見て、日織は鹿毛《かげ》馬の上で目を細めた。

「龍稜か。いつ見ても大きいな」

龍稜の周囲には里郷や田畑はなく、平坦《へいたん》でどこまでも見通せる。膝上に達するほど丈の長い草が一面を覆《おお》っていた。林や森がなく、雑木一本すら生えていない。誰が管理しているわけでもないのだが、龍稜の周辺には木が育たない。

そのかわりに草が生える。草の葉は細く龍の髭《ひげ》に似ていた。雨のために葉は項垂《うなだ》れていたが、晴れていればぴんと葉先が空を指し、山から吹き下りてくる風に筋をなして一斉になびく。その様は、見えない龍が草原を渡るようで清々《すがすが》しいのだ。

草原の中央に巨大な岩が一つ、地面から押し出されたように立ちふさがっている。岩と呼ぶよりも、岩山と言った方がいい大きさだった。高さは龍ノ原を囲む外輪山、護領山に匹敵する。

護領山の最高峰である祈峰から望めば、緑の地面から、とてつもなく大きな龍の爪《つめ》が一本突き出てきたように見える。頂上が微妙に湾曲しているから余計にそう見えるのだった。

山のように大きくとも、それは一つの巨大な岩石。

麓《ふもと》から岩に刻み込んだ石段が続き、その中腹をくりぬいて、高床、白杉柱の建物が収まっている。一箇所ではない。あちこちの岩がくりぬかれ、それぞれに大小の建物があり、蟻《あり》の巣のように石段と懸造《かけづく》りの回廊で繫《つな》がっている。

これが龍ノ原の皇尊の住むべき場所、龍稜だった。

雨に濡《ぬ》れた巨大な岩は黒ずみ、低く垂れ込めた灰色の雲に、爪を突き立てようとしているようにも見えた。

日織と馬を並べていた空露が、ひそめながらも緊張した声で言う。

「油断してはなりませんよ、日織。皇尊の候補は、あなただけではない」

「わかっている」

空露はさりげなく、視線だけを後ろに向ける。

彼らの背後には、舎人《とねり》たちに支えられた板葺《いたぶき》屋根で黒塗りの輿《こし》が二つ。二つとも布を垂らして中を隠してあるが、一つには月白、もう一つには悠花が乗っている。

「お二人と過ごす時間が多くなるでしょう。他の候補者たちとも、龍稜で過ごすことになります。知られてならぬことは、けして知られぬように」

耳もとで囁かれ、日織は無言で頷く。

空露が最も警戒しているのは、日織が女だと露見すること。

日織は早くから宮を持っていたので、日常生活で困ることはなかった。二年前に月白を妻にしたが、通い婚なので一緒に住んでもいない。日常的に他人の目が近くにある環境は初めてなのだ。

(露見すれば、即位どころか龍ノ原を追放になる)

ぞっとする。死に直面する怖さよりも、何もなしえず、ただ無為に命が終わる瞬間の悔しさを想像した。

(継承権のある者を集め、大祇や大臣たちは何をするつもりだろうか)

新たな皇尊を決めると知らされていたが、教えられているのはそれだけだった。

龍稜に入る総門は木王門《きおうもん》と称され、巨岩の根もとに開いた隧道《ずいどう》。巨大な岩の裂け目でありながら木王――梓《あずさ》と称されるのは、そこから先に邪《よこしま》なものを通さない意味がある。

岩の裂け目をぬって石段が刻まれ、上へ上へと続いている。

龍稜にのぼった日織は居所として、四つの殿舎が一つの窪《くぼ》みに収まる宮を与えられた。

月白と悠花はその宮に入ったが、日織は真っ直ぐ大殿《だいでん》へ向かう。

大殿は龍稜の頂上近くにある。くりぬかれた窪みに建てられた、高床、檜皮葺《ひわだぶき》の白杉柱の建物。前庭におりる階の左右に桃の木が植えられていたが、殯雨に打たれ疲れているらしく、鮮やかな緑の葉は地面に葉先を向けて項垂れていた。簀子縁《すのこえん》が崖《がけ》のぎりぎりにせり出しているので、そこに立つと、草原を渡って雨粒と一緒に吹きあがってくる風が、体を浮かすのではないかと思えるほど強く吹きつける。

周囲には、雨音とは違う激しい水音が響いていた。

大殿の背後に、岩肌から湧き出て流れ落ちる滝が見える。

通常の滝とは様相が違う。滝は、川も池も見あたらない岩壁の途中からいきなり噴き出しているのだ。岩壁の向こうに溜め池があり、その横壁に穴が開いたかのようにも見えるが、溜め池などはない。そこは間違いなく固い岩盤。なぜそこから水が噴き出すのか、未《いま》だに誰も説明できない。

噴き出す水の奔流は深い滝壺《たきつぼ》に注ぎ込んでいる。それは地面にうがたれた、まさに壺を埋め込んだような大きな穴。流れ出ることはなく一定の水位を保っている。水は滝壺の底から、さらに地下へと流れ出ているらしい。龍稜の底へと。

龍稜は奇妙な場所だと、大祇や大臣たちはよく口にする。

大殿の階を上ると、枢戸《くるるど》の前に采女《うねめ》がいた。彼女は一礼し戸を開く。

一歩入ると、辛いような香木の香りが充満していた。儀式の場で焚《た》かれる払邪香《ふつじやこう》だ。

中に仕切りはなく広い板敷きになっている。白杉柱が規則正しく並ぶ空間の左右に、神職である大祇と三人の大臣たちが左右に分かれ座っていた。

龍ノ原を統治する皇尊の最も近くに仕え、実質的に龍ノ原の政《まつりごと》を司《つかさど》るのが、大祇と三人の大臣たちだった。

大祇は護領衆の長であり、地大神である地龍と、龍ノ原に飛翔《ひしょう》する龍の眷属を祀り仕える者として皇尊の傍らにある。

三人の大臣は、太政大臣《おおまつりのおとど》と、左右の大臣《おとど》。左右の大臣は政の実務の長であり、太政大臣は皇尊に最も近い相談役と言える。

彼ら重臣の手前には、こちらに背を見せて二人の男が座す。

最奥《さいおう》の壁には五色の布が垂れている。その前に、高足の黒漆塗りの台——宝案《ほうあん》があり、紫色の絹布がかけられた何かが置かれていた。

「日織皇子様、ご到着です」

出入り口から采女が告げると、大祇と三人の大臣たち、さらに背を向けていた男二人が一斉にこちらを向いた。

日織は、両袖口を胸の前であわせて恭《うやうや》しく礼をし、采女に促され二人の男の隣に座る。

「久しいな、日織。何年ぶりだ。随分大きくなったな」

隣の男が小さな声で話しかけてきた。

日織より十二歳年上の従兄弟《いとこ》、不津王《ふつのおおきみ》だった。肩幅が広く、逞《たくま》しい体つきをしており、肌は浅黒く眉《まゆ》が濃い。唇も厚く、生命力が漲《みなぎ》っている。華奢《きゃしゃ》で細身、色白の日織と比べればよほど男らしい。

「とうに成人した者に、大きくなったはないだろう」

不津からすれば、日織など未熟な少年のように思えるのだろう。従兄弟ではあったが大して関わりがあるわけではなく、皇尊の催す宴で、時折顔を見ている程度の男だ。日織はそういった場を極力避けていたので、ほとんど話をしたことがない。

冷淡な反応にも不津はめげずに、にこやかに言う。

「二人、妻を娶《めと》ったそうだな。どうだ？」

（わたしの妻に興味でもあるのか？）

日織は従兄弟の顔をまじまじ見る。

（不津の興味をそそっているのは、月白《つきしろ》よりも悠花だろうな）

不津には既に三人の妻がいる。左の大臣の娘である双子の姉妹二人と、皇尊の一族の中でも舞の上手と褒めそやされている媛だった。月白は重臣の娘というわけでもなく、美貌《びぼう》や歌舞の上手として名高いわけでもない。人前に出ることを好まず宴にも顔を出さない、一族の中でも存在感の薄い媛なので、彼が好む種類の女ではない。

「どう、とは？」

何が訊《き》きたいのかと、不審がりながら問い返す。

「私語は控えよ、不津。日織」

鋭く注意したのは不津の隣に座るもう一人、山篠皇子《やましののみこ》だ。彼は不津の父。なおかつ日織の父の弟皇子の一人でもあった。要するに日織の叔父の一人。

この度亡《な》くなった皇尊は、この山篠の兄に当たる。

息子とは違い、山篠は不機嫌そうな表情で日織を睨《にら》みつけていた。

（さもありなんか。彼らはこれから、わたしと皇尊の御位を争うのだから）

山篠の視線を横顔に感じながら、日織は正面を向く。

（わたしと、不津、山篠の叔父か）

この三人が皇尊となる継承権を持つ。

三人のうちの誰かが、新しい皇尊に選ばれるはずだった。そのために龍稜に呼ばれたのだから。

「お三方、揃《そろ》われたようですな」

大臣のうちで、最年長であり最上位でもある太政大臣《おおまつりのおとど》、淡海皇子《おうみのみこ》が口を開く。

淡海皇子は日織や不津の大叔父で、二人の祖父の弟にあたる。髭と頭髪は白く、肌も異様な白さを呈す。年齢とともに漂白されたような姿は、三十年以上も太政大臣を務めた落ち着きの上に、さらに特異な風格を与えていた。

「こちらにお集まりいただいたのは、皇尊の継承権を有するお三方です。亡き皇尊のお子は、悠花皇女様のみで皇位を継ぐ男子がおりません。そこで一族の中で、皇位継承の権利をお持ちのお三方にお集まりいただいた。このお三方のいずれかを、皇尊として我は戴《いただ》くことになろうと思います」

日織に継承権があっても、皇尊が男子に恵まれていればこの機会は巡って来なかった。

この二十年、胸に秘めていたものがふつふつと滾《たぎ》ってくる。滾るのすら抑えこんでいた思いだ。流れが味方しなければどうにもならないと、空露も言い続けていた。

だがこの一点に関してのみは、流れは日織に向いたのだ。

(来てくれたのだ、わたしに。流れが)

ずっと抜け出せなかった沼地から、一歩踏み出す瞬間が来た心地だった。

「どうやって皇尊を決定する？　過去、同等の継承権を持つ数名がいる場合は、血の系統や周囲からの推挙で決まった例がある。時々によって違う。今回の決定の基準は？」

視線を大祇と大臣たちへ移すと、日織は静かな声で問う。かしこまっていた不津と山篠が、意外そうに日織を見やる。

人前にあまり姿を見せず、たまに宴に出席しても、黙って少し酒を飲んですぐに席を立つ、覇気も気力もない大人しい青年。日織は一族の者たちからはそんなふうに思われているだろうから、真っ先に口を開いたことに、その場にいた者は驚いただろう。

自らに皇位継承権があり、皇尊となれる可能性があると知ったときから、どんな条件が揃えば自分が皇尊になれるのかを、空露とともに丹念に調べていたのだ。

なにしろこの日まで、時間だけはたっぷりあった。

何年もの間、日織はことあるごとに、正史『原紀』は勿論《もちろん》、祈社に納められている記録文書をひもとき、過去の即位礼にかかわる記録を読んでいた。

大祇が、太政大臣の淡海皇子に代わって口を開く。

「お三方に、我々より一つ問いを差しあげる。その問いを解いた者を皇尊といたします」

大祇は、淡海とは対照的な黒々とした頭髪を肩に垂らしていた。年も若く四十代だが、こちらは神職だけあって、年齢よりも老成した気配がある。名を真尾《まなお》といい、先頃崩御した皇尊の代になって大祇となった者である。

「問い？」

意外さに、日織は目を見開く。

(問いだと？　聞いたことがない)

聞いたこともないし、記録を読んだ覚えもない。真尾は落ち着いた様子で頷く。

「左様。問いです。過去、系統や推挙で決定したのと同様に、今回はその方法を用いるというだけのこと」

「なぜこの度に限って問いだと？」

不津が不満そうに訊くと、淡海が無表情な白い顔で答えた。

「皇尊が崩御の直前に、そうせよと仰《おつしや》った」

「神代にはあったと聞きます」

付け加えた真尾の言葉を、山篠が鼻先で笑った。

「神話であろう。莫迦莫迦しい。それをするというのか。大祇や太政大臣は、皇尊の言が第一という立場はわかる。だが左右の大臣もそれで承知なのか」

淡海の隣に控えていた左の大臣・阿知穂足《あちのほたり》は、大祇の真尾と年はいくらも変わらない。しかし濃い髭のせいか、真尾よりもずいぶん老《ふ》けて見える。彼は濃い髭を軽くしごき、わずかばかり不満そうな色を目に浮かべながらも言う。

「いまわの際《きわ》の皇尊から、直接頼むとお言葉をかけられましたからな。本来ならば一族と臣の合意で決定すべきことですが、このたびは致し方なしと」

穂足の言葉に、右の大臣・造多麻呂《つくりのたまろ》が頷く。父の跡を継いで数年前に右の大臣になった男だ。まだ三十代。若いながら有能と言われている。切れ長の目で山篠を見据える。

「わたしも、穂足殿と同様」

その答えを聞くと、大祇の真尾が深く頭を垂れ、

「皇尊のご遺志です」

亡き皇尊の遺志に敬意を表すかのように、口にした。淡海も穂足も多麻呂も、亡き皇尊の言葉を敬うかのごとく叩頭《こうとう》し、山篠は鼻白んだように顔をしかめる。

（皇尊は、何を考えて「問い」で次期皇尊を選べと言ったのだろうか？）

病に臥《ふ》せって半年、一度も床を離れることなく皇尊は崩御した。日に日に弱っていく

のを感じながら、自らの死後のことを思い悩んでいたのは間違いない。娘の行く末、龍ノ原の行く末を案じ、その結果なにを考え思いついたのか。

「それで問いとは」

日織は力強く訊いた。問いを解けと言うならば、解けば良い。一族の推挙を得るために、あちこち根回しをして回るよりも、日織にとっては単純でやりやすいはずだった。

一族への根回しとなれば、皇尊候補の中で最も有利なのは不津だ。左の大臣は彼の舅《しゅうと》である上に、交際範囲も広く活発な男なのだから。

真尾が立ちあがり、最奥にある宝案に近づくと被《かぶ》せてあった布を取る。

「こちらです」

宝案の上には文箱《ふばこ》に似た形の透明な箱が、蓋《ふた》を外された状態で置かれていた。

中は空だ。

「水晶の箱か。ただの箱に見えるが」

日織は目を眇《すが》めた。水を凝《こご》らせたような透明度ではあるが、縁に簡単な文様の浮き彫りが細工されているだけの簡素な箱。

「これは皇尊に継承される遷転透黒箱《せんてんとうこくばこ》というもの。地大神たる地龍の鱗《うろこ》と伝えられる宝物——龍鱗《りゅうりん》を入れる箱です。この中に龍鱗を入れれば蓋が閉まり、黒色に変化します。ただしこの箱は、中に龍鱗を入れぬ限りは蓋が閉まりません」

真尾が蓋を手に取り箱に被せようとするが、わずかに大きさが合わないらしく、蓋と箱の縁が微妙に擦れあい到底はまりそうもない。

「皇尊に皇子があり、その大兄《おおえの》皇子がこれを継承する場合、黒色のまま蓋も開かず大兄皇子に引き継がれます。しかし大兄皇子がいない場合、龍鱗は引き継がれません。新しく即位した皇尊が見つけるしかない。親から皇位を引き継がなかった歴代の皇尊は、即位後にこれを見つけるのが務めでした」

「見つけるとは、どういう意味だ。宝物はその中に入っているのでは？」

山篠が問う。

「皇位を引き継ぐ大兄皇子がなく皇尊が崩御した場合、龍鱗はこの箱の中から消えます」

「消える？」

さらに不可解そうに山篠が繰り返す。神職らしい落ち着きで水晶の箱に目を落とした真尾は、その中に何かを見ているような眼差しをする。

「はい。誰も手を触れておらぬのに、皇尊崩御の直後に自然と蓋が開き、箱は透明に変化し、中は空になっております。ただし消えた龍鱗は龍稜のどこかにあるのです。それを見つけるのです。崩御された皇尊は、兄である先々代の皇尊から龍鱗を引き継がれませんでした。即位後に皇尊は自ら探し、見つけられた」

真尾は改めて、三人の候補に視線を注ぐ。

「亡き皇尊は、こうお考えだったのです。即位した皇尊は、いずれ龍鱗を見つけなければならない。ということは、龍鱗を見つけられる者は皇尊の資格があるはず。それならば皇尊候補に龍鱗を探させ、それを見つけた者を皇尊とするべきだと」

「龍鱗とは、どんなものだ。色や形、大きさは」

訊いた日織に、真尾は首を横に振る。

「我々の誰も知りません。知っているのは皇位を継いだ皇尊のみ」

「形もわからないものを探せというのか？　無茶な」

不津が呆《あき》れた声を出す。

「しかし皇尊となった方々は全《すべ》て、見つけられている。見つけられることこそが、皇尊にふさわしいということ。正しいものをこの箱に納めれば、必ず蓋が閉まります」

山篠も不津も、そんな莫迦なという顔をしていた。日織も唖然《あぜん》とした。

(龍稜の中で、その箱に入る何かを探せと？)

皇尊の崩御とともに、二十年もの長きにわたって停滞していた日織の運命が動き出していた。

二章　龍道と禍皇子《まがつみこ》

一

「どのようなお話でしたか」

大殿《だいでん》を出ると、簀子縁《すのこえん》に控えていた空露《うつつゆ》が近づいてきた。日織《ひおり》は岩肌に巡らされている懸造《かけづく》りの回廊へ足を向けながら、苦笑いするしかない。

今しがた告げられた皇尊《すめらみこと》選びの方法は想像だにしなかったもので、喜んで良いのか落胆するのか、それすら判断ができないでいた。

「宝探しをせよと言われた。山篠《やましの》の叔父と不津《ふつ》と競って、龍稜《りゅうりょう》の中で宝を見つけた者が皇尊だそうだ」

回廊は、岩肌を半円に削《そ》いで掘られた石段に、等間隔に柱を立て板葺《いたぶ》きの屋根をかけてある。中空に半分せり出た一方には背の低い欄干があり、もう一方は荒い岩肌を覆《おお》う苔《こけ》の壁に接している。雨に濡《ぬ》れる龍稜の周囲の草原を、高い位置から見渡せた。細かい雨が吹き込んで、ときおり頬を撫《な》でるように雨粒があたる。

「宝？　それで皇尊を？　聞いたこともない話ですが」

「わたしもだ。しかしそうして次代の皇尊を決めよというのが、皇尊の御遺言だそうだ。しかもその宝は龍鱗《りゅうりん》――地龍の鱗《うろこ》と伝えられるものらしいが、形も色もわからない。文《ふ》箱《ばこ》程の大きさの箱に入るもの、という以外は手がかりがない」

「それはまた奇妙な。なぜ皇尊は、そのようなことを」

理にかなわない神事《かみごと》に慣れているはずの神職の空露すら、眉《まゆ》をひそめる。

慣例として、新たな皇尊を決定するにあたり最も重要視されるのは血筋。だからこそ皇尊に皇子があれば、その皇子が大兄皇子《おおえのみこ》となり後継となるのだ。

今回のように同等の血筋の者が複数ある場合は、おおかた神職や大臣《おとど》たちの合議と、本人たちの意向が重要視されるもの。

ただ、これもまた慣例としてそうなっているだけで、絶対の条件ではないのが皇尊選びの厄介さでもあった。

こと皇尊の御位《みくらい》に関する諸事は、皇尊の言により容易にねじ曲がる。

それに反発を覚え意見する者もあるが、結果的には皇尊の意志さえ強固であれば抗《あらが》えない。皇尊は、地大神《ちのおおかみ》と人の間に立つ者なのだ。神に最も近い場所にいる皇尊が遺言をすれば、それに従うのが最善とみなされるのは当然だった。

「病みついて長かったからな。その間、色々とお考えが過ぎたのかも知れないね。悠花《はるはな》のことといい。どちらにしても、この宝探しに勝たなくてはならない」

「難儀ですね」

「一族や大臣たちに根回しをして歩くよりは、楽かもしれない。不津など左の大臣が舅《しゅうと》だ。根回しで決定するとなれば、彼が最も有利だ。宝探しであれば条件は同じ。それを考えれば難儀だが幸運でもあるかもな。わたしの父皇尊の崩御の時には、運がなかった。次代でようやく、わたしにも運が巡ったと思っておこう」

「それは運、不運ではなく、巡り合わせでしょう」

「一年の生まれの差でお姉様を失ったのだ。それを運がないと言えないのか？　おまえも、わたしの生まれのわずかな遅さが、無念でなかったとは言わせない。おまえが、お姉様を失ってどれほど悲嘆に暮れたか、わたしが知らないとでも」

己のことに言及された空露は押し黙る。沈黙で彼の痛みが知れるようで、はっとした。すぐに視線をそらし、詫《わ》びた。

「すまない」

むきになって、抉《えぐ》らなくても良い傷を抉った。空露は「いいえ」と無表情に答える。

空露と宇預《うよ》は密《ひそ》かに恋しあっていた。七つだった日織は、二人が祈社の森で、仲良く歩いているのを何度も目にした。宇預と一緒にいた空露はいつも笑顔だった。枝葉を通して落ちてくる日差しの下で、はにかむ笑顔は優しげでいつもの彼とは違っていて、空露のそんな表情が好きだった。

しかし日織は七つのとき以来、空露の笑顔を見ていない。

神職の少年と遊子《ゆうし》の皇女《ひめみこ》は、立場と幼さのために、互いの思いを淡く言葉にするのがせいぜいで、互いの手に触れすらしなかったらしい。日織は宇預の口から幾度か、空露からもらった控えめな恋心を吐露する言葉を教えられていた。

——あなたと、ずっと一緒にいられたら幸せだと思います。

空露は、遠慮がちに宇預にそう告げたと聞いた。

宇預は喜んでいた。白い頰をほのかに染め、「秘密よ」と言って日織に教えてくれたのだ。ただ同時に宇預は、自分がいずれ龍ノ原《たつはら》から出る定めであると知っていたから、頰を染めながらもどこか泣きそうな顔をしていた。

（わたしの生まれが一年早ければ、全《すべ》てが違っていたのに）

日織の父である皇尊が崩御し、悠花の父が皇尊に即位したのは、日織が三つのとき。本来ならば父皇尊の後継は、皇子として育てられていた日織のはずだった。しかしそのとき日織は三つ。四歳に満たない者は、皇尊の位に即《つ》けない定めがあった。

皇尊は即位と同時に実年齢を捨て、四年で一つ年をとるようになる。生まれて四年目を一歳と数え、そこから四年ごとに一つ年を重ねていく数えを用いた。

老化がゆるやかになるわけではないが、神の眷属《けんぞく》の一員になったという意味でそのような数え方をする。その理論でいけば、実年齢が四歳未満の者は一歳に満たず、数え年で言えば未生——未《ま》だ生まれていない可能性すらある。そのため四歳の誕生日をむかえていない子は、皇尊候補から除外される。

実際、四歳未満で命を落とす者は多い。そんな幼子を皇尊に即《つ》けても危ういという現実的な理由の方が、未生云々《うんぬん》という理屈よりも遥《はる》かに大きい。

もし、父皇尊が崩御したとき日織が四歳の誕生日を過ぎていれば、皇尊として即位していたのだ。そうなっていたら、姉の宇預は命を落とさずにすんだかもしれない。

空露は巡り合わせと言ったが、日織の気持ちはそれでは片付けられない。己の生まれのわずかな遅さを悔やみ、だからこそ全てが自分の責任のような気がする。

傍らを歩む空露の、痛みを伴う沈黙にいたたまれず、日織は思いつきで声をかけた。

「空露。せっかく龍稜に入ったのだ。龍稜の頂へ行って景色でも眺めるか」

「なんのために行かれるのですか。濡れますよ」

「気晴らしだ」

「殯雨《もがりあめ》の景色を見て、気晴らしになりはしないでしょうに」

不満らしい口調は彼が不機嫌な証拠だが、それならばよけいに、このまま宮に帰っては気まずさが続く。

「晴れるさ。わたしが即位して、雨が上がった景色を想像すればね」

回廊はすぐ先の平坦《へいたん》な岩の上で一旦《いったん》途切れる。岩から下へ続く懸造りの回廊が正面にあったが、左手には、岩の裂け目を利用して作られた、階段状の屋根付きの回廊が上へ向かっていた。日織は雨粒にさらされながら、上へと進路を変える。

回廊は岩をぬうようにゆるく弧を描いて上っていき、頂に出ると途切れた。

霧のように細かい雨が降りかかる。

「空露まで濡れる必要はない。そこで待っていればいい」

「お供いたします。雨や風で足を滑らされでもしたら、目も当てられません」

「そんな子供ではないよ」

「子供なら可愛《かわい》げがあろうというもの。大人がうかつなことをするのは間抜けです。それをしそうなので心配なのです」

「ご機嫌斜めか」

「斜めでも縦でもなく、至極平静です」

やはり不機嫌そうな空露とともに岩の上へと踏み出す。濡れた岩は黒みをおびていた。烏皮履《くりかわのくつ》の底が岩に薄くたまる水を吸い、足裏はひやりと湿気《しけ》る。

龍稜の先端は硬い岩が表面をさらすばかりで、砂の一粒草の一本もない。

巨龍の爪《つめ》の先のように曲がって尖《とが》った山頂は、先へ行くほどに傾斜し細くなり、爪の先端にあたる部分は危ういほど中空にせり出し、そこに立つと背筋が寒い。

冷たい雨混じりの風が足もとから吹き上げ、空の一点に立つような錯覚を覚えた。

眼下に広がるのは龍稜の周囲の草原。雨に濡れ、湿り気を含み、ひどく憂鬱《ゆううつ》な景色。龍稜を囲む草原が途切れると、ぽつぽつと木立が現れ、そこからよく耕され平《なら》された田畑が広がり、里や郷といった集落が点在する。

田や畑、里や郷を抱いて見守るように、護領山《ごりょうさん》が立ちあがっていた。

龍ノ原を一望のもとに出来る場所は、龍ノ原ではここしかない。

高さで言えば護領山の祈峰《きほう》の方が高い。しかし龍稜や木々の影に景色が遮られるため、護領山のどこの峰に立っても、龍ノ原を一望するのは不可能なのだ。

山脈は緑に被《おお》われ、里や郷の集落は朽葉色の屋根を連ねているはずなのに、雨の紗幕《しゃまく》を通してみる景色は全て灰色がかっている。

長雨に色彩を洗い流されたような景色を見つめ、空露がぽつりと言う。

「早く皇尊が即位されねば、田畑が流されます。お早く龍鱗を見つけなさい。あなたが」

田畑は里や郷の周囲に広がり、農作物や生活に必要な水は、護領山から流れ出る川の水でまかなわれていた。

龍ノ原の水源は護領山だ。護領山の山腹から湧《わ》き出した水が細い川となり平地へ注ぎ込み、池や湖を作る。たいがい里や郷は、それら水の辺《ほとり》に作られている。

続く長雨のせいで、遠目でも池や湖の水が満々としてあふれそうなのが見て取れた。視線を巡らせれば、護領山から湧き出る川筋がいくつか認められたが、それらも常より太い。

皇尊の崩御から八十一日。それまでに新たな皇尊が即位しなければ、龍ノ原は水におかされはじめる。長雨が続けば、いつ池や湖があふれ川が暴れ、山肌が滑り落ちても不思議ではない。だが、どういうわけか八十一日までは川も、池や湖、山肌も、ぎりぎりもちこたえる。そして八十一日を過ぎると一気に崩壊するのだ。

皇尊が崩御してすでに十三日が過ぎた。まだずいぶん時間はあるが、何しろ突きつけられた問いが異例で、一歩踏み出すのに戸惑う感じがある。

「そうだな。急がねば」

答えたそのときに、視界の端に動くものをとらえた。ふり返ってみると、回廊の出入り口に不津の姿がある。日織が気づいたと察したようで、彼は親しげに手をあげる。

空露が怪訝《けげん》な顔で日織に目配せし、用心せよと無言のうちに伝えていた。

(ここから突き落とされては、かなわないな)

皇尊の位を争う相手だ。不津がどれほど皇尊の位を欲しているのかは知らないし、人となりも深く知りはしないが、用心に越したことはない。

足場の良い場所へと引き返すと、空露は遠慮して数歩離れた。

「不津。どうした」

「おまえが上っていくのが見えたので、追ってきた」

屈託ない笑顔で答えた不津は、手で雨をよけながらひょいひょいと数歩先に進み、下を覗《のぞ》き込む。「おお、怖い」と言ってまた戻ってくると、笑顔のまま問う。

「何をしている、日織。こんな場所で」

「気晴らしだ」

「この憂鬱な景色をみて気晴らしか？」

「気晴らしの方法は、それぞれだろう。おまえこそ、どうしてわたしを追ってきた」

「話がしたくてな」

細かい雨が髪にまといつき、それが集まり雫《しずく》になって日織の額につと流れる。それに気がついたらしい不津は、「こちらで話そう」と言い回廊まで戻った。

屋根の下に入ると、空露が日織に乾いた手巾《しゅきん》を渡し、再び距離を取り控える。

「酔狂な奴《やつ》め。めったに顔を合わせんから、知らなかったが。おまえはそんなに変わり者だったか」

回廊の柱に背をもたせかけた不津は腕組みし、額や頬を拭《ぬぐ》う日織に呆《あき》れ顔を向ける。

「雨の景色に慰めを見いだすのは、風雅と言えなくもない」

軽口で返すと、愉快そうに笑った。

「ものは言い様。おまえは口が立つらしい。それも知らなかった。さらに、どうしてか」

目を細め、周囲を憚《はばか》るような小声で言う。

「濡れているせいか、男には勿体《もったい》ない色香があるな、おまえ」

日織は彼を睨《ね》めつけた。

「妻三人娶《めと》って、まだ足りないか？　慎め」

「さすがに男には興味がない。しかも娶った妻たちも役に立つから娶ったまでで、俺は女にさして興を覚えん。おまえはただ、いやに色香があると思ったから、そう言っただけだ。気に障《さわ》ったのなら悪かった」

苦笑した不津は、ふいに表情を改めた。

「おまえは一族の誰とも深く交わらず、龍稜にさえ滅多に顔を出さないから、おまえの人となりを知る者は、俺を筆頭にほとんどおるまいよ」

「人付き合いの悪さを咎《とが》めるために、わざわざ来たのか。皇尊候補であれば、もっと人付き合いを良くしろとでも」

「咎める気はない。ただ、同じく皇尊の候補となっている身としては、おまえが本当に皇尊の御位に即きたいと思っているのかを聞きたかった。おまえと御位を争うからには」

「わたしだけではないだろう。おまえの父、山篠の叔父君もいる」

「父君はだめだ。振る舞いが良くないので一族の中で好かれていない。龍鱗を見つけられるほどの知恵も忍耐もなかろう。さらに、もうお年だ。本来ならば年齢を鑑《かんが》みて、皇尊候補に選ばれても辞退すべきところだが」

不津は、小さく鼻で笑う。

「自らの兄二人までもが皇尊となったのが、羨《うらや》ましくてどうしようもないご様子だったからな。この機会に飛びついて、けして離さないおつもりだ。しかしお年なのは明白。臣下たちも呆れているはずだ、なぜ辞退されなかったのかとな。そういうわけで、俺は父君は相手にならないと思っている。相手になるとすれば、おまえだけだ」

軽蔑《けいべつ》と嘲笑《ちようしよう》がその目にはあった。血を分けた息子ならではなのか、容赦のない言葉に驚きもしたし感心もした。

「自らの父に対して、なかなか言うな」

「吾《わ》が父君だからといって人物を過大評価するつもりはない。おまえの方が、よほど吾が父君よりも見所があると踏んでいる。しかしおまえの振る舞いは、悪くはないが変わっているのも事実。人付き合いすら好まぬ者が、皇尊の御位を望むのか、はなはだ疑問でな。先々代の皇尊の皇子として、致し方なく担《かつ》ぎ出されただけではないかと、俺は睨《にら》んでいるのだが」

思わず笑いが漏れた。不津の読みは見当違いだが、そう思われても仕方のない暮らしぶりなのは確かだった。日織皇子は皇尊の一族としての責務を果たす意欲がないと、陰で囁《ささや》かれているのは知っている。

「もしそうなのであれば、皇尊の候補から下りろ。無理をする必要はない」

おそらく、これが言いたくて日織を追ってきたのだろう。

優しく説くようではあり、親切な提案にも思えるが、要するに競う相手を戦わずして退ける策だろうか。女に興を覚えないと言いながら、左の大臣の娘を、姉妹で二人も妻に娶るような男は計算高いはず。

「いや、違うな。わたしは本心から皇尊の御位に即《つ》きたい」

「なんのために」

「たいした理由はない。ただ即きたいと思うのみだ。なんのためと問うなら、おまえこそ立派な理由があるのだろう。何のために御位に即きたいと願う」

「都を造る」

想像だにしなかった答えに、首筋を拭っていた日織の手が止まる。

「みやこ?」

「そう、都だ。知っているか？　都というものを」

「いや」

聞き慣れない言葉だった。

「ここからの景色を見ろ」

不津が顎《あご》をしゃくって示したのは、低い雲の下にある草原と、茅葺《かやぶ》きの屋根が集まり集落を成した、里や郷の点在する田畑の風景。それらを抱く外輪山。薄墨を流したような静かで薄暗い景色。湿った土と草葉の香りが、はるか高みであるこの場所にいても感じ取れそうだった。

「八洲のどの国にでも良い、行ったことがあるか？　日織」

首を横にふると、不津は護領山の向こうへ思いをはせるような目をした。

「俺は一度、附孝洲《ふのこうしゅう》へ行ったことがある」

龍ノ原は五つの国、五洲に囲まれている。北から東へ、逆封洲《さかのほうしゅう》、附義洲《ふのぎしゅう》、附敬洲《ふのけいしゅう》と続き、最南が附孝洲。そこから西に附道洲《ふのどうしゅう》があり、北の逆封洲へと続く。

逆封洲の南辺と龍ノ原の北辺が接している形だ。

さらに言えば逆封洲の北辺には、葦封洲《あしのほうしゅう》、叛封洲《はんのほうしゅう》が接している。その二洲の北辺と接してあるのが、央大地《ひさしだいち》の最北の国、反封洲《たんのほうしゅう》。

葦封洲、叛封洲、反封洲は、龍ノ原と国境《くにざかい》を接していない国々だった。

国の位置により寒冷な国、温暖な国があるが、附孝洲は最も温暖な三国の一つ。

「そこで都というのを見た。人が集まり、盛んに物を作り売り買いし、交わり、活気のある場所だ。里を百集めたほどの活気がある。国主は都に住み、国そのものも、人が群れ住む都を中心に発展していく。龍ノ原にはそのような仕組みがない。だからこそ八洲の者どもに、古《いにしえ》の国のようだと言われる」

龍ノ原には里や郷以上の集落はない。貨幣もない。

そういった古の国として成り立っていられる要因の一つは、里や郷がひとつの共同体として完結し充足しているからだ。そしてなおかつ龍ノ原の民は全てが皇尊――ひいては龍に仕える信徒であるという自覚があるためだった。

信徒は稲作と畑作を主にし、それを寄進して皇尊とその一族を養うことを目的とし、富や利を追求しない。生活に必要な布や道具は里や郷の中で作られ、消費される。余った農作物や品々は、必要とする里や郷と物品で交換した。

「龍ノ原では剣の一振りすら作れない。情けないことだ。龍ノ原も八洲に追いつくべきだと思わないか」

自嘲するような不津の言葉を、日織は冷ややかに受け止める。

「剣は、龍ノ原に必要ない。八洲と龍ノ原は成り立ちが違う」

龍ノ原では鉄鉱石が採取できない。

わずかな鉄鉱石を八洲のいずれの国からか持ちこみ鋳造し、田畑を耕すための鍬《くわ》や鋤《すき》の先端をつけたり、生活で使う小刀を作ったりする。皇尊とその皇子や皇女たちには、誕生の祝いとして護り刀が渡されるが、その程度しか鉄器は利用されないのだ。

必要以上の金気や火を、龍が嫌うのが理由だ。そのため龍ノ原は鉄を極力使わない。

そもそも龍ノ原に兵《つわもの》と呼ばれる者たちが存在しない。

龍稜や祈社《きしゃ》を護《まも》るために衛士《えじ》はいるが、それは賦役《ふえき》の信徒たちである。彼らが手にするのも木の盾と石の鏃《やじり》の矢、石の穂先の槍《やり》。投石器と馬だけ。

貨幣の営みはなく、鉄器もわずか。兵もいない。故《ゆえ》に八洲に比べて龍ノ原は古色が強く、それは神国としての特徴とも言えた。

「考えてみろ、八洲と龍ノ原は国の大きさからして違う。八洲はおおよそどの国も国土の広さは同じだが、龍ノ原はその八洲の中の一国と比べても、たかだか十分の一だ」

央大地にある、龍ノ原以外の八つの国は、国土の形こそ様々だが広さはほぼ同じ。

龍ノ原のみが極端に国土が小さい。八洲の中の一国と比べても十分の一なのだから、話にならない。八洲と龍ノ原を比べるのが莫迦莫迦《ばかばか》しいほどだった。

「それで良いと考えているのか？　八洲の国主が皇尊の神性を信じているから安穏としていられるが、神性を踏みにじる国主が現れないとも限らない。そうなれば龍ノ原も皇尊も、犯される」

「龍ノ原を犯せば央大地が海に没する。それを八洲の者が望むなら、この世はそれまでなのだ」

この世が滅びても、不思議でも理不尽でもない。神に対して怒りを抱いた幼い頃から、日織はそう思っていた。

何の罪もない、優しいばかりだった宇預が、『もたざる者』という一点の理由のみで殺される理不尽がまかり通る。それは、この世の全てが理不尽で埋め尽くされているということだ。

理不尽で埋め尽くされた世など、壊れても惜しくなかった。

誰もが多くの理不尽を当然として受け止めているなら、誰もこの世の滅びも理不尽とは言えまい。当然として、おとなしく滅びればいい。せせら笑うような気持ちで、心底そう思う。

（ただ、もし）

もし自分にたった一つでも理不尽を正すことができれば、まだこの世に希望があると思えるかも知れない。

「しかも皇尊の最も大切な役割は、政《まつりごと》ではない。龍を鎮《しず》めることだ。その務めの大半は儀式だ」

皇尊の務めの多くは公《おおやけ》にされない。それらは地大神、地龍《ちりゅう》を鎮める秘儀であり、人の恐れるような儀式もあるという。中心にいるのは常に皇尊で、地龍を鎮めるために、龍ノ原に飛翔《ひしょう》する龍の眷属たちを宥《なだ》め、あるいは力を借り、交わるとされる。

「それでは国を統《す》べる者とは言えぬ。それが古の国と呼ばれる原因でもある。皇尊自身が認識を変える必要があろう」

「そうだな。認識を変えて、都とやらを造り政に精を出し、龍の鎮めがおろそかになり央大地が沈んでも、人は満足するのだろうな。それならそれで良い」

無情とも言える日織の反応に、不津は顔を歪《ゆが》める。

「皇尊候補たる立場にありながら、おまえは龍ノ原を突き放して考えているようだな。愛着がない、とでも言うのか。それがどこか妙だ」

「妙とは？」

「一族の人間で人前に顔を出さない者は、おおかた何かしら理由がある。後ろ暗いところがある。俺が知っている例で言えば、遊子であることを隠している媛《ひめ》とかな」

ひやりと肝が冷える。日織はなるべく表情を動かさないように努めた。

離れた場所で聞き耳を立てていた空露が、不津の背を視線で捉《とら》えて動かない。

緊張が走るが、それは一瞬。続いた不津の言葉でそれが途切れた。

意を決した硬い表情で不津が問う。

「まさか日織。おまえは、禍皇子《まがつみこ》ではあるまいな」

二

禍皇子。

告げられた言葉が、都を造るという発言以上に予想外で、日織も空露も目を丸くした。

そして数拍おいた後に、二人とも噴き出す。

「わたしが禍皇子か！」

二人に笑われ、不津は毒気を抜かれたような顔になる。

「違うか？」

「違うな。どうして、そんなことを考えたのか」

空露の面白そうな表情と、日織の苦笑いを見やって、不津はばつが悪そうにする。

「おまえが今まで、極力人目に触れぬように生きているように思えてな」

「確かに、わたしは人に会いたがる性分ではないが。それがどうして禍皇子になる」

「遊子の生まれた宮や邸《やしき》では、なんのかんのと理由をつけ、生まれた遊子の媛を極力人目に触れさせないのが常だからな。おまえもその口で、禍皇子かと。違うのなら良いさ」

「わたしが禍皇子なら、どうしていたのだ。大祇《おおぎ》の真尾《まなお》や、太政大臣《おおまつりのおとど》の淡海《おうみ》の大叔父に告げて、首でも刎《は》ねる気だったか」

「皇尊候補は辞退しろと勧めるつもりだった」

「辞退を勧めるだけか？　禍皇子を生かしておいて良いのか。禍皇子は生まれ出たそのときに死すべきと、誰もが判ずるだろうに」

禍皇子。

それは皇尊の一族において最も忌《い》まれる者。龍ノ原の民も、禍皇子が皇尊の一族に生まれた場合はひどく怯《おび》えるはず。それは、そういう存在なのだ。

しかし都を造りたいと口にする、多少変わった思考があるらしい不津は、気負いなく答える。

「俺は寛容だ。祈社にでも閉じ込めれば問題ないだろう。遊子にしても、龍ノ原にとどめても問題はないと考えている。ただし禍皇子も遊子も、一族と同等にあつかうわけにはいかないがな。どのみち彼らは我々と同じではない、異端の者よ」

そこで不津はわずかに声を落とすと、ひどく皮肉な表情を見せた。

「遊子など、おまえの父皇尊が令を発するまでは使い道もあったようだしな。吾が父君は、それで随分楽しんでいる。呆れたことにな」

使い道という言葉に眉をひそめた。遊子がかつてどんなあつかいをうけていたかなど、どうせ碌《ろく》な話ではない。不津の言葉の端々が、遊子である日織のかんにさわる。

「おまえが寛容だと？　一族と同等にあつかわないのにか」

「追放や死を与えるよりはましだろう」

「要するに、生きることだけは認めるが、異端は異端としてあつかうか」

「人の世において秩序は大切なものだ。整然と秩序ある国を造るときには、情ばかりでは治まるまい。区別は必要なことだ。区別がないからこそ起こる悲劇もある」

手巾を空露に返すと、日織は不津に背を向ける。

「おまえが皇尊となれば、おまえの好きなようにするが良いだろう。都を造り、秩序というものにみあう区別とやらをして、異端を寛容に異端としてあつかえ。わたしが皇尊になれば、わたしは、わたしのやりたいようにする」

「皇尊の御位、求めるか？」

背にあたった不津の声に、日織はふり返らず答えた。

「当然だ」

歩き出した日織は、口もとに浮かぶ苦笑いを隠せない。

（禍皇子か。まあ、似たようなものだろう。人を欺《あざむ》く定めに生まれた者など）

空露が傍らに近づいて、呆れた声で言う。

「不津様が、まさかあのようなことをお疑いとは」

「禍皇子も異端という意味では、見当外れではない。意外に鋭い。左の大臣の媛を二人も娶っているのが将来を見越してだとすると、油断ならない。考えることも少々、変わっているしな」

空露がぽつりと言う。

「あのお方も、出生を気にしておられる方ですから。考えが常とは変わりましょう」

「どういうことだ」

「あの方の母君は遊子です。山篠様がどこぞの宮で隠し育てられていた遊子の媛に目をつけ、通ってなした子だと。山篠様の妻に子がおられなかったので、その子を嫡子《ちゃくし》として引き取ったと」

驚きに、思わず背後をふり返った。不津は腕組みし、余裕のある笑みで、きかん気な弟でも見送るようにこちらを見ていた。

「不津の母君はどうなったのだ。遊子であれば」

「令により、不津様が十代の頃に葦封洲へ送られたと聞いておりますが、おそらくは」

「母君は殺されたと、不津は薄々知ってるのだろうな」

だからこそ彼は、「追放や死を与えるよりはましだろう」と言ったのだろう。しかし自分の母が遊子でありながら、「我々と同じではない」と言い切るのは、どんな思いからか。自分は、母である遊子とは違うと言いたいのか。

(なぜそう区別する。恥とでも思っているのか？　己の母と、己の出生を)

異端を恥と思う男とは相容《あいい》れないだろう。そしてそんな男に、皇尊の御位をやるわけにはいかない。

日織は、口もとを引き締める。

「不津を出し抜いて龍鱗を見つけるには、どうすれば良いかな。山篠の叔父もいるのだし、不津にだけ注意を払っているわけにもいかない。さらに二人とも頻繁に龍稜に出入りしているのだから、わたしよりもこの場所に詳しい。宝探しも有利に進められるだろう。さて、どうするか。空露に卜占《ぼくせん》でもしてもらうか」

冗談めかした言葉を、空露は鼻で笑う。

「わたしの当てにならない占いより、頭をお使いなさい」

□□□

立ち上がった彼を見上げる老女は、ひどく渋い顔をしていた。

「感心いたしません」

「おまえに感心してもらおうとは、思っていないよ」

すまし顔で答えた彼に、さらに老女の眉間《みけん》の皺《しわ》が深くなる。それに気づかないふりをして枢戸《くるるど》に手をかけた彼を、老女はきつい声で咎めた。

「死にたいのですか」

「まさか」

「あなた様は、存在してはならない皇子なのですよ。知られれば、死を賜るしかない」

「それは聞き飽きた」

「それでも」

「今、わたしは生きていると言えるのか？　死んでいるのと大差がない。いや、もっと悪い。このまま、わたしは永久に屈辱に耐えねばならないのだからね」

正直、彼は自分の人生にほとほと嫌気がさしている。物心ついたときから強制された生き方は、身の丈に合わない窮屈な箱に押し込められ続けているようで、時々、人生そのものを壊したくなる。

皇尊崩御に伴い箱の窮屈さは一層高まり、もはや限界。それはずっと彼の傍らにいた老女も理解しているはず。しかし彼女は、彼を護ることが最大の使命なのだ。

「だから、どうだと仰《おっしゃ》いますか」

案の定、老女の声は鋼《はがね》の響き。けして折れぬと言っている。折れぬのならば、衝突するしかない。

「出歩くくらい大目に見ろ、ということだ」

ふり返った彼は、不敵に笑うと出て行った。

□□□

「日織様ったら、ずぶ濡れ。すぐに乾かさなければ風邪をひいてしまわれるわ」

宮に帰り、日織が正殿の階《きざはし》を上ったところだった。帰りを待ち構えていたらしい月白《つきしろ》が、真朱《しんしゅ》の纈裙《ゆはたのも》の裾《すそ》を蹴飛《けと》ばすようにして、簀子《すのこ》縁《えん》から駆けてきた。

日織の髪や衣の肩が濡れているのを見ると、月白は付き従っていた大路《おち》に布を取りに走らせ、日織の手を引いて自分の居所と決まった殿舎へと引っ張っていく。

岩のくぼみに造られた宮は、四つの殿舎で構成され、楡宮《にれのみや》と呼ばれている。

南に正殿があり、背後に二つの殿舎、西殿《にしどの》と東殿《ひがしどの》が並ぶ。東西の殿舎の背後に、一つ小ぶりな殿舎が建つ。これは北殿《きたどの》という。これら四つの殿舎は単廊でつながれている。

月白の居所と決まったのは西殿。日織の居所は東殿だった。

悠花は最奥《さいおう》の北殿が居所。先代皇尊の皇女である悠花を尊び、最北の一棟を充《あ》てた。

同様の規模の宮が、龍稜には二十以上ある。そのどれもが桜や松、桐《きり》、楠《くす》といった樹木の名を宮の名として岩のくぼみに収まり、ほとんどが無人。龍稜は大殿と皇尊の住まう大桜宮《おおさくらのみや》以外にはひと気がないのが常。広さに対して数が少ないので、舎人《とねり》や采女《うねめ》の姿も滅多に見ない。

日織が与えられたこの楡宮も周囲は静かなもので、細かい雨が砂利を打つ音さえも聞こえそうだった。

「早く、お着替えにならないと。日織様は近頃、濡れるのに頓着《とんちゃく》しなさすぎだわ」

「たいして濡れていないよ。東殿へ帰って着替えるから」

「あちらは火舎《かしゃ》も入ってなくて暖まってないわ。西殿は暖かいですもの」

手を引かれて歩きながら、日織は「困ったな」と思い、背後に従う空露に目配せした。

月白の前で着替えるわけにはいかない。空露もすぐには名案が浮かばないらしく、困惑の表情を返す。

「どうしてこんなに濡れてらっしゃるの？　大殿へ行かれただけじゃないの？　お帰りがずいぶん遅いし、心配したの」

「気晴らしに龍稜の頂へ行ったんだよ。そこで不津と会ったものだから」

「不津王《ふつのおおきみ》様？」

月白が、びっくりしたような目をして日織を見上げ、立ち止まる。

「不津様がいらしてるの？　なんで」

「不津も皇尊候補だ。わたしと不津、そして山篠の叔父の三人が候補らしい」

「そう……不津様と山篠様が。不津様とは何のお話をしたの？」

「たいした話ではないよ。不津が妙な勘違いをしていて、わたしを禍皇子かと」

「禍皇子？　それは何？」

「知らないのか」

これには驚いた。禍皇子の伝承は、皇尊の一族であればたいがい子守歌と同様に乳母《めのと》から聞かされるお伽噺《とぎばなし》。しかしこれ幸いと、立ち止まった月白の手を逆に取る。

「なら、聞かせてあげよう。おいで、聞かせるのにぴったりの場所がある」

「でも日織様が濡れて」

「少しの間だ。しかも宮の外に出るなら、また濡れるかもしれない。濡れついでだ。その間に、空露に東殿の母屋《もや》を暖めさせればいい。空露、頼んだ」

月白に有無を言わせないため急いでふり返ると、空露は「かしこまりました」と答え、ご丁寧に「行ってらっしゃいませ」と付け加える。

「ほら、おいで」

先ほどとは逆に、日織が月白の手を引く。

「どこへ行くの、日織様」

「龍道《りゅうどう》だ」

「龍道？」

「禍皇子が果てた場所だよ」

「人が亡《な》くなった場所なんて、嫌だわ。怖い」

「怖くはないよ。聖域なのだから」

龍稜には龍道と呼ばれる場所があり、それは龍稜の中で最も尊い聖域。

龍道があるからこそ、龍稜が皇尊の住む場所となったのだ。

月白が怯えた顔で日織の腕にしがみつく。「濡れるよ」と注意したが、「かまいません」と真剣な目をする。子供っぽく怖がりなところが、愛《いと》しい。こうして男として振舞い、月白を妻として護ろうとしていると、ふと自分が男女のどちらなのか曖昧《あいまい》になる。自らが、男のように思えてしまう瞬間すらあった。

自分が、本当に男であったら良いのにと思う。そうすれば月白や悠花は、もっと幸せだったろうに、と。

「悠花には挨拶《あいさつ》をしたか」

日織が新たな妻を迎えたのを月白が気に病んでいたのを思い出し、歩きながら訊《き》いてみた。月白は意外にも、嬉《うれ》しそうな表情を見せる。

「楡宮に入ってすぐ、大路にせっつかれて行ったわ。本当を言うと、お顔を合わせたくなかったの、嫉妬《しっと》しそうで」

そんな自分を笑うように、月白はおどけた表情で首をすくめた。

「でも行って良かった。悠花様のお体のこと知らなかったのだけど、驚いたわたしの無礼も咎めず、笑ってくださって。とてもお優しそうで。わたしに『仲良くしましょう』

と、書いて見せてくださったわ」

「嫉妬しなかった？」

「あまりにもお綺麗《きれい》で嫉妬する気にもなれなかったの、実のところ。でも悠花様はお綺麗だけど、わたしの方が女らしい気もするわ。悠花様は美しすぎて、別の生き物みたい」

「仲良くやれそうならば、良かった。しかしうまいことを言うね」

確かに悠花は美しい。ただ美しすぎて、超然としていて、女らしい魅力という意味では月白の方があるのかもしれない。

悠花は常に淡々とした様子で気持ちの乱れが少ない。逆に月白は子供っぽいところがあるせいか、不意に泣き出したり、ひどくはしゃいだりと、喜怒哀楽の振り幅も大きい。そこが可愛《かわい》いのだが、しょげかえった様子を見ずにすむと思えばほっとした。

(後で悠花のもとへも、顔を見せねばならない)

月白のように出歩けない悠花のもとへは、意識して顔を出す必要があるだろう。父皇尊と過ごした龍稜へ戻った悠花にも、複雑な思いはあるはずだ。

宮を出ると回廊を渡り、大殿へ向かう。

「禍皇子ってなんなの、日織様。皇子様の誰かのことかしら」

「皇尊の一族の中で、男でありながら生まれつき龍の声が聞こえる者を、そう呼ぶ。皇子に限ったことではないよ。最初に龍の声を聞ける男として生まれたのが皇子だったために、男ながら龍の声を聞く者を『禍皇子』と呼び習わすようになっただけで」

月白が目を丸くする。

「男なのに龍の声を聞く？　そんな方が生まれるの？」

「百年に一人程度と言われているが、生まれてくる。本当に知らないんだね。禍皇子の話は、乳母がお伽噺として話して聞かせるものなのに。大路を叱《しか》ってやらねば。怠慢だ」

大殿の枢戸は開かれていたが、静かだった。先刻、皇尊候補を集めたときには采女たちの姿も多く見えたのだが、今はほとんど人影がない。大殿へ上る階の手前に采女が一人控えているだけで、彼女は日織と月白に軽く膝《ひざ》を折って礼をした。

他に、周囲に動くものはない。強い風にあおられた霧雨が簀子縁に降りかかるばかり。

「このような場所に、なぜ控えている」

一人でいる采女を不審に思い問うと、彼女は顔を伏せたまま短く答えた。

「大殿には真尾様がおいでになります故に」

「真尾が？」

階を上って開かれた枢戸から大殿の中を見れば、最奥の宝案《ほうあん》の左右に、結び燈台があった。そこに載る油皿の炎が風に揺らめいている。

明かりに照らされる宝案の前に、大祇の真尾が瞑目《めいもく》して趺坐《ふざ》していた。彼は日織の気配に目を開く。

「これは日織皇子様、如何《いかが》なされました。龍鱗を見つけでもしましたか。それならばどうぞ、遷転透黒箱《せんてんとうこくばこ》にお入れくださいい」

これほど早く見つけられはしないとわかっているだろうに、真尾はそんなことを言う。嫌みな物言いは神職の特徴だ。

「見つけたわけではない。おまえはここで何をしている、真尾」

「遷転透黒箱を守っております。これは皇尊の手にあるべきものですが、皇尊が不在のため大祇と太政大臣が入れ替わり昼夜守ります。ことに今は、皇尊を決するための道具」

「なるほど、ご苦労なことだ。我らの狡《ずる》さを憂慮してか」

皇尊候補の三人がまっとうに宝探しをするとは限らないと、神職の長《おさ》たる大祇と、政の長たる太政大臣は考えているということだ。

皇尊候補者が宝探しを莫迦莫迦しいと考えれば、遷転透黒箱を盗み出し、大殿の背後にある滝壺《たきつぼ》に放り込めば良い。誰も底を知らない滝壺に落とされれば、遷転透黒箱は永久に戻らない。そうすれば、宝探しの勝者が皇尊になるという方法はとれなくなり、仕方なく従来通りの、合議によっての決定となる可能性が高いだろう。

候補者の、狡さや不正を警戒しながら選ばれる皇尊。警戒を要するような、卑俗な人間である者の一人が選ばれるのだから、皇尊たる資質などもとより存在しないはずだ。であれば、自分が皇尊になってもかまうまいと、日織の口もとに皮肉な笑みが浮かぶ。

真尾が、応《こた》えるようにうっすら笑う。

「わたしは、あなた様の狡さを今見ているのでしょうか、日織様」

「吾《わ》が妻に龍道を見せたくて来たまでだ。通るぞ」

戸惑う様子の月白の背に手を回して促し、大殿へ入ると、宝案の背後に垂れる五色の布を回り込む。真尾はわずかに頭を下げ、また目を閉じた。

回り込んだ先は薄暗い。五色の布で隠されていたのは塗り籠《ご》めだった。塗り籠めには、大殿の正面の枢戸と向かい合って対をなす枢戸がある。

枢戸を開く。中には油皿の明かりもなく、暗い。ただ板床の一部が四角く切り取られ、ぽっかりと口を開き、底の方から淡い光をにじませていた。

四角く切り取られた板床からは、地下へ向けて階が伸びている。

「この下が龍道だ」

「下？」

月白は不思議そうに、自らの足もとへ視線を落とす。

三

「そう、下。そもそも下に龍道があるから、ここに大殿が建てられたんだ。下りるよ」

促すと、月白は爪先《つまさき》で探るようにして踏み板に足をかけた。

階は途中から石段へと変わり、最後には隧道《ずいどう》に降り立つ。

見上げれば天井は高く闇《やみ》に溶けているが、隧道の岩壁は等間隔に小さくくりぬかれて油皿が置かれているため、足もとは明るい。

歩き始めると月白が喉《のど》に手を当てる。

「日織様、喉がひりひりする」

「ここには外と違うものが満ちてるからね」

隧道に降り立つと、ずいぶん暖かく感じた。しかもひどく乾燥している。

炭を燃やした炉の中を歩くかのように、息をすると喉がいがらっぽい。長雨の湿り気に慣れているために、よけいに乾きを強く感じた。

しばらく歩くと隧道は広がり大きな空間になった。まだ奥へ続いていそうだが、道をふさぐように、黒く分厚い、巨大な枢戸が立ちふさがっている。

「大きな戸。こんな大きな戸なんて動かせるのかしら」

月白の高く細い声でも、空洞内の岩壁に跳ね返りよく響く。人の声に応じ、暗闇が鳴っているような感がある。

呆《あき》れたように月白が見上げた戸は、巨大な白杉で作られたと伝えられている。もとは白い木肌だったろう表面は、木目が所々薄く浮き出ているものの、全体が炭のように黒く変色している。日織の身の丈の三倍は高さがあり、一枚の戸の幅は大人の歩幅で五、六歩ほど。巨大な閂《かんぬき》は一抱え以上もあるが、閂錠だけは両掌《りょうて》程度の大きさだった。

黒一色でのっぺりとした戸は、あまりに巨大なために、近づけば自然と視線が上向く。すると黒い戸が意志をもった巨大な何かに思え、こちらを見下ろしているような気がして、のしかかってきそうな恐ろしさを覚える。

暗闇に立つ巨大な番人。この黒い戸が、神と人を隔てる境なのだ。

「地睡戸《ちのねむりと》というんだ、この戸は。地睡戸は必要なときには人一人の手で開けられるらしい。不思議なことにね」

地睡戸の前には黒漆塗りの宝案があり、青錆《あおさび》の浮いた銅の鍵《かぎ》が置かれていた。

空間が広がったため急に薄暗くなった感がある。結び燈台が戸の左右に一つずつあるのだが、その明かりだけでは空間全《すべ》てを照らしきれない。

闇が、濃く周囲にうずくまっている。

日織と月白は並んで宝案の前に立ち、青錆の浮く鍵を見下ろす。

戸の合わせ目から、鋭く細く、熱い風が吹き付けた。熱さに、二人ともびくりとして地睡戸を見上げる。

真っ黒な戸は微動だにしていないが——あるかなきかの隙間《すきま》から、規則的に熱い風がふうっと吹く。灼熱《しゃくねつ》の体温のある巨大な何かが呼吸をする、呼気のように。

「いやに熱いわ。どうしてこんな熱い風が吹くの？　この先には何があるの？」

正面から鋭く熱い風を受け、月白が手をかざして顔を背ける。

「熱い風が吹く理由も、この先に何があるのかもわからない」

「どうして？」

「この戸の先が龍道で、皇尊に選ばれた者しか入れないからね。この先は地大神の胎内なのだとか、地大神が眠る姿があるのだとか、あるいは眠りを護る何かがおわすとか、様々に言われるが確かなことはわからないんだ。新しく皇尊と決まった者は、龍道に入り地大神の許しを得ることで皇尊と認められる。それが入道という儀式で、それによって皇尊の不在で続いていた長雨が止《や》む。皇尊となるために最も大切な儀式なんだよ。ただ龍道に入った歴代皇尊の誰も、この先に何があるのか語った者がいないから」

目を輝かせて月白は日織を見た。

「日織様も、皇尊に選ばれたら龍道にお入りになるのね」

「選ばれれば、そうなるが」

吹き付ける灼熱の呼気のごとき風のせいで、不安に駆られる。

(もし、わたしが龍鱗を見つけて皇尊に選ばれれば、龍道に入る。その儀式を通過しなければ皇尊とはなれない。ただ、わたしは龍道に入って無事でいられるのか)

禍皇子の伝承と自分が、ふと重なる。

女は皇尊になれないと、神の言葉でしかと聞いた者はない。

しかし神は、いちいち全てを人に要求する存在でもない。神は事前に注文などつけずに突如怒り出し、人はそこから神の意をくみ取ることが多々ある。神とは言葉足らずで理不尽な存在だ。直系男子のみを皇尊と決めたのは神ではなく、変化により地龍が目覚めるのを怖《おそ》れた人だが、もし、人が定めたそれが神の意に沿うものであれば、その掟《おきて》を破ろうとする日織の罪はどれほどだろうか。

日織がなそうとしているのは人を欺くことで、地大神さえも謀《たばか》ろうとすることかもしれない。大罪だ。実際、女の身で月白や悠花を妻としているのだから、それだけでも言い訳のしようもない罪だ。

地大神はそれを許すだろうか。

(許さぬのならば、罰すれば良いさ)

神に挑むがごとき怒りと、吾が身を焼かれるかもしれない恐怖。同時に、この機を得て望みを果たせるかもしれない期待。それらがない交ぜになって揺らぐ気持ちを敏感に察したように、月白が心配そうな顔をした。

「どうしたの、日織様」

「なんでもない。禍皇子の話だったね。その龍の声を聞けた皇子は、皇尊となろうとして龍道に入ったんだ。けれど地大神に認められず、望みを果たせず焼かれて死んだ」

「焼かれた？　どうして」

「龍道で何が起こったのかは、わからない。龍道に入った皇子は、火に巻かれて飛び出してきたという。そして息絶えた。後にも先にも、そのような有様になった皇尊はいない。だからこそ龍の声を聞く男子を禍皇子と呼ぶ。禍皇子は皇尊にはなれないとも言われる。龍道に入れば生きて出られないと」

「それは少々、話を端折《はしょ》りすぎでしょう。日織皇子」

日織の言葉を遮るように、空間の大半を占める暗闇から、聞き慣れない男の声がした。

咄嗟《とっさ》に身構えた日織に、月白はしがみつく。

「誰だ」

誰何《すいか》すると、空間にわだかまる闇の中から、黒の衣と袴《はかま》を身につけた男が現れる。黒一色の身なりは、神職である護領衆《ごりょうしゅう》のもの。髪も結わずにいる。ただ、護領衆の髪は肩までで切り揃《そろ》えられるのが常なのに、彼の髪は背にかかるほど長く、首のあたりでゆるく縛っていた。

「わたし？　さあ、誰だろう」

ふざけるように答えた彼は、微笑する。驚くほど、きれいな顔をした男だった。闇の濃い中、揺らめく明かりで見れば美しすぎて禍々《まがまが》しいほど。

「護領衆か。真尾の従者か？」

「そんなところだ。黙ってお見送りしようかと思ったが、あまりにもいい加減に禍皇子の伝承を語られるので、つい口を出してしまった」

神職らしい言いぐさだ。おおかた真尾とともに龍稜に入り、雑事をこなす役目を仰《おお》せつかった者だろう。日織は警戒を解く。

「わたしの語ることの、どのあたりがいい加減だと？」

「龍道に入り焼け死んだ故《ゆえ》に、龍の声を聞く男子を禍皇子と呼ぶ。そう仰った」

「違わないだろう」

「違うよ。その者が禍皇子と呼ばれ、今の世にその皇子の名を伝えるのすら禁忌とされ、禍皇子として伝えられるほど忌《い》み嫌われたのは、死に様だけが理由ではない」

眉《まゆ》をひそめ、日織は男を見つめた。

(そんなことは承知している)

怖がりな月白を必要以上に怖がらせることもないと、あえて語らなかったのだ。

禍皇子。そう伝わる皇子には本来の名があったはずなのだ。その名すらも禁忌とされ、禍皇子とだけ呼ばれるようになったことも、どれほど忌むべき存在なのかを知らせる。

「禍皇子は、どうしてそんなに忌み嫌われているの？」

月白は、怖がりなくせに知りたがりらしい。日織の腕にしがみついたままで問う。

「龍ノ原の正史『原紀《げんき》』の記述によれば、八代前の皇尊の御代のことで、およそ三百年前かな。その者は皇子として生まれ、なおかつ女にしか聞こえないはずの龍の声を聞けた。そのために慢心し、兄である大兄皇子と父である皇尊をその手で弑《しい》し奉《たてまつ》った」

淡々とした男の言葉に、月白が目を見開く。

「皇尊を⁉　そんなことを？」

「そうだ。央大地にある誰もが、手を出してはならないと知っている方を、禍皇子は手にかけた。八虐《ぎやく》のうち最も忌むべきとされる、謀反《むへん》の罪だ。さらに自らが皇尊になろうとしたが、龍道で焼かれ、皇尊不在となる事態を招いた。大兄皇子も亡くなり、しかも予想だにしなかった皇尊の崩御だった。ために、その後の新たな皇尊の選定は難航し、空位は一年におよび、龍ノ原の半分が水と土砂に流された。一族も民も、龍の声を聞く男子の存在を恐れた。信じがたい災厄が起こったために、以後そのような者が生まれた場合は、すぐ闇に葬《ほうむ》られることになった。禍皇子とはそういう者」

葬るという言葉に月白の顔が強《こわ》ばった。

神代から今まで、最も長い皇尊空位は一年。およそ三百年前のことだ。

皇尊の存在が地龍を鎮《しず》めているからこそ、央大地はあり続けるという国造り神話は、一原八洲全ての民が知っている。しかしその神話が果たしてただの作り話なのか、幾分かの真実が含まれているのかは、誰にも判断できなかった。

しかし三百年前にあった、一年におよぶ皇尊の不在で、少なくとも龍ノ原の民と、龍ノ原と国境を接する五洲の民は、神話には真実おそろしい警告が含まれているのだと知ったのだ。もし龍ノ原の皇尊の血が絶えたならば、三百年前の大災害よりさらに大きな災厄が央大地を襲う。そして央大地は海に没すると。

龍ノ原の民のみならず、央大地の民全てが存在を求め続ける皇尊。それを殺す罪を、人々はなによりも怖れる。

龍ノ原には定められた八つの大罪がある。謀反、謀叛《むほん》、悪逆、不道、不義、大不敬、謀大逆《ぼうたいぎゃく》、不孝《ふきょう》がそれで、これを八虐といい神代から定められた罪。その八虐のなかで最も罪が重いのが謀反。皇尊を弑し奉ることをさす。

謀反を犯せば央大地が海に沈むかもしれないのだから、罪の重さは計り知れない。

その謀反の罪を犯した者と同じ性質をもつ者が生まれたとき、人々はその者に対してどう考え対処をするのか。

「聞いたことがありませんか？　一族も民もそれを求めると。二度と災禍を起こさないために、禍皇子と同じく龍の声を聞く異端の男子は生かしておけない。生まれれば殺す」

月白は、日織の腕にからめた手に力を込める。

「そんなふうに生まれたことが、罪なの？」

不安げな月白の問いに、男は頷《うなず》く。

「そう」

こともなげに応えた男に反発を覚えた。残酷なことが行われるのは事実で、日織はそれを事実としては受け止めているが、良しとしているわけではないのだ。

この男のように、当然のように語るべきではない。

「生まれたことが罪である者など、この世にいるのか？　禍皇子が龍道で焼かれて死んだのは、龍の声が聞こえたのが原因だとは言えないはず。さらに慢心が過ぎたのはその者の人間性。すべての龍の声を聞く男子が慢心すると決まったわけではない。禍皇子は、龍の声を聞くから焼かれたのではなく、皇尊を手にかけたこと、謀反の罪で焼かれたのかも知れない。龍の声が聞こえる男子でも、行いさえ正しければ、龍道で地大神に皇尊と認められる可能性は高いだろうと、わたしは考える。龍の声を聞く男子だからと、その生来の性質だけでその者を科人《とがにん》と見なすのは、ただの怯えだ」

「一理ある。いや、正論と言っても良い。仰るとおり、と言っておこう」

あっさりと認めた男の声には、しらけたような響き。さらに彼は軽蔑《けいべつ》するような流し目をくれ、それがぞっとするほど艶《なま》めかしい。

「ただ、誰がそのような危険な試みをして欲しいなどと望む？　皇尊の不在は龍ノ原にはあってはならない事態。それを引き起こす可能性がある恐ろしい者は早々に排除すべきと、そう考える人心をあなたは責められるか」

「責めはしない。ただ、説く」

「それによって災禍が起こったとき、責任をとれるのか」

「責任などとれない。わたしの説くことに納得したのであれば、それは納得した者の責任。もし災禍があれば、判断を誤ったのだと後悔するしかない。わたしも、ただ悔やむしかない」

「悔やむしかないと？　無責任ではないの？」

「わたしは責任を取ろうなどと思っていないし、責任を負うこともできない。ただ自分の信じるところを信じるのみ。信じることで過《あやま》ちを犯すのを恐れるとしたら、既存のものの他は信じられなくなる。いや、既存のものを信じても、状況が変われば過ちになってしまうことさえある。だとしたら人は何も信じられず、何もなしえず、ただうずくまっているのみになる」

男は腕を組み、にやりとした。

「なかなか詭弁《きべん》を弄《ろう》する。面白いね」

なんともいえない違和感が、日織の中に徐々にふくれあがってくる。

（この者、ほんとうに神職か？）

空露や真尾のような面《つら》の皮の厚さはあるものの、神職のように感情が凍てついた感がない。この男は、胸の内に何かを滾《たぎ》らせているようだ。さらに日織に対しても態度がぞんざい過ぎる。空露のように幼少期から教育係を務めているならともかく、神職は皇子に対して、このような口をきかない。

「おまえの名は？」

日織の目に浮かぶ疑心を読み取ったのか、男は質問を逸《そ》らすように闇の一点を指さす。

「あそこに細い隧道につながる枢戸がある。あれを抜ければ、楡宮の近くにある回廊の脇《わき》へ抜けられる。そこを通って帰れば濡《ぬ》れずにすむ。わたしは先に失礼するね」

きびすを返して闇へと踏み出す彼の背に、日織は鋭く重ねて問う。

「名は⁉」

「芦火《あしび》」

それだけ声が返ってきて、男の姿は闇に溶けた。

男――芦火が教えたとおり、暗闇の向こうには腰をかがめて入れるほどの小さな枢戸があり、隧道につながっていた。それを抜けると回廊に出たので、濡れずに楡宮へと帰り着けた。

月白を西殿へ帰した日織は、自分の居所である東殿へと戻った。

「その者、本当に護領衆でしょうか」

龍道で妙な男に会ったという日織の報告を聞き、几帳《きちょう》を隔てた向こうから、空露は訝《いぶか》しげに問う。濡れた衣を着替えながら日織は答えた。

「わたしも怪しいとは思うが。ただおまえと同様の黒の衣と袴姿ではあったし、龍稜の、しかも龍道の抜け道にも詳しい。頻繁に龍稜に出入りしている者にしか、わからないことだろう。ちゃんと名乗ったしな」

「なんという名ですか。護領衆ならば、全員の名は知っております」

「芦火と名乗った」

几帳の向こう側で、空露が息をのむ気配がした。身なりを整えた日織は几帳の陰から出て、端座する空露の前に腰を下ろす。

「どうした、おかしな顔をして」

強ばった表情で、空露は念を押す。

「確かに芦火と名乗りましたか」

「名乗った。それが」

「その名は、皇尊と護領衆以外には知り得ない名です。ただその者が、芦火である可能性はありません。その者は名を騙《かた》ったのです」

「意味がよくわからない」

しばらくの逡巡《しゅんじゅん》の後に、空露は声を低くして告げた。

「これは他言してはならないこと。禁忌として、皇尊と護領衆にしか伝えられない。しかし日織が皇尊となられると信じ、お教えしましょう。皇尊であれば知っておくべきです。他言はなさらぬよう」

「他言はしない。なんなのだ、芦火という者は」

「芦火とは禍皇子の名です。芦火皇子。それが禍皇子の名です」

三章　祈社《きしや》の遊子《ゆうし》

一

「禍皇子《まがつみこ》の名が……」

あっけにとられ、すぐさま二の句が継げなかった。空露《うつつゆ》は頷《うなず》く。

「日織《ひおり》が龍道《りゆうどう》で会ったその者は、己は禍皇子であると名乗ったのですよ」

「そのような莫迦《ばか》なことを、あの男は言ったのか」

「先ほども言いましたが、皇尊《すめらみこと》と護領衆《ごりようしゆう》以外で、禍皇子の本当の名を知る者はいません。となればその者は護領衆の可能性が高い。どのような男ですか」

「護領衆に珍しく、髪が肩より長かった。それに、こちらが怯《ひる》むほどに美しい顔立ちだった。目鼻立ちが整いすぎて、不吉なほどに美しいとでも言うか」

空露は眉根《まゆね》を寄せる。

「怯むほどとなると思い当たりません。護領衆にはそのように、特別に美しい者はおりません」

「護領衆でなければ、何者だ。皇尊と護領衆の他に、芦火《あしび》の名を知っているのは……」

そこまで口にして、急に薄ら寒さを覚えた。

龍道への抜け道を知っているとするならば、龍稜《りゆうりよう》に頻繁に出入りする者か、あるいは住む者しかありえない。しかも芦火皇子の名を知る者は――。

(まさか芦火皇子、その人)

三百年前に死んだ皇子だ。

大岩山に宮が点在する龍稜は、ほとんどの場所でひとけはなく、物寂しさと幽玄が入り交じる。こんな場所では、異様な何かが息を潜めていても誰も気づかないのではないか。その何かが、人々をして龍稜を「奇妙」と言わしめている可能性もある。

ふとそんなことも考えたが、軽く首を振って考えをふり払う。

「芦火皇子であるはずはない。莫迦らしいな。禍皇子を騙《かた》る何者か、というだけだ」

「しかし護領衆でもなく、皇尊でもないならば、なぜ芦火皇子の名を知っているのか。なぜ龍稜に入れたのか。なぜそれほど龍稜に詳しいのか。様子をうかがう限り、龍稜に仕える舎人《とねり》のようにも思えませんし。得体が知れません、その者」

空露の声には強い警戒感がにじむ。

「確かに。いささか気味の悪いことだ。今度現れたら、捕まえてやろう」

「おや、頼もしいですね。わたしよりも、随分頼りがいがある」

からかうような軽口に、日織は鼻を鳴らす。

「お姉様のためにも、今この機は逃せない。何者にも邪魔はさせない」

龍稜に何者がいるにしろ何があるにしろ、日織は龍鱗《りゅうりん》を探す。ただそれだけ。

不津《ふつ》は皇尊になれば都を造ると口にした。その善し悪《あ》しは別として、今まで誰も考えもしなかったことで、その点から言えば彼は因習に対するこだわりや恐怖が薄いと察せられる。しかしその彼にしても、遊子や禍皇子に対しては「寛容にあつかう」と言った。どうあつかおうが結局、異端は異端とし常の者とは別とする。それを寛容と言うのだから、笑ってしまう。常の者の発想だ。

しかも不津は、異端の母をもったことを恥じているようだ。

常と違うことが、恥か？　日織は不津に、そう訊《き》いてみたい。

異端と呼ばれる者は、常の者と一部分が異なるだけ。その一部分のために全《すべ》てを別とされるのは、異端と呼ばれる者にとってどれほど切ないか、悔しいか。常の者にはわかるまい。だから寛容などと言う。

（龍の声が聞こえないから、なんだと？　それが何の罪科《つみとが》だ。龍の声が聞こえて、過去にその者が罪を犯したから、なんだと？　後に生まれる同様の者も同等の科人と見なすとは、怯《おび》えが過ぎるとは考えないのか。わたしは認めない。無意識にそれらを認めている不津も、山篠《やましの》の叔父も、皇尊にはさせない）

決意は揺るがない。ただ、心のどこかが、なにかの拍子に石を抱くような重さを感じる。己の決意もまた、己の中にある、身勝手な思考でできあがっている自覚はあるのだ。

誰かの正義は誰かの悪で、誰かの悪も誰かの正義になる。立場と考えが異なれば、異なった数だけの、正義も悪も決意もある。

「わたしも、気をつけておきましょう」

空露は無表情に頷く。神職である彼は、本来ならば日織を止めるべきだ。女であり遊子である日織が、正体を隠して皇尊になるなどと、神職が黙って見過ごせることではない。生きながらえているだけで満足し、それ以上の望みを抱くなと諭すのが本来だろう。

しかし空露は、日織の望みを肯定し続けている。

感情の読みにくい空露の顔の下には、恋した人を無残に奪われた少年の復讐心《ふくしゅうしん》が未《いま》だにあるのだろう。教育係として幼い頃から傍らにいる彼は、日織にとって兄のような存在でもあり、また不遜《ふそん》な望みを果たそうと画策する共犯者だった。

翌日、日織は空露とともに護領山の祈社へと向かった。龍鱗の手がかりを得るために、祈社に保存されている文書を探すのが目的だった。

祈社の門前に到着して馬上からふり返れば、雨の降る中、祈社と正対して皇尊の居所である龍稜の偉容があった。

木立のない草原に立ち上がる、巨大な岩の爪《つめ》。

龍稜の東西の麓《ふもと》は、巨大な長方形をなす板壁に囲われ、整然と並ぶ殿舎の群れがある。左宮《さのみや》、右宮《うのみや》と呼ばれる政《まつりごと》の場だ。それぞれに左の大臣《おとど》、右の大臣が住まいし、その配下にある組織が各々《おのおの》の殿舎で務めを果たしている。

宮とは皇尊の一族が住む場所を言うが、左宮と右宮だけは大臣が住む。それは政のために、皇尊が己の宮を使わせているという意味からだった。

左宮、右宮では、阿知穂足《あちのほたり》と造多麻呂《つくりのたまろ》が粛々と常の勤めをしているだろう。

皇尊が不在とは言え、信徒である民から奉納される米や絹が止まることはないし、賦《ふ》役《えき》も止まりはしない。

さらに今は、里や郷を支配する首《おびと》や大首《おおおびと》が、頻繁に治水の不安を訴え、右宮の民部《たみべ》に顔を出しているはずだった。殯雨《もがりあめ》が激しくなり、池や湖の水が庭先を洗うほどになった里や郷は、かなりあるだろう。

（皇尊の御位《みくらい》は空だから、どうにもならぬ。右の大臣の造多麻呂も難儀なことだろう）

今一度、龍稜へ視線を戻すと、月白《つきしろ》の涙目を思い出す。

(早く帰ってやらねばな。あの年であの子は、本当に子どものようだ)

日織が龍稜を離れるのを、月白は涙目になって嫌がった。慣れない龍稜で、日織が自分の側《そば》を離れてしまうのが不安らしい。自分も祈社へ行くと駄々をこねたが、「数日で帰るのだから、我慢して。大路《おち》もいるだろう」と説き伏せた。

悠花《はるはな》の方は大人らしく、にこりと笑うと頭を下げ、日織を送り出してくれた。

空露とともに祈社に入ると、事前に訪問すると伝えていたので、すぐに護領衆の一人が出てきて案内に立った。

最初の案内はあったものの、祈社で変事がありごたついているということで、日織と空露は自由にして良いと言われ、采女《うねめ》もつかなかった。

それはかえってのびのびできて良かったが、空露は、何があったのかと気になる様子だった。事情を訊《たず》ねてみたらしいが、今は祈社に役割のない彼に対して他の護領衆たちは言葉を濁し、はっきりと答えてくれないらしい。

祈社には書物を納める殿舎が三つあり、日織と空露は手分けして、そこに納められている文書に目を通していった。

明らかに龍鱗と関わりのないものを除く作業で三日。その後いったん龍稜に戻ったが、翌日にはまた祈社に出向き、龍鱗の記述がありそうな文書を再度読みなおす。

書を納める殿舎は高床の校倉《あぜくら》で、外の光は入らない。組みあげられた丸太と丸太はぴたりと合わさり、紙一枚の隙《すき》もないのだ。雨を含み湿った白杉《しらすぎ》の森に囲まれたその中は、昼でも暗い。

日織は油皿を持ち込み、うんざりする量の文字を目で追う。瑠璃《るり》軸に巻かれた帛巾《はくきん》の巻物と、竹簡に書かれた巻物を広げ、座り込んでいた。

膝《ひざ》の上に置いた巻物には、龍鱗の言葉が記されている。

(それなのに正体が見えない)

どちらの巻物にも、遷転透黒箱《せんてんとうこくばこ》に入れられる秘宝として龍鱗の名は散見するが、具体的にどのような形や大きさなのか触れられていない。最も詳しい記述とおぼしきものすら、

『遷転透黒箱にしか入り得ない秘宝』

『龍鱗は龍稜にのみ存在する』

という、簡単な文言のみ。しかもそれらは既に知らされている事実。

日織たちは、龍鱗が具体的にどのような形をしているのかを知りたいのだ。にもかかわらず、古人が意図的に龍鱗の形状を書き記すのを躊躇《ためら》ったと思えるような記述ばかり。

手に取った竹簡を、いささか乱暴に膝に戻して天井を仰ぐ。

(なんなのだ。この曖昧《あいまい》さは)

苛立《いらだ》ちを鎮《しず》めようとしていると、戸が開き、仄明《ほのあか》るさが内部に射《さ》した。

「空露か」

問うたが、返事がない。

ふり返ってみると出入り口には、垂らし髪の少女が立ちつくしている。利発そうな顔には見覚えがあった。悠花のところに出入りしていた遊子の少女だ。彼女は腕に巻子本を二巻き抱えている。日織は表情を緩め苦笑いした。独りで苛々している不機嫌な顔を少女に見られたのは、ばつが悪い。

「悪いね。驚かせてしまった？　その本を戻しに来たのだろう。どうぞお入り」

躊躇うような間があったが、少女は「はい」と答えて中に入ってきた。近くへ来ると、棚に巻物を戻そうと背伸びする。

日織は立ち上がり、ひょいと彼女の手から巻物を取り上げて棚に戻してやる。彼女はびっくりした目を日織に向けた後、嬉《うれ》しそうな笑顔になった。

「ありがとうございます、日織皇子様」

「偉いね。書を読んでいるんだ」

「それくらいしか、することがないので」

「たくさん読んだ？」

「はい。祈社の書物は、ほとんど全部読みました」

「それはすごいな」

「すごくはないんです。さっきも言いましたが他にすることがないので、ここ二年ずっと読んでますから。悠花様がいらしてくださってからは、手習いを見ていただいていたのですけど」

寂しげな色が少女の目に浮かぶ。

「悠花に会いたい？」

「はい。とても優しくしてくださったので、わたし、お姉様のように思っているんです」

はにかんで俯《うつむ》く。

その大人しやかな様子に宇預《うよ》の面影が重なる。

宇預が死んだとき、ちょうどこの少女と同じくらいの年だったのか、と。今の日織から見ると、ほんの子どもだ。こんな子どもだった宇預が山中で、見ず知らずの者どもに殺害された。どれほど恐ろしかっただろうかと思うと、絶望感すら覚えた。

もし日織が皇尊になれなければ、目の前の少女も同じ道をたどる。殯雨が止《や》めば、彼女に迎えが来るのだ。

見つめられた少女は、日織が気分を害したと思ったのか慌《あわ》てたように付け加える。

「え、いえ。悠花様が日織様の妻となられたことは、喜んでいます。寂しいのですけど、悠花様がお幸せになられる方が嬉しいので」

少女の思いやりに、日織は微笑《ほほえ》む。この子はとてもよい子だ。

「今度、龍稜に連れて行ってあげよう。悠花に会うといい」

「それは、日織様にも悠花様にもご迷惑では」

「大丈夫だよ。気遣いのできるよい子だね、あなたは。名は？」

優しい声に促され、少女は薄く頬を染めて答えた。

「居鹿《いしか》です。ありがとうございます、日織様。あの、わたし。日織様が皇尊に即位されることを、地大神《ちのおおかみ》にお祈りします」

日織の父であった皇尊の令により、遊子は祈社に集められ常の者と隔てられている。祈社においてある程度の自由は許されていても、常の者と交わるのは良しとされず、祈社を訪れる者が遊子の姿を見かけることはない。

それは遊子の子どもたちは、祈社の者以外と交われないということでもある。

冷淡な表情がこびり付いている護領衆や、すまし顔の采女たちしかいない場所では、子どもであれば寂しくてつまらないだろう。そんな中で悠花に出会えたのは、居鹿たちにとっては滅多にない僥倖《ぎょうこう》だったのだ。

「悠花がいなくなって寂しい思いをしているのは、可哀相《かわいそう》だな。こんな寂しい場所だものね。父母のもとへ帰りたいだろうに」

「それは無理だと知っています。わたしは、殯雨が止めば龍《たつ》ノ原《はら》を出ると決まってます。

もうすぐです。今更父母に会いたいと思いません。それに」

「それに？」

言い淀《よど》んだのを促すと、居鹿はまつげを伏せて、微《かす》かな笑いを浮かべる。

「父母は、わたしが戻るのを望みません。わたしと違って、ちゃんとした姉と妹がいますから」

その表情でわかった。この少女は幼いときからずっと、疎外感《そがいかん》を覚え孤独を抱えていたのだろう。哀《かな》しみに慣れると人はなぜか笑う。本来であれば、無邪気な夢や希望で体中を一杯にしているはずの年頃の少女が、こんな顔で笑う。それを見ると抱きしめてやりたい衝動に駆られ、日織は思わず口にした。

「ならば、わたしのもとへおいで。大切にしてあげよう。わたしが皇尊となれば、あなたのような子を八洲《はっしゅう》へやりはしない」

「え？」

居鹿は何度か瞬《まばた》きして、日織をぽかんと見つめる。

「そんなこと」

「わたしが皇尊になれれば、ね。そうなったら約束するよ。あなたを八洲へやりはしない。けれどその前に龍稜へは連れて行こう。悠花に会えるよ」

居鹿は、溢《あふ》れるような笑顔を見せた。

「はい」

先に待つ楽しみを噛《か》みしめるような返事が愛《いと》おしく、頭を軽くなでてやると、居鹿は憧《あこが》れの眼差《まなざ》しを日織に向けて何か言おうと口を開きかける。

そのとき、「日織」と呼ぶ空露の声が、薄明かりの入る戸口から聞こえた。それにはっと身を固くすると、居鹿は頭を下げてきびすを返す。

俯いて横をすり抜けた居鹿を見送り、空露は咎《とが》めるような表情でこちらに向き直る。

「あの子に何を言ったのですか」

「悠花に会わせてやると約束したまでだ。寂しがっていたから」

「また、そのような余計なことを」

悪戯《いたずら》を見つかった気分ではあるが、悪いことをしたとは思わなかった。

床に置いてあった油皿を手に取り、出入り口へと向かう。

「かまわないだろう。なんの罪を犯すでもない」

「あなたが遊子に肩入れしていると噂《うわさ》が立てば、何かあるのかと探られるきっかけになりかねない」

「それで尻尾《しっぽ》を出すほど間抜けではない。それよりも、もうここを出よう。文書を何度読みなおしても同じだ。新しい記述は見つけられない。おまえの方は？」

「わたしも同様です」

力なく首を振った空露の肩を叩《たた》き、校倉を出た。

時を無駄にした疲労感は濃かった。そのせいか六本の白杉柱で支えられた門の下で、厩《うまや》から馬が引き出されて来るのを待つ間、日織も空露も、互いに口を開かなかった。雨音が白杉の葉を打つ音だけを聞いていた。

湿った土のにおいと、白杉からたちのぼる樹皮の香りが辺りには濃い。

(あれらの文書は、果たして全て役に立たないものなのだろうか)

門の檜皮葺《ひわだぶき》の屋根の庇《ひさし》から滴《したた》り落ちる雨粒を見つめ、柱にもたれかかってぼんやりと考える。何か見落としている――というよりは、何か読み取れていない気がしてならない。

すぐそこにあるのに意図的に隠されているような、そんな感覚がぬぐえず焦《あせ》る。

そのときふと、日織はもたれていた柱から身を起こす。

(泣き声?)

常にあることに慣れてしまった雨音に混じり、幼いすすり泣きが聞こえた気がした。

空耳かと思いながら門の向こう、なだらかに下っている門前の道へと視線を向けると、雨に煙りぬかるむ道を三騎の人馬がのぼってくるのが見えた。

すすり泣きは徐々にはっきりと耳に届く。

先頭の馬にまたがるのは知った顔だった。

「不津か？」

雨よけの皮衣《かわごろも》は黒く、濡《ぬ》れ光っているのが凶鳥のようでどこか不吉だった。そう思えたのは、不津が雨に顔を背けることもなく視線を正面に据え、ひどく硬い表情をしているからか。額から頬にかけ流れる水滴を拭《ぬぐ》いもせずにいる。背筋を頑《かたく》なまでに伸ばし余計な動きを抑えようとする、見るからに力の入った体。

普段の鷹揚《おうよう》な印象の彼とはどこかが違う。

手綱を握る彼の腕の間には、十歳ほどの女の子がいた。見覚えのある子だ。全身濡れそぼち衣も纈《ゆはたのも》裙も肌に張りつき、小さくまとめた髷《まげ》も崩れてくしゃくしゃで、手足が泥で汚れている。裸足《はだし》だった。

哀れな様子に驚き、直後、かっとなった。

二

「あの子は」

空露が呟《つぶや》くのとほぼ同時に、日織は門の下から飛び出して不津を迎えるように道の真ん中に立ちはだかっていた。

「不津」

目の前に亡霊でも見たかのように、不津が顔色を変えて手綱を引く。

「なぜここにいる、日織」

「それはこちらが訊きたい。その子は、祈社に預けられている子のはずだ」

不津の馬に乗せられて、俯いてすすり泣いているのは、悠花のもとへ居鹿と一緒に遊びに来ていた遊子の女の子だった。丸い目をして、きょとんと日織と悠花を見ていた、幼い顔や姿を覚えている。日織の声を聞いても女の子は顔をあげることなく、次々流れる涙と雨粒を、両手で無造作に拭い続けていた。

「なぜおまえが、その子を連れている。しかも祈社の外から連れてくるとは」

不津の背後に従う馬上二人の舎人は、無表情ながら、目は日織の非礼を責めている。

驚きに色を変えたのはわずかの間で、不津はすぐに平静を取り戻したらしい。多少憂《ゆう》鬱《うつ》そうではあったが、ほぼ無表情でこともなげに告げた。

「俺の子だ」

冷たい声だった。

「なに？」

「この遊子は俺の子だ」

(不津の媛《ひめ》!?)

体の芯《しん》が急にぞっと冷えたのは、雨にあたったせいばかりではない。

泣きじゃくる幼い子が濡れ汚れているのを庇《かば》いもせず、ただ馬に乗せているだけの無表情な父。その様子が日織の中にある、嫌悪《けんお》と恐怖の対象である父皇尊の幻と重なる。日織が物心つく前に父皇尊は崩御している。その姿を覚えているわけもないのだが、自分の中で作りあげられた虚像が目の前に具現したかのように。

不津は淡々と続ける。

「母恋しさに、祈社から逃げ出して宮に戻ってきたらしい。宮の者は媛に手出しできぬとおよび腰でな、俺が龍稜から呼び戻されて、媛を祈社へ送ることになった」

そこで背後の二人に目配せする。

「祈社の者に、門前まで迎えに来させよ」

舎人二人が馬を下り、馬の轡《くつわ》を引いて急ぎ足に門の内側へと向かう。門の下で「祈社の奥へ案内しましょう」と、空露がその二人に声をかけた。二人を連れて歩き出す直前に、空露は目配せしてきた。落ち着けとその目が言っているのは、よくわかった。

無言のうちに諭されたのは理解していた。しかし手が震える。

銀灰色の日織の皮衣は、雨をはじいて仄輝く。額に流れる水滴が目に入るが、瞬きでふり落とすのみで、泣き続ける女の子を見つめていた。

(泣かないで)

そう言いたかったが、泣くなと慰められるだけのものを日織は持ち合わせていない。

彼女をこの場から逃がしてやることも、幸せな人生を与えてやることも、何もできないのだから。

　程なく、数人の護領衆と采女が、舎人たちと空露とともに駆けてきた。

　采女は目を吊《つ》りあげると、雨にも構わず馬に駆け寄り、「ご迷惑をおかけ致しました、不津王《ふつのおおきみ》様」と膝を軽く折り、女の子の腕を引く。

「さあ、下りていらっしゃいませ」

　うつむいていた女の子が顔をあげ、金切り声をあげて、不津の黒い皮衣にしがみつく。

「いや！　いや！　母君に会うの。会いたいの。いや、父君！」

「お下りなさいませ」

　厳しい、采女の叱責《しっせき》。

「いや、父君！」

　不津は娘の両手を掴《つか》むと己の皮衣から引きはがし、「行くのだ」と言った。加勢に入った護領衆が、体を抱え馬から引き下ろすと、女の子は悲鳴のような泣き声をあげる。女の子を抱えた護領衆が急ぎ足で門をくぐる。その後に続く他の護領衆と采女たちは、申し訳なさそうに不津に黙礼を送った。

　ちぎれるように、泣き声が遠くなっていく。

　日織は呆然《ぼうぜん》と見送っていた。自分の一部がちぎれ、遠く雨の向こうへ連れ去られたような気がする。

祈社がごたついていると聞いてはいたが、このことだったのかと理解した。遊子が一人、逃げ出したのだ。しかもそれが不津の娘であったとは。

なぜこんなものを見なくてはならないのかと、胸の奥から、大きく不快な塊がせりあがってくる。

「見苦しいものを見せたな、日織」

ふっと笑った不津の言葉に、日織の胸の中に押し上げられた塊がはじけた。いきなり不津の皮衣を両手で摑み、力任せに彼を引きずり下ろそうとした。不意のことで慌てた不津は体の均衡をくずし、危険と判断したらしく自ら飛び降りる。その胸ぐらを摑むと馬体に押しつけるようにして怒鳴った。

「おまえの媛なのだろう！　あんなに嫌がっている子を、なぜ手放す！」

「遊子だ」

「遊子だといって、なぜそうできる！」

二人の舎人と空露が、「不津様」「日織」と、慌てふためいて駆け寄り日織をなだめようとする。それに向かって不津は軽く手を上げ、「待て」というように制止した。

不津は冷静に答える。

「令により定められているからだ。そしてあのような哀れな者は、令に定められるとおり、我らとは区別されてある方があの者たちにとっても幸せだろう」

哀れ。区別。幸せ。それらの言葉一つ一つが鋭く日織の胸に刺さり、刺さった傷口からさらなる怒りが噴き出す。

「嫌がっていた！」

「幼い故《ゆえ》だ。成長すれば、我らと別のものとしてあるのが正しいと理解する」

「別としてあるのが正しい？　なぜそう言い切れる。仮に正しかったとしても、それを理解する前に殺すのだ。知っているのだろう」

嚙みつくように顔を寄せた。憎しみを受け流すように、不津は頷く。

「ほとんどがそうだとは知っている」

「知っていて殺すか。己の子を」

「それは皇尊が定めた令によるもので、我々が今、どうにかできはしない。やれるとすれば己が皇尊の御位について令を廃することのみだろう。もし俺が皇尊となれば、令を変え、遊子を八洲の国主へ下げ渡すことはさせまいとは思う。廃すのではなく、変える。遊子は我らと別のものとして、祈社で生きれば良い」

「結局は、自分の媛を別のものとして放り出すのか」

不津の口もとに皮肉な微笑が浮かぶ。

「別のものとして、ではなく。あれらは別ものなのだ。我らと交わり生かすほうが、酷だ。恥となりかねない――俺を産んだ女のように」

　煮え立っていた日織の怒りに、「俺を産んだ女」と言った声の冷たさが流れ込み、わずかばかり冷静になって不津の目を見た。彼の声には嫌悪と哀れみがあった。

「産んだ女？」

「知っているのだろう、俺を産んだ女が遊子であったことは。知らぬ者はいない話だろうからな」

「おまえの母君だろう。おまえは己の母君を恥というのか。遊子だからか？　常と違う者だからか？　常と違うことは恥か？」

　路傍の雑草が雨粒に打たれ、間断なく頷くように揺れている。馬は項垂《うなだ》れたまま所在なさげに二、三度足踏みした。雨音しか聞こえない。

　絡《から》みあった視線を外すことなく、不津は淡々と言う。

「産んだ女そのものは恥ではない。遊子は我々と違うものであるが、その存在は常とは違っても恥であるとは思わない。我々と同じではない、別の存在というだけだ。しかし常の者の中に立ち交じれば、哀れだ。その存在は恥となるおそれがある。別のものであるからこそ」

　不津の目に暗いものがさす。常に明朗な彼の中にあるものが、ふっと顔を覗《のぞ》かせたようだった。

「おまえの父皇尊が令を発するまで、遊子がどのようなあつかいを受けていたのか知るまい。おまえはまだ、生まれていなかった」

「どうせろくでもない話だ」

「そうだ。まったくろくでもない。遊子が生まれれば、宮の奥で隠すようにして育てられていたが、そのうち養う者がいなくなれば生きていけん。そうなる前に、慈悲と称して一族の男が気に入った遊子の面倒を見る。意味がわかるか？　要するに遊女《あそびめ》なのだ」

空露が気遣わしげに日織を見ているのはわかったが、今更、取り乱しはしなかった。かつて遊子がどんなあつかいを受けていたかなど、知らなくとも想像はついていた。

苦笑いが口もとに浮かび、摑んでいた不津の皮衣を突き放す。

「本当に、人はろくでもないな」

虚無感が怒りに勝り、力が抜ける。

「吾が父君は、立場の弱い者を弄《もてあそ》び身籠《みご》もらせた。生まれた俺は、子のいなかった父君の妻の子として引き取られた。俺を産んだ女は、その後も幾人かの相手をして気をおかしくして、哀れなばかりの様子で生きていたらしい」

語る不津の目に、嫌悪の色が浮かぶ。

「遊子追放の令が発せられたのは俺が十一歳のときだ。その時に俺を産んだ女も祈社に送られ、その三年後には葦封洲《あしのほうしゅう》へ下げ渡されると決まった。あの女が龍ノ原を出る直前、さすがの父君も女を哀れんだのか、おまえを産んだ女が龍ノ原を出るぞと俺に教えた。その気があるなら会いに行け、ということだ。俺はそのとき既に十四歳。翌年には成人で、妻《めと》も娶ることになっていたからな」

「会ったのか？」

「会うつもりはなかった。ただ好奇心で、俺を産んだ女がどんなものか、見たかった。だから祈社へ赴き、護領衆に『俺を産んだ遊子はどれだ』と訊いて、遠目に見た。あれだと教えられ、その女を初めて目にしたときには怖気《おぞけ》が走った。身なりはだらしなく、生気がなく、迷惑そうな護領衆にしなだれかかり、にやにや笑ってつきまとっていた。表情や気配が、熟れ腐った柘榴《ざくろ》のように思えた。あの後、葦封洲から迎えが来て、あの女はおそらく死んだろう。あのような恥ずかしい者になりはてる前に、祈社へ送れればよかったのだ。そうすればすくなくとも、あのような哀れな姿にはなるまい」

　皇尊の継承権をもつ少年は、周囲から高貴な者と傅《かしず》かれ、己の身を誇るように育てられているはずだ。その少年が、最も多感で、最も自尊心が膨らむ十代に、哀れな生みの母を目にしたのだろう。

　そのとき少年は何を感じるのか。心優しくあれば生みの母の姿を哀しみ、助けたいと思えるかも知れない。しかし少年の頃は誰しも、潔癖で、怒りっぽく、誰かの痛みを感じるよりも自分の痛みに対しての方が遥《はる》かに敏感で、自分に痛みを与えるものを激しく憎む。

少年だった不津は、生みの母を目《ま》の当たりにして激しい痛みを感じたのだ。そしてその痛みは彼の中にこびり付いている。今、日織が覗く瞳《ひとみ》の中に痛みが見えた。

「俺は父君のように卑《いや》しくない。父君の行為を恥と思う。だからこそ、常とは違いながら常の者と立ち交じり、恥ずべき行為の一端を担《にな》った時点で、俺を産んだ女は恥となったのだ。別で、区別され生きていれば、そのような恥をさらすこともなかった。そしてその結果、自分が生まれたのは恥ずかしいのだ」

沈黙の後、日織は口を開く。

「嫌悪しているんだな」

不津が眉を吊りあげた。

「なに？」

「おまえは遊子は恥ではないといいながら、心のどこかで嫌悪してる。だからこそ別にして、自分たちと別の場所にいれば良いと言うのだ」

不津はそもそも遊子を、自分たちとは別だと信じて疑っていない。それは無意識にしろ、遊子を蔑《さげす》み嫌悪しているからだ。少年の頃に覚えた痛みが、そうさせたに違いない。

「遊子を別と誰が決めた」

鋭く、日織は問うた。

「遊子は龍の声を聞かぬのだぞ。神に見放された存在だ」

「神がそう言ったか？ 龍が遊子に対して、そのように嫌悪を示したか？ 地大神が遊子は加護の外にあるのだと告げたか？ 龍の声が聞こえない遊子を神に見放されたと考えたのは、人だ。神がそう告げたわけではない」

神にとってみれば、それは些細《ささい》なことだと日織は思う。央大地《ひさしだいち》をその上に乗せ、眠り続けることのみを望む神が、どうして己の背中の上に乗っている小さな小さな生き物たちを区別するだろうか。おそらく気にもとめない。

区別をしたがるのは人だ。人は神にかこつけ区別する。

「神が区別していないとしても、人の世の秩序として、遊子は区別されてしかるべきだ。あきらかに、他の一族とは違う。だから俺は、自分の娘も別として正しくあつかう。他に遊子の媛があれば、早々に別にせよと助言をする」

「明らかに違うのは、龍の声を聞かぬ一点のみだ。その一点のみで区別するのを、疑問に思わないのか？」

「一点でも、我ら一族にとっては重要なことだ。ただ俺は、区別はしても遊子に対して寛容な態度をとるべきだと言っている」

「それは寛容ではない。別にして、見えなくし、己の気を安らかにするのは、結局はその存在が目障《めざわ》りだからだ。目障りなのは嫌悪感があるからだ。おまえは、己の母君も己の媛にも、嫌悪がある。己自身にすら嫌悪があるだろう。母君が遊子であった、と」

「おまえに何がわかる！」

不津が怒鳴った。激高したのは痛いところを抉《えぐ》られたからだろう。眦《まなじり》を吊りあげ、日織に迫る。

「遊子という立場の弱い者を庇い、己の義心を誇りたいのか⁉　それを偽善というのだ。遊子の女から生まれ、遊子を子として授かった者の思いなどわかるまい」

遊子の母をもつ気持ちや、遊子の子をもつ気持ちは、日織にはわからない。残念だろうか？　悔しいだろうか？　哀しいだろうか？　己の母や子が、可哀相でたまらないだろうか？　色々と想像するが、それしかできない。

ただ日織は、遊子の気持ちならばわかるのだ。

「わたしは、おまえの気持ちはわからない。ただ想像することはできる。おまえも、己が遊子だったらと想像することはできる。わたしは、もし自分が遊子であったなら、龍の声が聞こえない一点のみで区別されるのは切ない。だからその立場でものを言った。おまえは自分の子であるあの媛に、その気持ちを聞いたことがあるのか？」

「あれは……まだ、幼い」

答えた声に力がないのは、自分の答えが逃げだと知っているからだろう。

「おまえは遊子を哀れとし、寛容に区別するのが望ましいと言う。けれどわたしは遊子を哀れとは思わないし、区別もしない。皇尊になれば、わが父皇尊の発した令を廃す」

「遊子はわれらと違う。別だ。われらに立ち交じれば、恥ずべき行為の対象となる」

「そう思う人がいるのも心得ている。だからこそ遊子は古《いにしえ》から厭《いと》われ哀れまれる」

「その人心を無視するのか？」

「人心を変えればいい。皇尊が、別ではないと宣をくだせばいい。それで変わるほど人心は単純ではないだろうが、時は悠久だ。十年、百年、千年。時をかければ変わるものはある」

小さく、すこし哀しむように不津が笑う。

「おまえは夢のようなことを言うのだな、日織よ」

落ち着きを取り戻したらしい彼は、笑いの余韻を唇に残しながら、鋭い目を向けてくる。

「おまえと俺は、この点に関しては相容《あいい》れぬようだ」

「もとより、皇尊の御位を争う間柄だ」

「違いない」

これで終わりとばかり、不津は舎人に「帰るぞ」と声をかけ馬にまたがる。舎人たちは日織を横目で睨《にら》みながらも馬にまたがり、馬首を反転させて馬を進める不津を追う。

彼らの背を見送っていると、空露が近づいてきて隣に並ぶ。

「さきほどの媛は、与理売《よりめ》というそうです。哀れですが……それにしても自制すべきでした、日織。不津様は日織が、不自然なほど遊子に肩入れしていると思うでしょう。抜け目のないあの方がそれを利用できないかと考え、探られなければ良いのですが」

「莫迦だったとは思う。ただ我慢ができなくて」

空露の心配はもっともで、自分でも莫迦なことをしたと知っている。ただ泣き叫ぶ少女を目の当たりにして、その姿が宇預と重なり、どうにも我慢できなかった。

「莫迦でしたね」

優しく言うと、空露はまるで幼子にするように日織の頭に手を置く。

銀灰色の皮衣に雨粒が滑る。髪が濡れているのは無論、首筋を伝い入る雨粒で、衣の襟もぐっしょり濡れてしまっていた。気がつけば体は酷《ひど》く冷えている。

祈峰の奥からもの悲しい声が聞こえた。はっと祈峰をふりあおげば、白杉の緑が濃いばかり。それは鹿の鳴く声だったらしい。

三

悠花の手跡には端正さがある。声の代わりにさらさらと書き付ける文字は、気負いのないぶん力が抜けて、伸びやかだ。

『おいでいただけて嬉しゅうございます。日織様も、月白様も』

そう書いた巻紙を差し出し、悠花は微笑む。つられて月白も笑顔になり、可愛《かわい》い片えくぼを見せる。

「良かった。わたしは悠花様にお目にかかりたいけれど、ご迷惑かもと心配していたんです。でも日織様が、勇気を出して行ってごらんと仰《おつしや》るから」

『いつでも歓迎いたします。仲良くいたしましょうと、最初にも申しました』

再度手もとに引き寄せた紙に悠花が書いた文字を、月白ははにかみ、嬉しげな目で見つめていた。二人の様子を目の前にして微笑ましくなる。

(月白は、悠花が姉のように思えるのかもしれない。悠花も、もとより遊子の少女たちを可愛がるような人だ。月白を妹のように思ってくれたら有り難い)

月白も悠花も、兄弟姉妹がいない。幼い頃は寂しい思いをして育ったかもしれない。

二人の様子が、自分と姉の宇預の、ありえなかった幸福な日常に重なる。宇預が生きていれば、そして日織も女として育っていれば、彼女たちのように微笑みあってお喋《しやべ》りしていただろう。季節の花を語らい、冗談を言い合って笑い転げ、恋の話もしたに違いない。

悠花の光沢ある白の纈《ゆはたの》裙《も》と、月白の真朱《しんしゆ》の纈裙が床に柔らかく広がり触れあっている。悠花の領巾《ひれ》は蔓草《つるくさ》模様の顕紋紗《けんもんしや》。相変わらず床に放り出してしまっている月白の薄《うす》紅絹《もみ》の領巾と、悠花の領巾が重なり合って、けぶる日の出の空のような色合い。

美しい装い《よそお》を羨《うらや》ましく思う。もし日織が身につけるとしたら、どんな色だろうか。

悠花の背後にある几上には、銀《しろがね》と金《くがね》の釵子《さいし》が入れられた櫛笥《くしげ》や、内側が玉虫色の光輝をおびる紅貝殻、細く磨き出された翡翠《ひすい》の釧《くしろ》など、華やかなものが並ぶ。その様を見るのも気持ちが柔らかくなる。こんなものに囲まれる暮らしは、おそらく日々心穏やかだったろう。

悠花が双六盤《すごろく》を準備させ、月白とともに賽《さい》を振り始めたので、日織は彼女らの傍らに藁蓋《わろうだ》を引き寄せて座り、挟軾《きょうしょく》に頬杖《ほおづえ》をついて眺めていた。

転がる賽と動く駒《こま》を目で追いながらも、胸の中は焦りで満ちていた。

瞬《また》く間に日が過ぎていく。日織がそう感じるのは、龍鱗の手がかりさえも摑めないからだった。無為に日が過ぎ、龍稜に入ってすでに十六日。焦りは大きくなる。

(龍鱗を探す。たったそれだけの単純なことなのに)

龍稜の采女や舎人たちに訊いて回っても、祈社に出向いて何日もかけて文書をあさっても、無駄だった。采女や舎人は龍鱗という名は知っているが、もちろん目にしたことはない。あさった文書にも目新しい記述はない。

昨日から空露は、祈社にある書物をもう一度ひもといてみると言って龍稜を出ているが、出向いた本人も日織も、たいして収穫があるとは期待していなかった。

今、日織にはまるで手がかりがないのが現実だ。

手がかりがないのは、不津も山篠も同様のようだった。彼らが落ち着かない様子で、龍稜の中を目的もなさそうに歩く姿をよく見かける。

(不津の媛、与理売は、気持ちをもちなおしただろうか)

祈社から戻ると、ことあるごとに与理売が気になった。暗闇で横になっているときに、ふと泣き声が聞こえた気がして身を起こすこともある。

不津の娘なのだから、日織がとやかく言える立場ではないし、幼い与理売自身も、父である不津や母君だけが恋しいはずだ。日織になにもできないのは重々わかっていても、気にかかる。

焦りと憂鬱を見透かしたように、悠花が日織を見やり、手もとの巻紙にさらさらと文字を綴《つづ》って見せた。

『祈社で、龍鱗の手がかりは見つかりましたか』

これには苦笑するしかない。

「見つからなかったよ、既に知っていることばかりだ。文書にあった最も詳しい記述といったら、『遷転透黒箱にしか入り得ない秘宝』と、『龍鱗は龍稜にのみ存在する』という、二つだけだった」

悠花は、考えるように眉《まゆ》をひそめる。

「あなたが悩まなくても良いよ、悠花。そうだ、祈社であなたが可愛がっていた居鹿に会った。元気そうだった。随分悠花のことが懐《なつ》かしそうだったが」

ただひたすら父母が恋しい与理売に比べて、居鹿のほうが少し大人のぶんだけ、してやれることもありそうだった。

居鹿の名を聞いて、悠花は心配そうに小首を傾《かし》げる。

「大丈夫だよ。あなたが幸せならば、それで嬉しいといってくれていた。わたしにも笑ってくれた。それに今度、居鹿をこちらへ連れてきてやろうと約束をした。あなたに会えれば居鹿も喜ぶだろうし、あなたも退屈がしのげるだろう」

花がほころぶように悠花は微笑《ほほえ》む。常に表情に乏しい感のある悠花だけに、その笑顔は差し込む木漏れ日のように尊く思える。

月白は目をぱちくりさせて問う。

「でも、日織様。そんなことばかりしていて良いのですか？　龍鱗のことは良いの？　そんなに暢気《のんき》になさっていて」

「耳が痛いな。良くはないんだよ。ただ新たに打つ手を思いつかないので、ここでこうして、あなたたちの双六を見物しているというわけだ。空露は頭を使えと言うけれど、所詮《しょせん》わたしの頭など、使ってもさして名案は浮かばない」

「そんなことないわ。日織様ならきっと、名案が浮かぶもの」

むきになって身を乗り出す月白の頬を、軽く撫《な》でてやる。

「ありがとう、月白。悠花は、父君の皇尊とともに龍稜に住まわれていたね。念のために訊いておくが、何か知らないか？　父君から龍鱗の話を聞いたことは」

残念そうに、悠花は首を横に振る。

「まあ、そうだろうね」

人前に出ることすらなく大切に育てられた悠花が、龍稜の内部を知る機会は少なかっただろう。それでもさらに気になって、ついでに訊く。

「龍鱗とは関わりないが、悠花は護領衆のような身なりをした若い男を、龍稜で見かけたことはあるか？　驚くほど顔立ちの整った男だが」

悠花は、きょとんとした顔をした。月白が首を傾げる。

「龍道で会った、あの方のことよね、日織様。あの方がどうしたの」

「護領衆だとばかり思っていたが、どうやらあの男は護領衆ではないらしくてね。何処《どこ》の誰かがわからないんだ。気になって」

「へぇ」と、月白は大して気にとめていないように生返事をして、賽に手を伸ばす。

「見たことはあるか？　どうだ、悠花」

賽が転がる音とともに、悠花は賽を視線で追いつつ首を横に振った。しかし急に顔をあげ、枢戸《くるるど》の方へと視線を向ける。

傍らに控えていた杣屋《そまや》と大路も、数拍遅れて同じように視線を外へ向けた。

「どうした」

三人の女たちが同時に外を気にしたので問うと、大路が口を開く。

「龍の唸《うな》りが。はっきりとした声ではありませんが、嫌な感じの。そうですよね、月白様」

「ええ。唸り声だわ」

月白もそう言って枢戸へ目を向けるが、杣屋がふっと肩の力を抜く。

「ああ。止まりました」

「良かった。なんだったのかしら」

月白も胸をなで下ろしたような顔になり、もう一度賽を振った。賽が転がる。

「やったわ！」

出た賽の目を見て、月白が手を打ったそのときだった。采女らしき女の短い悲鳴が、かすかに聞こえた。日織は思わず腰を浮かす。

「何事だ」

龍稜で、采女が悲鳴をあげることなどありえない。躾《しつ》けられた彼女たちは、滅多なことで大声を出さないのだ。月白が恐ろしそうに、悠花の方へ身を寄せる。

「どうしたのかしら。采女が」

「采女が悲鳴をあげるなど、ただ事ではないね。月白は大路と一緒に西殿へ帰って、出てはならないよ。悠花と杣屋も、北殿から出ないように」

二人に命じると、日織は立ち上がった。

「日織様は何処へ」

「大殿《だいでん》の方から声がした。あそこには遷転透黒箱もある、放っておけまいよ。何があったか見てくる」

楡宮《にれのみや》を出て、足早に大殿へ続く回廊を上る。

大殿の正面に、階《きざはし》から転げ落ちたらしい采女がうずくまっているのが見えた。降り続ける雨でぬかるんだ砂の上に膝をつき、額を押さえている。

簀子《すのこ》縁《えん》には幾人もの人がいたが、全員が竦《うと》んだように、血を流す采女を見下ろすのみ。誰も動かない。

「なにごとだ、これは!?」

思わず怒鳴った日織は、回廊から前庭へと走り出た。雨の中、采女の傍らに膝をつく。白袴《しろばかま》の膝に冷たい泥水が染《し》みこむが、構わず采女の肩を抱いて顔を覗き込む。

「大丈夫か」

傷が痛むのか、眉根を寄せながら采女は日織を見やる。

「申し訳ありません、日織皇子様。お召し物が汚れて」

「かまわない、そんなこと」

結った髻が乱れて耳にかかり、雨粒ににじむ薄い血の筋が、采女の頬に流れる。見覚えのある顔だった。龍稜に入った日、大殿の枢戸の近くに控えていた妥女に違いない。おそらく龍稜の采女たちを束ねる者だ。

「どうして、このようなことになっている！」

簀子縁に集う者たちを見上げて問うた日織は、中心にいる人物にようやく気がつく。

「山篠の叔父君」

肩を怒らせ、顔を真っ赤にした山篠皇子の姿があった。彼は興奮を押さえ込もうとするかのような、こもった声で答えた。

「その者が邪魔立てていたすゆえだ」

山篠を取り巻いているのは、彼が龍稜に連れてきた侍女、雑仕女《ぞうしめ》たち。妻の姿はない。妻をともなって龍稜に入った日織や不津とは違い、山篠は四年ほど前に数人いた妻を立て続けに亡《な》くし、今は妻がない。そのため側仕《そばづか》えの者たちのみ連れてきている。

「この者がなんの邪魔をしましたか」

降りかかる雨に目を眇《すが》めながら、日織は山篠を睨む。何があろうと、女を階から落とすなど許せない。庇《かば》うように、采女の肩を強く抱く。

「わたしは、真尾《まなお》と淡海《おうみ》の叔父と話したいと言ったまでだ。それを二人に伝えようと、その采女に頼んだ。何度も頼んだ。だがこの采女は『話すことはない』と、愚にもつかぬ答えを持って帰ってくるのみだ」

掌《てのひら》で額を押さえながらも、采女はきっと顔をあげた。

「真尾様と淡海様から、そのようにお伝えせよとのことでした。わたしは、それに従ったまででございます」

「だからわたしは、こうして大殿まで直々に彼らに会いに来た。真尾か淡海の叔父がいるはずであろうが。それをまた、この采女が邪魔をした」

皇尊選びが始まってから、大殿には必ず真尾か淡海がいた。勿論《もちろん》、遷転透黒箱を見守るためで、彼らは交互に入れ替わっては昼夜の見張りを続けている。

「山篠様はお通しするなと、命じられております。だからお帰りくださいと申し上げました」

「わたしは誰の許しもなく大殿へ入れるはずだ」

「今は、山篠様は通してはならぬと、命じられております」

「そのような莫迦な命令があるものか」

我慢の限界とばかりに、采女がさらに声を高くした。

「ございます！　山篠様が、そのように強行で乱暴だからでございます！　この度の皇尊選びの方法は、崩御された皇尊が決められたこと。神職や大臣方がそれを覆《くつがえ》すことは絶対にないにもかかわらず、山篠様がそれを覆せと幾度もねじ込まれる。皆さまは、山篠様の仰ることを取り合わぬようにされているのです」

「……呆《あき》れたな」

思わず、日織は口にした。

山篠は当初から、皇尊選定を巡る宝探しは莫迦莫迦しいと口にしていた。とはいえ、皇尊の遺言が覆るわけはない。にもかかわらず山篠は、だだっ子のように、「いやだ、いやだ」と真尾や淡海に訴え続けていたのだろう。龍鱗を見つけられない焦りが、さらにそのだだっ子ぶりを助長したかも知れない。

赤い顔をしていた山篠が、さらに感情を昂《たか》ぶらせ耳まで赤く染める。

「なんと申した、日織」

「呆れたと言いました」

答えた日織は、采女を支えて立たせると、大殿の簀子縁に連れて上がった。

騒動を聞きつけて何事かと集まった、龍稜の舎人の一人に彼女を預ける。舎人は心配そうに采女を抱えた。「傷の手当てをしてやれ」と言うと、舎人は頷《うなず》き、大殿から離れて回廊へ向かう。それを見送っていると、回廊の向こうに黒い衣の立ち姿が見えた。はっとした。

(あれは、芦火)

黒の衣と肩より長い髪。そして遠目でもそれとわかるほどの美貌《びぼう》。間違いなかった。こちらの様子をうかがうように回廊の柱の陰にいる。こんな場合でなければ、すぐに彼を捕まえ、おまえは何者だと問えるのだが。

背中に、甲高い山篠の声が当たる。この状態では場を離れられない。

「日織。謝罪せよ」

日織はひとつ息を整えてふり返り、真《ま》っ直《す》ぐ山篠を見つめながら近づいていく。

山篠の取り巻きが、日織の視線を恐れるように道を空ける。泥の中に膝をついたので、烏皮履《くりかわのくつ》にも泥が入り込んだ。簀子縁にあがるときに烏皮履は脱いでいたが、足は汚れたまま。それを拭《ぬぐ》いもしなかったので、日織の歩いた後には泥に汚れた足跡が残る。腹が立っていたので、大殿を汚すのもかまうものかと思った。

山篠の正面に立つ。ぶつかり合う視線。日織はひとかけらの恐れもなく見返す。

「謝罪は無用と存じます。わたしは、呆れることをなさっている方に対して、呆れたと言った。事実を口にしたのみ」

「なにを言うか！」

手を振り上げた山篠に、日織は鋭く言う。

「手を出して気が済むならば、お出しなさい。あなたの品位が失われるのみだ」

「無礼者！」

打ち下ろそうとした山篠の手首を、背後から誰かの手が握った。

「おやめください、父君。恥の上塗りになりますよ」

「不津」

ふり返った山篠は目を見開く。簀子縁の逆側から回り込んできたのか、苦笑いする不津の顔がそこにあった。

数日前の祈社での衝突以来、初めてまともに顔を合わせたので、日織は無意識に身構えた。しかし不津は日織に向かって目もとを和ませる。「俺の父が悪かったな」とでも言いたげだった。彼は、祈社でのことにこだわりがないようだ。

不津は落ち着いた態度で己の父を諭す。

「父君がどのように騒がれても、真尾も淡海の大叔父も、左右の大臣もやり方を変えはしません。皇尊の御遺言を反故《ほご》にするような度胸、ないでしょう」

「おまえまで何を言うか。このような莫迦げた皇尊の選定など、前例がない」

「莫迦げているというのは、おおむね同意しますがね。現状が覆らないのは事実です」

握られた手首を強引にふりほどき、山篠は吾《わ》が子と日織を交互に睨《ね》めつけた。

「わかったぞ、その方ら。二人で手を組み、わたしを」

そのとき、日織の視界の隅に入っていた芦火が、驚いたように空を見た。

数拍遅れ、山篠を取り巻いていた侍女たちが、細い雨を降らせている灰色の雲に目を向ける。

空が低く唸った。

四章　知られる秘密

一

樹皮を削り取ったような香りが、上空から降ってくる。
(なんだ。この香りは、まさか)
覚えがある。これは七つのとき護領山《ごりようさん》の奥でかいだ香り。
(龍か!?)
見上げた日織《ひおり》の目には、煮溶かされたような雲のうねりが映る。
雲の中から、空を覆《おお》い、空気を震わせる低い唸《うな》りが響く。
微《かす》かな震動を伴って、龍稜《りゅうりょう》全体を包む低音。それは聞く者の不安をかき立てる。
(これは……)
大殿《だいでん》の大屋根の上にある群雲《むらくも》は、黒と濃い灰色がどろどろと溶け混じる寸前のようにまだらになって膨れあがっていた。その中から、白銀の巨大な頭がゆっくりと突き出てきた。

瞬《まばた》きすら忘れ、日織は巨大な龍の頭を凝視する。

鋭く細かな歯が並ぶ口と、ざわざわとうねる長い髭《ひげ》。鋭い呼気を吐く鼻先。それらが雲の中から押し出されるように現れた。巨大な頭だった。牛が一頭、まるまる中に入りそうなほどに大きな口。鋭い歯は、幼児の背丈ほどある。

濡《ぬ》れた輝きのある金色の瞳《ひとみ》がこちらを見下ろす。

ぬめるような艶《つや》のある白銀の鱗《うろこ》一枚一枚が、はっきり見て取れた。八十一枚の鱗。顎《あご》の下にある一枚だけが金色を帯びているが、それは逆鱗《げきりん》だ。

（龍だ。近い）

体が震えた。本能的な畏《おそ》れを感じる。

龍は頭を下げ、大殿にいる人々に食いつこうとするかのように、分厚い雲の中からぬうっと身を乗り出す。前足の四本の爪《つめ》が大殿の屋根にかかりそうだ。爪は、研ぎおえたばかりの鋼《はがね》の刃のように鋭く光っている。

樹皮に似た強い香りと、冷たい風が人々の顔をまともに打つ。

雨粒が吹き乱され、その場にいた者たちの全身を襲う。耳を覆った女たちの悲鳴があがる。男たちは誰もが啞然《あぜん》としていた。龍がこれほど人の間近に来ることは滅多にない。

その近さに誰もが怯《おび》え、驚愕《きょうがく》し、身動きがとれない。

大殿の中から淡海皇子《おうみのみこ》が飛び出してきた。白い顔を強《こわ》ばらせた彼は、龍の姿を目にすると喉《のど》に絡《から》むような声で呻《うめ》く。集う者たちを見渡し、山篠《やましの》の取り巻きである侍女たちに目をとめた。女たちは互いに身を寄せ合って、怯えた表情で龍を見上げていた。

「龍はなんと!?」

淡海が、怒鳴るように侍女たちに問う。侍女たちは一族の女だ。龍の声が聞こえているはず。一緒にいる雑仕女《ぞうしめ》たちは、ただぽかんとしている。雑仕女は一族の女ではないので龍の声を聞いていないのだ。

侍女の一人が震える声で答えた。

「怒っています」

「なぜだ」

「何にお怒りかわかりません。言葉は、ただ一つ。急げ、と。それだけで」

目に見えて山篠の顔から血の気が失《う》せ、唇がわななく。

濡れ光る金色の目がぎょろっと動く。その場にいる者を確認するように見下ろした後、龍は宙に前足の爪を立て、一気に上空へ蹴《け》り上がった。勢いよくくねった尾が巻き起こした強風が、打ちつけるように真《ま》っ直《す》ぐ下りてきて、再び女たちの悲鳴があがる。

大殿の階《きざはし》の左右にある桃の木の枝葉が激しく揺れ軋《きし》み、落下するような勢いの風圧に数本の枝が折れ、それが千切れた葉を巻き込み、地表に跳ね返り渦巻いた風に翻弄《ほんろう》されて回廊の方へと吹き飛ばされた。

山篠がよろけ、その場に腰を落とす。日織は大殿の壁にすがって耐え、淡海と不津《ふつ》は、欄干にしがみつく。

全《すべ》ての音が、龍とともに飛び去ったかのように感じた。

空間全体が痺《しび》れたように、誰も動かない。

しばらくして、ようやく日織の耳は雨音を拾う。すがりついていた壁から身を起こす。

静寂を破る笑い声が上がった。

欄干で体を支えていた不津が、突然何かがぷつりと切れたように、笑い出していた。

衝撃の余韻の中にいる全員を、彼は笑いながら見回した。

「急げと!?　地大神《ちのおおかみ》の眷属《けんぞく》も苛立《いらだ》っているということだ。淡海の大叔父君。俺は、皇《すめら》尊《みこと》の御遺言には従おうと思いますよ。ただもし、このようなことをしていて誰も龍鱗を見つけられなければどうなりますか。無為に日が過ぎ、皇尊崩御より既に二十九日。三分の一以上の日々を過ごした。八十一日を過ぎれば災禍は免れませんぞ」

咄嗟《とっさ》に言葉が出ないらしく、淡海は口を開かない。

「従来のように粛々と、皇尊選定をなさったほうが賢明では？」

唆《そそのか》すような不津の言葉にも、やはり淡海は応じず沈黙する。そのかわり彼は、恐怖に惚《ほう》けたようになった侍女や雑仕女や、折れた桃の木に目をやり眉根《まゆね》を寄せた。

皇尊の遺言に従っているとはいえ、前例のないことに重臣たちも不安なはず。そこに龍の怒りの声を聞けば、当然迷いも生まれる。

皇尊の大きな役割は、地大神、地龍《ちりゆう》を鎮《しず》めること。そのためには様々な秘儀を通して、龍の眷属の力を借り、あるいは宥《なだ》めるとされている。龍と皇尊は近しい共助のつながりがある。その龍が怒り、急げというのは、皇尊が空位である現在、皇尊の言葉と同じほどの影響を人心に与える。

（龍が。なぜこのような時に）

歯噛《はが》みする。

（重臣たちが龍に怯え、焦《あせ》り、皇尊選定方法を従来のやり方に変えてしまったら……）

重臣たちの不安がこうじ、前例のない選定方法をあきらめ、従来のやり方を踏襲するとなれば、最も有利なのは不津。彼の舅《しゆうと》は左の大臣《おとど》。左の大臣の娘を二人も娶《めと》るような男の政治力に、日織はおそらくかなうまい。山篠は日織以上に論外。真尾《まなお》や淡海が采女《うねめ》に「取り合うな」と命じるほどに、重臣たちから軽蔑《けいべつ》されている。

皇尊の選定が前例のない宝探しであるからこそ、日織は不津と対等に競えるのだ。それが従来の根回しや政治力に左右される方法での選定となれば、苦戦するのは目に見えていた。

「どうなさるおつもりなのだ、淡海の大叔父君」

内心の焦燥を隠し、日織は問う。

「……龍が何にお怒りなのか、判然としない」

しばしの間があった後、淡海がようやく口を開く。白い顔がいつも以上に白く、青白くさえ見えるのは気のせいばかりではないだろう。

「我らの皇尊選びの方法そのものに苛立っているのやも知れぬし、方法はともかく、無為な騒動など起こさず、やるべき事をやれとのお叱《しか》りやも知れぬ」

無為な騒動と口にした淡海は、鋭く山篠を一瞥《いちべつ》したが、当の山篠はまだ簀子《すのこ》縁《えん》に尻《しり》をついたままだった。その無様さに淡海は眉をひそめ、不津に向き直る。

「我らの決定は覆《くつがえ》らない。皇尊の御遺言こそが、最も尊重されるべきもの。ただ」

淡海の目には、憂慮の色があった。

「不津王《おおきみ》の懸念《けねん》も宜《むべ》なるかな。当初我らは、皇尊となる者は、数日で龍鱗を見つけ出せると予想していた。このように、全ての候補の者が難儀するとは思っていなかった。八十一日を過ぎぬように、皇尊は選ばれねばならぬ。ある程度の日数を過ぎて誰も龍鱗を手に入れないときには、方法を考え直さねばならぬだろう。大祇《おおぎ》と、左右の大臣にも相談いたす」

皇尊の崩御から、既に三十日に近い日が過ぎている。殯雨《もがりあめ》が禍《わざわい》の水流となって荒れ狂うまで、あと残り五十日あまり。

（ある程度の日数が過ぎれば、選定方法を考え直す？）

樹皮を削ったような龍の残り香と暴風の余韻が残る中で、おそらく、大祇の真尾も左右の大臣も、淡海の提案に頷《うなず》くであろうと確信できた。前例のない皇尊選びに彼らとて不安はある。そこに常には現れぬ龍が龍稜に現れ、怒りを見せたとあらば、方向転換を考えるきっかけとしては充分だ。

（どの程度の日数で、重臣たちは決を下すつもりだ？）

不安が突き上げる日織とは対照的に、不津がにやりと笑った。その油断ならない目を見て、あらためて悟る。

皇尊の選定が従来通りに行われれば、絶対にこの男にはかなうまい、と。

（残る日数は、あまりないと見た方が良い）

楡宮《にれのみや》に帰ると、日織は泥で汚れた衣を脱ぐ。髪もひどく濡れていたので髻《もとどり》をとき、布で拭《ふ》く。絞れるほどに濡れており、肩にかかる髪先の水気を乱暴に拭き取る。

空露《うつつゆ》は祈社《きしゃ》に行ったまま不在で、東殿には日織しかいない。身の回りに侍女も雑仕女も置かないので着替えは一人でするしかないが、慣れていた。一人で過ごすことに違和感も寂しさもない。皇子としては異様な暮らしぶりだろうが、長年のことなので周囲も、「日織皇子はそういうお方だ」と認識している。

（龍鱗が見つけられなければ、わたしは二十年待ち続けたこの機を逃す。お姉様の運命を当然とするような現実を変えられないと、受け止め続けなければならない）

衣と袴《はかま》も脱ぎ、肌を冷気にさらすと、薄闇《うすやみ》の中で唇を噛む。

（抗《あらが》い続けようと決意したものに負ける。そんなのは、いやだ）

自分の、女の体が嫌いだ。こんな姿で生まれたから悪いのだと、己の体が忌々しくさえある。しかもその忌々しいものをもっていながら、男と偽り生き続けるのが、どれほど息苦しく罪悪感が大きいか。それに耐えてきたのは、ひとえに運命に抗うため。自分が抗い続け、宇預《うよ》を奪ったものを消し去るためだ。

それがもはや不可能だとなれば、日織の中にある希望は失われる。

希望もなく、息苦しさと罪の意識の中で、日織は生きていけるのか自信がない。己の体すら厭《いと》わしくて、骨から肉を削り取り、投げ捨ててしまいたくなるかもしれない。

龍稜にある他の宮と同様に、楡宮も建物の半分はくりぬかれた岩の陰に入っている。正殿の半分と西殿、北殿は岩の天蓋《てんがい》に守られて雨に濡れることはないが、東殿には雨が降りかかる。簀子縁の欄干に打ち付ける雨音が、母屋《もや》に響く。

既に陽が落ちていたので、蔀《しとみ》も枢戸《くるるど》も閉じられていた。燈台に乗せられた油皿には菜種油がたっぷりあり安定した明るさだったが、それでも、几帳《きちょう》で遮られると手もとが見えづらい。

薄暗い中に立つ日織の裸身は、闇に仄《ほの》かに浮かぶほどに白い。肌をさらさず生きてきたので、ことに柔らかな曲線を描く胸や腰の辺りの白さは、雪の白さを思わせた。ほっそりとしていて、少年のような印象だった。ただ胸に緩やかな起伏があるので、女と知れる。

(どうすればいい。龍鱗をどうやって見つける? わたしが見つけてやらねば、居鹿《いしか》も)

少女にした、うかつな約束が胸を締めつけた。あんなことを言ってしまったから、居鹿は希望を抱いてしまっただろう。それを打ち砕くのは、あまりにむごい。

几帳越しに枢戸がきしむ音を聞いた。空露が帰ってきたのだろう。

白の内衣を羽織り、軽く帯を結びながら几帳の陰から出る。

髪も解《ほど》いたまま内衣一枚のだらしない格好を、空露は「はしたない」と眉をひそめるだろうが、幼い頃から慣れ親しんだ彼に対しては、どうも羞恥心《しゅうちしん》がおこらない。

「空露。龍鱗探し、のんびりとは」

歩きながら帯を結び終わり、そう言って視線を正面に向けた瞬間、足が止まった。

枢戸の近くに立っていたのは、空露と同じ黒の衣と袴の、護領衆の身なりをした青年。

その顔は、ぞっとするほど整っている。

(芦火《あしび》!)

驚きと恐怖のために動けず、声も出なかった。それは芦火も同じらしく、目を見開いて日織を見つめていた。彼が信じられないように見ているのは、日織の喉から胸の辺りにかけて、薄闇にさらされた肌。

見られたと、驚愕に竦《すく》んでいたのはほんの瞬きの間だった。

日織は几帳の陰へと駆け込もうと身を翻《ひるがえ》すが、芦火が走り寄って背後から肩を摑《つか》む。逃れようともがいた拍子に、摑まれた内衣に引きずられて体の均衡を崩し、芦火もろとも床に倒れ込む。這《は》って逃れようとしたが、芦火は馬乗りになって動きを押さえ込み、日織の体を仰向かせる。抵抗して息切れし、激しく上下する胸がはだけていた。

誤魔化しようもないほど、芦火の前に肌をさらしている。

(終わりだ)

頭の中にその言葉が響く。日織は観念して目を閉じた。

(この男が何者だろうが、わたしは終わりだ)

女だと知られた。悔しさに奥歯をかみしめる。こんなに突然終わりが来るとは、予想していなかった。抵抗する気力が萎《な》え、手足の力が抜けた。

（こんなにも、あっけなくなのか）

二十年以上にわたる秘密が暴《あば》かれるにしては、あまりにも不意打ち過ぎる。自らのうかつさを呪《のろ》う。神すら謀《たばか》ろうと自らの全てを押し殺してきたのに、このざまか。

（悔しい）

くすくすと、芦火が小さな笑い声を立てた。

「そうか、日織。そういうことか。だからなのか。合点がいったよ」

愚弄されるのは我慢ならず、目を開いて芦火を睨《ね》めつける。

「笑うな！　何がそんなに……！」

鋭い反抗の声が途切れたのは、芦火の表情を見たからだった。

「巡り合わせというものがあるのだなと、思ってね」

芦火は優しげに微笑《ほほえ》んでいる。それは心の底からほっとしているような表情で、造作が美しいだけに思わず見惚《みと》れた。呆然《ぼうぜん》と見上げていると、芦火ははだけた日織の内衣に手をかけ、優しく前をあわせて肌を隠してくれた。

「騒ぐなよ、日織。お互い今、誰かに姿を見られたくないだろう」

そう言いながら彼は、ゆっくりと日織の体から下りる。手を差し出して日織の上体を引き上げて座らせると、自分は片膝《かたひざ》を立て、それを抱えて座った。

内衣の乱れを素早く直し、日織は警戒しながら芦火に問う。

「どうするつもりだ、わたしを」

「どう、とは？　あいにく、あなたには劣情を刺激されないので、何をする気も起きないね。期待しているならば申し訳ないけれど」

「ふざけるな」

低く脅しつけるように呻く。

「おまえは、何者だ。なんのためにわたしの秘密を暴きに」

「秘密を暴く？　そんなつもりはない。そもそもあなたに秘密があるなど、知るよしもないのに」

「ではなぜここに」

「采女をかばって泥に汚れたあなたが、どうしているのか気になって来てみたら、いらぬものを見てしまったというだけ」

芦火の態度は落ち着いており、すぐに母屋を飛び出しそうにはない。

それを感じた日織は、すぐさま保身と反撃を考えた。

(引き留めれば、この者の口を封じることもできるか)

気取られぬように、日織は櫃《ひつ》の位置を確かめる。その中には皇子に与えられる護《まも》り刀が納められていた。

二

金気が極端に少ない龍《たつ》ノ原《はら》において、皇子と皇女《ひめみこ》に与えられる護り刀。刀身の長さは、大人の肘《ひじ》から指先程度しかないが、それでも龍ノ原においては際《きわ》だって殺傷能力の高い武器だった。振るえば簡単に人の息の根を止められる。

（自らの秘密を守るために殺すのか？　お姉様のために、と。そんな言い訳をして）

迷いと緊張の中で、芦火を足止めするために会話を続ける。

「あの場にいたな。何をしていた」

会話をつなぐために口にしたが、その時のことを思い出し違和感を覚える。

（あのとき、なにか妙だった）

引っかかるのは、龍が出現した前後の光景。

「龍稜で采女が悲鳴をあげることなんて、ないから。何事か気になるじゃないか」

「やはり、龍稜に住んでいるのか」

「どうかな。そうとも言えるし、そうとも言えない」

芦火は膝に頬をつけて首を傾《かし》げ、皮肉そうな微笑を見せる。

「ところで日織。さっき正殿の階から采女を落とした男は、何者？　あなたとあの男の仲裁に入った者は？」

　日織は目を見開く。

（知らないのか？　山篠の叔父と不津の顔を）

　言動を見る限り、芦火が龍稜に長年住んでいるのは確かだ。にもかかわらず、頻繁に出入りしているはずの山篠と不津の顔を知らないとは、どういうことだろう。ますます、この男の正体がわからない。

　芦火の反応を見落とすまいと注意しながら、答えた。

「采女に乱暴を働いたのが、山篠皇子。仲裁に入ったのが不津王だ」

「ああ、あれがね。あの二人に、あなたは勝たなくてはならないというわけか」

「勝たなくてはならなかったが、もはや希望はない」

「どうして」

「からかっているのか？　この身の秘密を知られて、皇尊になれるとでも」

　声を大きくすると、芦火は心外そうな顔をした。

「わたしが吹聴《ふいちょう》して回るとでも思っているのか。安心して良いよ。わたしは誰にも、あなたの秘密を明かす気はない。そもそもわたし自身が、誰にも知られてはならない存在だから」

　そう言われても、にわかには信用できない。警戒の色の濃い日織に向かって、彼はさらに言葉を続ける。

「あなたは女だ。しかも大殿に龍が現れたときの反応を見ていると、龍の声が聞こえていないのだろうね。遊子《ゆうし》だ。あなたが男として育てられたのも、それが原因なんだろう。でもね、だからなんなのだろう。采女を突き飛ばす男よりは、よほど人としての品位はあると思うけれど」

遊子であることも見抜かれている。驚愕を覚えると同時に、先ほど感じた違和感の正体がわかった。芦火が口にした「反応」という言葉で。

そう、反応なのだ。

（芦火は龍が現れる直前、誰よりも早く空に目を向けて反応した）

芦火はどう見ても男だ。先ほど馬乗りになられた時に肌で感じた、骨の太さや力の強さは、男にしかない。

「おまえは龍が現れる直前、誰よりも早く空を見た」

芦火の口の端《は》がつり上がる。

「おまえは、わたしとは逆に……龍の声が聞こえるのだな。おまえは男でありながら、龍の声を聞く――」

間違いない。

「禍皇子《まがつみこ》か」

内心の驚きを抑えながら、訊《き》いた。

「あなたは、怯えはしないだろう？」

芦火は言外に肯定した。面白がるような笑みは、繊細で美しい容貌《ようぼう》と裏腹に、彼の剛胆さを物語る。

驚きと恐ろしさと不可解さが一気にふくれあがった。

「芦火皇子なのか？　まさか三百年間、龍稜で生きているのか」

「そんな化け物ではないね」

「では何者だ」

「何者でも、かまわないだろう。そんな怖い顔をしないで。わたしが何者でも、はっきりしていることが一つある。わたしとあなたは同類、異端の者なのだから」

(同類？)

改めて芦火を見つめた。異端であれば排除されるのが当然の龍ノ原で、異端でありながらこうして常の者に混じっている。日織は異端の運命に従えば、既にこの世にいないはず。この芦火と名乗る男が何者であったとしても禍皇子であるならば、禍皇子であると知れる二、三歳の時に死を賜っているはず。

二人とも、今この場に存在することすら許されない異端の者。それがこうして雨音の響く夜の中で向かい合っているのだ。

誰一人いない荒れ野で、思いがけず人に出会ったような気がした。

「わたしはあなたの敵ではないよ、きっとね。それどころか、わたしたちは唯一《ゆいいつ》、お互いの味方になれる者だろう。日織」

芦火はそこで目を細めた。

「だから、護り刀で襲いかかろうなんて考えないで欲しいね」

(見抜かれている)

手足を押さえつけられたような気分になった。この男は禍皇子。得体は知れないが、それだけは確か。そして自らを日織と同類と呼ぶ。そのことで日織に迷いや躊躇《ためら》いが生じ、身動きできなくなるのを計算しているのだろうか。

(誤魔化しがきく相手ではない)

覚悟を決めた。もはや全てをさらし、この男と向き合うしかない。一つ息をつき、彼の正面に座り直す。

「……短慮はするまい」

「助かるね」

と微笑した芦火は、表情を改める。

「あなたに問いたいことがある」

「知られた秘密以上に、隠すべき事はないからな。大概は答えられよう」

「なぜあなたは皇尊の御位を望む。人を謀り続ける身だ。皇尊に望まれても拒否し、人を避けて隠れ住んでいれば良いだろうに。なぜ、こんな場所にやってきた」

「父皇尊が発した令を廃するため。遊子を——わたしの姉を殺したものを、わたしは認めないから」

空露以外の者に、自分の望みを言葉にして告げたのは初めてだった。そのせいか胸に、哀《かな》しみとも決意とも知れないものがこみあげてくる。正体を知られたこと、また同時に目の前に予想だにしなかった同類がいることに、興奮しているのだろうか。

「遊子を八洲《はっしゅう》へ引き渡す、あれか」

「引き渡すのではない。殺させている。ほとんどの遊子が、護領山を越えることなく命を絶たれている。わたしの姉の宇預も殺された」

日織はじっと芦火を見つめた。

「わかっているだろう。そもそも、皇尊の命で龍ノ原から八洲へ追われるのは、科人《とがにん》とみなされるのと同じ。遊子は科人あつかいだ。殺されても不思議ではない」

央大地《ひさしだいち》の国造りの神話を記した『古《こ》央記《おうき》』には、央大地が大海より出現してから、一《いち》原《げん》八洲が成るまでの神話もあり、それにはこう記されていた。

央大地に水が湧《わ》き、治央尊《おさのひさしのみこと》はそこを央大地の中心と定め、龍ノ原と名付けた。原は水源の意。央大地を潤《うるお》す水の源流であるということ。そして水源から流れ出た幾筋かの川が大海に達し、川筋で区別された八つの無人の洲ができた。

そしてあるとき、龍ノ原を乱す罪を犯した八人の者が現れる。治央尊はその八人を龍ノ原から追放し、それぞれに八つの洲へと流した。八つの洲は流された科人の罪にふさわしい名を与えられ、科人は洲の国主となったという。国主は罪をあがなえば、いつの日か龍ノ原へ戻る許しを得る。

八人の犯した罪こそが、龍ノ原で定められている大罪、八虐《ぎゃく》。

謀反《むへん》、謀叛《むほん》、悪逆と、不道、不義、大不敬、謀大逆《ぼうたいぎゃく》、不孝《ふきょう》、あわせて八つ。そして八洲の名は、反封洲《たんのほうしゅう》、叛封《はんのほう》洲、葦封《あしのほう》洲、さらに附道《ふのどう》洲、附義《ふのぎ》洲、附敬《ふのけい》洲、逆封《さかのほう》洲、附孝《ふのこう》洲だ。八洲の民は古《いにしえ》の罪を背負う民だった。

故《ゆえ》に、龍ノ原から追われる者とは、科人と同義なのだ。

唇を噛む。

「わたしだけ、人を謀り続けて生き長らえている。卑怯《ひきょう》と思うが、だからとてわたしが、姉と同じように殺されても何の意味もない。わたしを生き長らえさせてくれたのは、姉の機転だった。それで救われたものを無駄にはしたくない。だから姉のために、こうして卑怯にも生きていることに対して、何かの役目を負うべきなのだ」

その自分が負うべきものが、姉を殺した令を廃することだと確信している。これから先、罪なき者が科人と見なされ、姉のように殺されないために。

「姉とわたしを『もたざる者』としてこの世に生まれさせた運命に、素直に従ってやるつもりはない」

強く言い切った日織を見つめ、芦火はしばらくの沈黙の後に小さく頷く。

「わかった」

短く答えて立ち上がった彼は、日織を見下ろす。

「わたしは、あなたを皇尊の御位に即《つ》けよう」

唐突で、しかも意外な言葉に、日織は眉をひそめた。

「何を言っている」

「わたしはあなたを、皇尊の御位に即けたいと思う。あなたが御位につけば、わたしは解き放たれるはずだ。そのために龍鱗を探すお手伝いをしよう。龍稜についてであれば、あなたよりも詳しいからね」

芦火は微笑む。

「皇尊になれ、日織。あなたの望み通り」

命ずるような声で言うと、彼は身を翻して枢戸へ向かう。

「待て！」

追って立ち上がった日織に、枢戸に手をかけて開いた芦火は振り返り、首を振る。

「その格好では出ない方が良いよ。ではね」

はっと胸もとを押さえた日織にいたずらっぽい流し目をくれ、芦火は外へと滑り出た。開いたままの枢戸から見えるのは、暗闇ばかり。その向こうから静かな雨音が響く。

まるで悪い夢を見ていたような気がして、呆然と立ち尽くす。

首から胸もとへかけて酷《ひど》く冷えて、身震いが来た。それでようやく正気づいた日織は、急いで衣と袴を身につけて身なりを整えた。

(知られた。あの得体の知れない男に)

芦火は他言しないと言ったが、不安はある。ただ彼の約束をある程度は信用できるだろうと思ってしまうのは、彼自身が男子でありながら龍の声を聞く、禍皇子だからだろう。彼もまた人にその異端が知られれば、破滅なのだ。そもそも彼は、自分の存在すらも多くの者から隠そうとしている。

そしておそらく、ほとんどの者が彼の存在を認識していない。

(そんなことは可能だろうか)

広く人けのない龍稜ではあるが、何年も采女や舎人《とねり》に知られず生きていけるだろうか。出入りの重臣たちや皇尊も、気づかないだろうか。人外ならばともかく、生きている限りは寝る場所と食べるものは必要だ。

枢戸に近づき芦火が消えた暗闇に目を向けると、正殿の簀子縁が、庭の楝《おうち》の木越しにぼんやり見えた。

楡宮に人が滞在している証《あかし》として、真夜中を過ぎるまで正殿の簀子縁には結び燈台が置かれ、火を灯すことになっているのだ。

雨粒の向こうに見える庭はほとんど闇に沈んでいたが、簀子縁の下にはぼんやりと、月草の花が雨に濡れて花弁を閉じ、うなだれている様が見えた。さらに視線をあげると、簀子縁の欄干は黒く濡れている。

簀子の床も、べったりと黒く色を変えていた。

(床が？　なぜ？)

軒がせり出しているので、吹き込む雨は欄干を濡らすだけのはず。床が濡れることはない。しかもその床の黒色は、不自然に床の中央辺りに水たまりのように広がっている。

あれは雨水ではない。

手灯《てあかり》をもって、簀子縁から単廊を伝って正殿の簀子縁へ向かう。

黒い水たまりを足もとに見て眉をひそめた。水たまりと見えたが、水ではない。板目に染《し》みこみ床板を汚しているのは、赤黒い液体、血だ。

膝をついて見ると金臭《かなくさ》い臭気がする。

「なぜ、このような場所に」

かなりの量だ。人であれば命に関わる出血だろう。動物の血であれば何者かの嫌がらせだろうが、半端《はんぱ》な感じは否《いな》めない。嫌がらせならばもっと撒《ま》き散らせばいいし、どうせならば正殿の正面や、日織の居所である東殿にぶちまければ良いものを。

血だまりから少し離れた床にも擦《こす》りつけられた血の跡があり、それは大殿の正面へと続いていた。

正殿の正面には、もっと何かがあるかも知れない。そう思って立ち上がり、簀子縁を回り込んで正面の階へ向かった。階の左右に結び燈台があるので、随分明るく感じた。

階にも、擦れた黒い血の染みがある。

階の下へと目を転じた日織は、そこに仰向けに倒れている人影を見た。足は階にかかっていたが、上半身は濡れた土の上に投げ出されている。階を上がろうとして足を滑らせて、仰向けに転倒したような姿で、開いた口に雨粒を受けたまま微動だにしない。

「……叔父君」

思わず声が出た。

そこに倒れているのは山篠皇子。開きっぱなしの目に雨が注いでいる。

山篠の衣の胸には血の染みが広がっていたが裂けておらず、傷も見当たらない。それなのに彼の傍らには、抜き身の小刀が落ちていた。雨に洗われるその刃先に、雨水では流れきらない粘ついた血がこびりついている。

(なぜ、どうして、楡宮で山篠の叔父が)

雨にふやけた山篠の眼球を見て、七つのときに目にした宇預の亡骸《なきがら》をありありと思いだし、吐き気を催す。草地に転がっていた宇預の目も、こんなふうにぶよついてこちらを見ていたのだ。よろけるように後退《あとずさ》り、枢戸に背をつけて浅い息を繰り返す。

混乱と気持ち悪さで、意識が遠のきそうだった。

人を呼ばなければと思ったときに、「日織」と呼ばれた。声の方をふり返ってみると、空露が回廊から正殿へ向かってくる姿が見えた。彼は訝《いぶか》しげな顔をしている。

「ただいま帰りました。なにかありましたか、日織」

「人を呼べ」

命じた声は掠《かす》れていた。

「山篠の叔父が、死んでいる」

三

その後に起こった騒ぎを、日織は無感覚に眺めていた。悪夢のただ中にいるようで、全てに現実味が感じられず常に視界に薄い靄《もや》がかかっている気がした。

山篠の亡骸を見た空露はすぐに大殿へと走り、真尾と淡海を呼び寄せた。さらに舎人が呼ばれて不津が駆けつけ、遅れて山篠の侍女が数名呼ばれた。

山篠の侍女たちは取り乱し、怯えてろくに動けない。そこで不津が彼女らに命じて準備させ、舎人を走らせ、山篠の亡骸を龍稜から運び出し、彼の宮へと移した。

混乱が収束したのは夜明け。日織と不津は大殿へと呼ばれた。

その頃になると、ようやく日織も現実感が戻り始めていた。それに伴って徐々に、この不可解さに対する警戒心が大きくなる。

（山篠の叔父が亡《な》くなった。それがなぜわたしの宮なのだ）

罠《わな》なのかも知れないと、そんな思いが強くなる。

大殿には大祇の真尾と太政《おおまつりのおとど》大臣の淡海皇子、さらには急遽《きゅうきょ》呼び出された左右の大臣、阿《あ》知穂足《ちのほたり》、造多麻呂《つくりのたまろ》もいた。

規則的な高音が幾重にも、龍稜の頂から響いていた。凶事の邪を払うため舎人たちが角打《つのう》ちをしているのだ。角打ちは、磨いた牡鹿《おじか》の角——鹿角《かづぬ》を打ち合わせて鳴らす破邪の儀式。

鹿角は龍の角の見立て。

龍の角に似たものの、その澄んだ響きで邪を払う。

音は大殿の大屋根の上に、雨粒とともに降り注ぐ。鹿角が鳴らされるのはそれにみあう凶事があったということで、そのため角音《かくおん》は人心をも震わせる。

蔀は閉じられたままであったので、母屋の中は暗い。燈台に火が灯されていたが、油皿の液体は朱色。朱油《しゆゆ》は死の穢《けが》れがあるときに用いられ、灯る炎の色が常のものよりも青みがかる。

青みがかった小さな火が揺れ、集まった者たちの表情に暗い影を落とす。

「山篠様がお亡くなりになったと聞きましたが。何がありましたか」

右の大臣、造多麻呂が、落ち着いた声で淡海に問う。

「何があったのか、わたしにも定かではない。しかしお亡くなりになった」

淡海は顔を歪《ゆが》め、独白のように低く続けた。

「皇尊の選定が進まぬだけではなく、候補の一人が命を落とすとは」

衝撃が大きいのだろう。淡海は目を閉じると眉間《みけん》に皺《しわ》を寄せ、痛みをこらえるような表情になる。答えになっていない淡海の返事に、多麻呂は眉をひそめた。不満そうに膝を進め、さらに問いかけようとしたので、日織がかわりに口を開く。

「昨夜、わたしが滞在している楡宮の正殿の階に倒れているのを、わたしが見つけた。一目で息がないとわかったので、空露を走らせ人を呼んだ。何があったかと問われれば、それしか答えられない」

「楡宮で？」

穂足が濃い髭をしごいて不審げに日織を見やる。

「なぜ山篠様が、日織様の宮にいらっしゃったのですか」

「山篠の叔父の訪問は受けていない。なぜ山篠の叔父があの場に倒れていたのか、わたしこそ知りたい」

「亡くなられた原因は？」

鋭い多麻呂の視線が、日織に向かう。

「胸に血の染みがあったが、傷はなかった」

「いや、傷はあった」

日織の言葉を不津が遮った。そして傍らに置いていた布の包みを膝の前に移動させ、開くと、刀身に血の曇りがこびり付いた小刀が現れる。

「龍稜から運び出し父君の亡骸を確認したが、胸に、鋭い刃物で突き刺された傷があった。亡骸の傍らにはこれが落ちていた。おそらくこれで刺されたのだろう。人を絶命させるほどの刃物の数は、龍ノ原では限られている」

「傷があった？　衣は裂けていなかったぞ、不津」

日織は山篠の亡骸を目にしていたが、胸の辺りに血の染みがあるのを確認しただけで、傷らしいものは見当たらなかったのだ。

「衣は確かに無傷だった。しかし胸には深い傷があったのだ。どういうことなのか、俺にもわからない」

不津の膝の前に置かれた小刀を、日織は見下ろす。

「それは女護りだな」

龍ノ原では、小刀を持つ者は限られている。この国には鉄器が少ない。農具や鋏《はさみ》、針、包丁などは誰でも使うが、貴重な品なので持ち主は大切に管理している。その中でも小刀は特殊な存在で、殺傷のためのもの。龍ノ原でそれを持っているのは皇尊とその皇子、皇女たちのみ。皇尊直系の者たちは生まれたときに護り刀として、小刀を皇尊より賜る。亡くなった者の小刀は溶かし、針や鋏に作り替えた。

皆の視線の中心にある小刀は、白杉の柄《つか》で刀身が細いので、皇女のために作られたものだと知れた。

真尾が険しい表情になる。

「今、女護りを持たれているのは、悠花皇女《はるはなのひめみこ》しかおられぬ」

驚き、日織は顔をあげた。

「確かか？」

「昨年までは、わたしの妹皇女が持っていたが、あれが亡くなって小刀は溶かされた。今は悠花しかおるまい」

淡海の困惑した声音に、日織は首を横に振る。

「これが悠花のものだとしても、彼女は関係しておりません」

「なぜそう言えますか、日織様」

真尾の静かな、しかし幾分威圧的な問いに、姿勢を正して毅然《きぜん》と答えた。

「悠花には不可能だからです」

「そう言い切る根拠はなんだ」

責めるような不津の視線を受け止める。父を何者かに殺されたのだから、気が立っているのは間違いないだろう。それをなだめるために、答えた。

「悠花は歩けないからだ」

その場にいた者は、全員が驚きの表情を見せた。先代皇尊は悠花のことを隠していたが、日織は隠す必要はないと思う。彼女自身が知られるのを嫌がっていれば可哀相《かわいそう》なのだが、この状況では黙っていることもできない。

「おそらくそれは、盗み出されたのでしょう。誰に盗まれたか心当たりがないか、彼女に問いましょう。心当たりがあれば、山篠の叔父を刺したのが誰なのか、わかるはず」

立ち上がった日織は、不信と不安の混じる視線にさらされた。

「今から参ります。話を聞き終われば、またこちらに戻ります」

破邪の角音にせかされるように、日織は空露を伴って楡宮へと戻った。

空露は東殿へ控えさせ、自分だけが北殿へ向かう。

薄く夜が明け、単廊の傍らにある黒竹の細い影が、ぼんやり浮き上がっている。

迫《せ》り出した岩の天蓋に守られて、北殿とそこへ続く単廊は雨に濡れていない。龍稜の麓《ふもと》から吹き上げてくる風に、黒竹の葉は乾いた音を立てる。降り続く雨音と、乾いた葉擦れの音はちぐはぐで、異なった別の世界が隣り合わせにあるようだった。

（いつ、山篠の叔父は死んだのだ）

大殿で山篠がおこした騒ぎの後、日織が宮に帰ったときにはまだ、彼の姿はなかった。衣を着替え、芦火が現れた後に山篠を発見したのだから、山篠が死んだのは日織が東殿に入っていた間だろう。

（芦火は、山篠の叔父が倒れているのを見なかったのだろうか）

芦火が楡宮の外から入り込んだとしたら、山篠が倒れているのを見なかったはずはない。仮に、入り込むときにはまだ山篠が倒れていなかったとしても、出て行くときに必ず目にしただろう。

（山篠の叔父が亡くなっているのを見て、関わり合うのを恐れてそのまま逃げたか。それとも、もしや芦火が）

山篠を手にかけたのが、芦火でないとは言い切れない。何らかの理由で楡宮にやってきた山篠を、芦火が刺し、それから何食わぬ顔で日織の前に顔を出すこともできる。

（そうだったとしても不可解は残る。胸に傷がありながら、なぜ衣が裂けていないのか）

どちらにしても、悠花に話を聞く必要があった。

悠花は出歩けない身の上。常に傍らにあるはずの護り刀を、彼女が知らぬ間に見ず知らずの者が持ち出せる可能性は低い。となれば、悠花を訪問した誰かが隙《すき》を見て、小刀を持ち出したと考えるのが妥当だ。

正殿で起こった騒動の声は、悠花の居所である北殿にも届いていた。人々が入り乱れているときに、悠花の乳母《めのと》・杣屋《そまや》が空露のところに「何事か」と問いに来ていた。空露は簡単に事情を教え、「悠花様の身になにかあってはならないので、戸をしっかりと閉めて北殿にこもっていなさい」と命じたらしい。

その言いつけを守って、北殿は全ての枢戸と蔀が閉じられていた。龍稜全体を被《おお》うように、游気《ゆうき》を鋭く穿《うが》つ角音が響いているので、それだけでも恐ろしいだろう。

枢戸の前に立ち、声をかけた。

「明け方に申し訳ない、悠花。わたし、日織だ。昨夜のことで少し話を聞かせて欲しい」

眠ってはいないはず。枢戸の下部の隙間から、仄《ほの》かな明かりが漏れている。

「悠花」

しばらくすると枢戸が細く開き、顔を見せたのは杣屋だ。硬い表情で問う。

「このような刻《とき》に、何事でございましょうか日織様。悠花様は昨夜の騒動で、随分と怯えておいでです」

「申し訳ないが、急ぎ確かめなくてはならない。そうでなければ悠花に嫌疑がかかる」

杣屋の目に動揺が走り、唇が震えた。

「嫌疑？　嫌疑とは、なんの」

「それも話す。とにかく悠花と話をする」

枢戸の隙間に手を入れると、力を込めて押し開く。杣屋がよろけて後ずさる。

中に踏み込むと、几帳の向こうに結び燈台の明かりがあり、奥に座る悠花の影が映し出されていた。

北殿の中にも角音は聞こえる。

早足に進むと几帳を回り込む。床には、横座りした悠花の纈裙《ゆはたのも》がしどけなく広がっていた。挟軾《きょうしょく》にもたれかかっている悠花が顔を上げる。夜が明けて間もないので化粧はしていないが、それでも薄暗い中でも目が合うと、こちらを怯《ひる》ませるほどに美しい。人を圧倒する端麗さ。

しかし。

日織は奇妙な感覚に襲われた。

（この顔は……似ていないか、あの……）

感覚が言葉になるそのとき、いきなり首に衝撃が来た。首に細いものが巻き付き、強い力で背後に引かれる。首の骨がきしみ、苦しい。誰かが背後から首を絞めていると理解し、食い込む紐《ひも》と肌の間に指をこじ入れようとしながら、目で後ろを探る。

荒い息使いで必死に紐を引き絞っているのは、杣屋だった。

（なぜ杣屋が⁉）

相手は老女だ。抵抗できないはずはないと思ったが、油断しているところを背後から襲われ、首が絞まった息苦しさに恐慌《きょうこう》をきたし、思うように逃れられない。

（苦しい）

耳が拾う角打ちの音が、わんわんと歪《ひず》む。意識が遠のきかける。まずい。

「やめよ、杣屋！」

芦火の声がした。

（芦火？　どこに）

首を絞める力は緩まない。再び鋭い芦火の声。

「聞こえぬのか！　やめよ」

「いいえ！　この方はあなた様に嫌疑がありと。生かしておいては」

「たわけ！　もしそうだとしたら既に遅いわ！」

ふと、呼吸が楽になった。食い込んでいた紐が緩み、肩に落ち、日織は咳《せ》き込んでその場に膝をつく。杣屋は呆然と立ち尽くしているようで、背後から殺気は感じない。

咳き込み、ついでにえずき、息苦しさに涙が滲《にじ》む。そうしていると手をついている床板の上に、白い絹の裾《すそ》が流れてきた。

見上げると、悠花がこちらを見下ろしていた。
立てないはずの悠花が、目の前に立っているのだ。
(……立っている？　……悠花が……)
朦朧《もうろう》としながら「なぜ」という言葉も出ずに見つめていると、悠花が口を開く。
「すまなかった、日織」
悠花の口から聞こえたのは、芦火の声だった。
自分が何を見ているのかわからないままに、ふっと意識が暗闇に落ちた。

五章　欺瞞《ぎまん》顕現

一

ぼんやりと開いた目に映ったのは、薄暗い天井とそこに揺らめく影。結び燈台の灯りを受けた人影が、天井に映って揺らいでいる。

角打《つのう》ちの音は止《や》んでいた。

無意識に視線を巡らせると、日織《ひおり》の傍らで片膝《かたひざ》を立てて座った悠花《はるはな》が、きれいな顔でこちらを覗《のぞ》き込んでいるのと目が合った。

「気がついたか」

「申し訳なかった。杣屋《そまや》はきつく叱《しか》っておくので、許してやって欲しい。あれはわたしを護《まも》れと父皇尊《すめらみこと》から厳命されているし、わたしが赤子の頃から世話しているので、わたしのこととなると見境がなくなる」

美しい新妻が芦火《あしび》の声で喋《しゃべ》っていた。悪い冗談のような光景に、日織の口もとに苦い笑いが浮かぶ。

「悠花……いや、芦火なのか」

「悠花だ。わたしに与えられた名は、悠花。女の名を与えられ、女として育った。芦火と名乗ったのは自らへの皮肉だ」

首回りがひりひりするのは、圧迫されて肌が擦《こす》れでもしたのだろう。軽く手で押さえながら上体を起こすと、胸の上にかけてあった絹の衣が滑り落ちる。床に寝かされてはいたが、風邪をひかせない気遣いはしてくれたらしい。

起き上がって悠花を正面に見る。彼女——彼は、落ち着いた目で日織と対峙《たいじ》していた。

(こうしていても、男には見えない)

襟をきつくあわせた衣の着付けで喉《のど》を隠し、様々な所作をするときには、常に長い袖《そで》で手先を隠す。さらには、美しい顔と女らしい仕草で印象を操り、男の部分を巧妙に消していた。間近で見ても男とは思えない。

ただ立ち上がれば背の高さで不審がられるし、声はどうしようもない。そこで彼は歩けず喋れず、で通していたのだろう。

「信じられない」

「脱いで見せようか?」

不敵に笑う。

「遠慮する。美女が台無しになって、がっかりする」

全《すべ》てが、ようやく理解できる。

悠花は皇子《みこ》なのだ。しかも龍の声を聞く、禍皇子《まがつみこ》として生を受けてしまったのだ。

（皇尊が悠花を人前に出すのを恐れた本当の理由は、これか）

額に手を当て深い息をつくと、思わず愚痴めいた声が出る。

「先代皇尊も、ややこしいまねをしてくれたものだ。わたしに悠花を娶《めと》らせるなど」

先代皇尊の子は悠花のみ。彼が生まれたとき皇尊はすぐに、吾が子が禍皇子だと気づいたのだろう。禍皇子は龍《たつ》ノ原《はら》では恐れの対象。その運命は死しかない。父である皇尊はそれを回避するために、生まれた皇子に女の名を与えて女として育て、そして人前に出すことなく護り続けた。

悠花が龍稜《りゆうりよう》内の事情に詳しいわりに、山篠《やましの》や不津《ふつ》の顔を知らなかったのも道理。

父皇尊とともに龍稜に住んでいた彼は龍稜の事情に詳しくなったが、臣下や一族の者が出入りする時には宮に身を潜めていたはずだ。当然、一族の者の顔を見知る機会もない。

（龍の声が聞こえぬふりをして皇子として育てるのは、不可能だ。ことに皇尊の子であれば、否応《いやおう》なく周囲の視線が集まる）

龍の声が聞こえない女子に、聞こえるふりをさせるのは難しい。どうしても周囲との反応に差が出るので、誤魔化しきれないことが多い。

同様に龍の声が聞こえる男子に、聞こえないふりをさせるのも難しい。幼い頃は龍の声に無意識に反応するだろうし、成長した後も、龍の声が聞こえたときに咄嗟《とっさ》に反応してしまう。日織にはわからないが、龍の声とは、突然に直接耳の中で弾《はじ》けるらしく無視できないというのだ。

だから皇尊は悠花を人の目から隠し、女として育てた。仮になにかのおりに人目に触れ、龍の声が聞こえていると知られても、安全なように。

自らが病に臥《ふ》して余命幾ばくもないとわかった皇尊は、焦《あせ》り絶望したはず。自分が護れなければ悠花の正体が暴《あば》かれる可能性は高い。だからこそ代わりに悠花を護ってくれる者を求め、日織に白羽の矢を立てたのだろう。

「あなた自身が、ややこしいからだ。だから父尊皇は、わたしをあなたに娶らせたのだろう」

悠花の言葉に、日織は顔を上げた。

「なんだと？」

立てた膝の上に頬杖《ほおづえ》をつき、悠花は美女らしさをかなぐり捨てた態度で答える。

「父皇尊はわたしには何も告げず、あなたにわたしを娶らせた。病の床についてからは、常に傍らに真尾《まなお》か淡海《おうみ》皇子がいて、わたしと二人きりで顔を合わせる機会を持てなかったのだから、仕方ないが。あなたが父皇尊の遺言だといってやってきたときには驚いたし、父皇尊はどういうおつもりなのかと不可解だった」

母屋《もや》には静かに悠花の声が響く。北殿は雨が降りかからないので、雨音は遠い。

「あなたの秘密を知って、ようやく合点がいった。おそらく父皇尊は、あなたが男ではないと感づいていたのだろう。だからこそ、わたしを託した。わたしの秘密をあなたが知ったとしても、おそらく禍皇子として命を取りはしないだろうと。そうは思わないか、杣屋」

母屋の端、暗がりの方へ悠花が声をかけると、そこに控えていた杣屋が低く答えた。

「皇尊のお考えは、わたしどもには知らされませんので。なんとも……」

疲れ果てた声。その声を聞いた悠花は乳母を気遣うような色を見せるものの言葉はかけず、その代わりに日織に頭をさげる。

「あなたが杣屋に、わたしへの嫌疑を告げたので、秘密が知られてしまったのだと勘違いしたようだ。そしてあのような暴挙に出た。すまなかった」

「同じような状況になれば、空露《うつつゆ》もやりかねないからな。気にはしない」

喉をさする。

「あの護領衆《ごりょうしゅう》か」

「幼い頃からわたしの教育係を務めている。わたしの秘密を知っているのは、空露のみ」

「今は、わたしと杣屋も知ったけれどね」

悠花は眉根《まゆね》を寄せる。

「しかし空露には感心しない。あなたの教育係で護領衆であればなおのこと、あなたを諫《いさ》め、皇尊の御位《みくらい》を望むようなことは止《や》めさせるべきだろう。あなたの命に関わる。下手をすれば龍ノ原の存亡にも関わる」

「わたしならば、命をかけてでも悠花様をおとめいたします」

暗がりから呟《つぶや》いた杣屋の声には、こころなし批難の色がある。日織は苦笑した。

「確かに空露は杣屋とは違う。わたしを皇尊にしたいからこそ、わたしを護っている。あらゆる危険や龍ノ原の存亡も理解した上で」

空露は日織を護りたいだけではない。日織と同じ志があるから、ともに罪を負う者であろうとしている。

「それを承知して側《そば》に置くのか。呆《あき》れたな、吾《わ》が身が可愛《かわい》くないのか」

「可愛くない」

答えると、悠花が綺麗《きれい》な形の目を見開く。

「命を落とした姉の宇預《うよ》や多くの遊子《ゆうし》のために何もなせず、二十年手をこまねいていた。

次々と遊子の少女らが殺されていると知りながら、その子らを助け、逃がしもできなかった。そんなことをして身の破滅を招けば、遊子追放の令を廃する機会を自ら棄《す》てる羽目になると空露に諭され、従った。結局、『いつか吾《われ》に皇尊の御位を』と願いながら無為に過ごすだけの卑怯者《ひきょうもの》。周囲をだまし、己の望みも叶《かな》えられず、怯《おび》え隠れるだけ。そんな者の身を誰が可愛いと思えるのか」

斬《き》って捨てるように言い、戸の隙間《すきま》から漏れ入る明るさを確認した。外は既に明るいようだ。ぐずぐず時間をとっていては、大殿《だいでん》で待っている不津や重臣たちがしびれを切らすだろう。

「悠花。色々と聞きたいことは山のようにあるのだが、一つ確かめたい。それをもって大殿へ帰り報告をしなければならない」

「なにを確かめたいと？」

「楡宮《にれのみや》の正殿で山篠の叔父が亡《な》くなったのは、知っているだろう」

「杣屋が空露から聞いた」

「山篠の叔父は殺されていた。皇女《ひめみこ》の護り刀を使ってだ。おそらくおまえの護り刀だ、悠花」

「なぜ、わたしと」

「今、護り刀を持っている皇女はおまえだけなんだ。おまえの護り刀はどこにある？」

「そういうことか。残念だが、わたしの手もとにない。龍稜に入ってから、いつの間にかなくなっていた」

「本当か？」

「わたしが山篠皇子を、自分の護り刀で殺したとでも？　もし殺すにしても、そこまで間抜けではないよ。わたしは、そもそも正殿の方へは足を向けていないのだから。昨夜は、この北殿とあなたの居所である東殿を往復しただけ。正殿で山篠皇子が亡くなられているなぞ、知らなかった」

「護り刀を誰に盗まれたか、心当たりはないのか？」

「わたしは時々護領衆の衣を着て忍び出るが、その間も杣屋が母屋にはいるから、隙はないはずなのだが。だからこそ護り刀が見えなくなっても、盗まれたとは思わなかった。何処《どこ》かに紛れたかとね。そうだろう、杣屋」

「はい。わたくしは常にこの母屋におります。母屋が無人になることはありません」

二人が嘘《うそ》をついているようには思えない。

もし仮に悠花や杣屋に山篠を殺害する動機があったとしても、人目を避ける必要がある悠花が、よりによって自分の住む宮で自分の護り刀で山篠を殺すとは思えない。もっと巧妙にやるだろう。

「わかった。まずはわたしは大殿へ帰って報告をしよう。その後に、またこちらに来る」

日織が立ち上がると、杣屋が身をかがめて先に立ち枢戸《くるるど》を開く。戸口に立った日織がふり返ると、美女そのものなのに、片膝を立てた横柄《おうへい》な態度の者が目に入る。

「わたしの妻は何処に行った？」

思わず言うと、悠花はさっと横に座りなおして挟軾《きょうしょく》にもたれかかり、しなを作って無言の微笑。

「見事な化けぶりだ。おそれいる」

「しかし日織の報告だけで、果たして重臣たちは納得するか？」

美女の顔で、低く悠花が問う。

「さあな。おまえが口もきけず、歩けずとは言ってあるから。納得してもらうしかなかろう」

「そう言って重臣や、父を殺された不津王《ふつのおおきみ》は納得するか？　誰も、わたしの姿を見たことがないだろう。嫌疑がかかっているならなおのこと、姿を現さぬ皇女に対する不審は拭《ぬぐ》えまいよ。しかも妻であるわたしの護り刀で、日織と皇尊の御位を競う山篠皇子が害されたのだ。ことによっては日織、あなたが疑われる」

「そうかもしれないが、どうせよと言うのだ」

「わたしを、大殿へ連れて行け」

「悠花様！」

杣屋が悲鳴じみた声をあげる。

「なにを仰《おっしゃ》っているのですか。人前に、しかもよりによって重臣たちの前に出るなど」

「喋れず歩けずを通し、この姿を重臣たちの前にさらすことで、わたしへの嫌疑が晴れるならば、その方が安全とは思わないか？」

「思いません。なりません」

「どう思う、日織」

面白そうな微笑を口もとに浮かべながら、悠花は問う。

（悠花はもう、限界なのだろう）

瞳《ひとみ》の色から感じるのは、悠花の、自らの身の上に対する鬱屈《うっくつ》と、それに耐えがたくなっている破裂寸前の苛立《いらだ》ち。物心ついた頃から女として育てられ、閉じ込められ、人目を避けて生きてきたのだ。虚弱な体で気弱なたちの者であれば、生涯隠れ住んでいられるだろうが、悠花はそうではないのだろう。健康な肉体があり果敢な精神がその中に宿っているとしたら、己を縛る全てを食い裂きたいような鬱憤を募らせる。

だからこそ、護領衆の衣を着てさまよい歩いたのか。

皇女としての悠花の姿を人目にさらそうとするのは、運命に対する彼の反抗。それが痛いほどわかった。

（悠花の正体が露見するやもしれない機会は、極力避けるべき。だが悠花も言うように、わたしの言葉だけで不津や淡海の大叔父たちが、悠花の護り刀が誰かに盗まれたと納得するかは微妙。改めて、悠花に直接問いただしたいと言い出す可能性もある。それくらいならば先にこちらから手を打った方が、心証は良い）

日織は頷《うなず》く。

「弱々しく美しい皇女の姿を見れば、誰も疑いを抱く余地はなくなる。行くべきだ」

杣屋は、すがるように日織を見る。

「日織様。そのような危険を悠花様に」

「杣屋。悠花の嫌疑を晴らすため、必要だ。悠花を連れて行く。悠花を大殿へ運ぶのは、空露にやらせる。東殿に控えているはずだ。呼んで参れ」

「空露様にも、悠花様のことを知らせるのでございますか」

「おまえは、悠花から聞いてわたしの秘密を知っているのだろう？　ならばわたしの教育係も知らねば不公平だろう。互いに秘密を抱える者同士」

肩を落とし、力なく杣屋は頷き、東殿へ空露を呼びに行った。

杣屋とともにやってきた空露は、「よろしく頼む。わたしを大殿へ運べ」と告げた悠花の立ち姿に絶句した。日織が事情を説明すると、さすがは神職で冷静に聞いた後に、とてつもなく大きな溜息《ためいき》をついて、「全て承知いたしました」と言ったのだった。

悠花を抱き上げた空露は、日織の後について楡宮を出た。その後ろからは杣屋もついてくる。

黒い衣の護領衆の首に腕を回してしがみつき、抱かれ運ばれる悠花の姿は可憐《かれん》の一言。歩き出した空露の耳もとに、悠花は声を潜め、囁《ささや》くように訊《き》く。

「重くないか？　空露」

「重くないはずありません。ただ護領衆は修練をしますので、苦しいなりにお運びはできます。それよりも口は開かれますな」

不機嫌な声。日織は背後を見やり、空露が珍しく苦り切った色を見せているのに苦笑する。

（わたしだけでも手一杯なのに、さらに悠花まで追加されては、さすがの空露も困惑したな）

日織の表情に気がつき、空露が軽く睨《にら》んできた。我らの望みのためにこの者たちをどうするべきか、この後にじっくりと話し合いましょう、と。無言でそんな要求をされているのがよくわかった。

「もうすぐ大殿だ。悠花、儚《はかな》く、か弱く、美しい、完璧《かんぺき》な皇女を見せつけてくれ」

告げると、悠花はあでやかに微笑し頷く。

（しかし護り刀は誰が盗んだ）

大殿の階《きざはし》を上りながら、日織は改めて考える。

(悠花と杣屋が言うことが本当なら、常に人目がある場所で護り刀を盗むことになる。その場にいる者の目が逸《そ》れている隙を狙《ねら》って盗むしかない、ということは)

悠花を抱えた空露と杣屋も階を上る。

(護り刀を盗めるのは、悠花のもとを堂々と訪れた誰かということだ)

悠花のもとを訪れたことがあるのは、日織と空露。月白《つきしろ》と、乳母の大路《おち》。その四人しかいないはず。ただ日織は山篠を手にかけていないし、他の三人には山篠を殺す理由が見当たらない。

「日織皇子様。おいでになりました」

枢戸の傍らに控えていた采女《うねめ》が中へ告げる。その声にはっとし、護り刀を盗んだ者のことは意識の外へと追い出し、まずはこの場を切り抜けろと己に命じた。

(遊子の妻である、禍皇子のお披露目だ)

内心で皮肉に呟く。

(笑えるほどに、奇妙な夫と妻ではないか)

大殿へと足を踏み入れた。

二

悠花の姿を認め、その場にいた者が全員息をのむ。大殿の裏側で迸《ほとばし》り落ちている滝の水音が大きく響き渡るほどに、その場に静寂が落ちた。

遷転透黒箱《せんてんとうこくばこ》が置かれた宝案《ほうあん》を正面奥に見て、右側に太政《おおまつりのお》大臣《とど》の淡海皇子と大祇《おおぎ》の真尾。左側に左右の大臣、阿《あ》知穂《ちのほ》足《たり》と造《つくりの》多麻《たま》呂《ろ》。やや間隔を空けて不津王が座っていた。

日織は彼らから距離をとり、出入り口に背を向けて座る。その隣に空露が悠花を下ろし、彼はそのまま退いて枢戸近くに控える。杣屋も同様に空露と並ぶ。

悠花は体を支えるように、日織の腕に手を掛けてもたれかかった。

(仕草が堂に入っている)

体を支えるのがつらそうにして、日織に腕をかけて体をたわませているが、こうすれば実際よりも小柄に見える。見やると目が合った。何度か瞬《まばた》きを繰り返した瞳には、不安げな色がある――間違いなく、芝居だが。

「随分とお待たせして、申し訳ありません」

礼をとった日織に、淡海が緊張した面持ちで問う。

「かまわぬが。そちらは、もしや」

「はい。先の皇尊の皇女。わたしの妻、悠花です」

一同から小さな驚きの声が漏れ、それぞれが悠花に礼をとる。いち早く顔を上げた不津は、鋭く探るような視線を悠花から逸らさない。悠花は目を伏せた。

「吾が妻は生まれながらに言葉を発することができないので、代わりにわたしが申し開きいたしましょう。吾が妻の護り刀は、龍稜に入った後に何者かに盗み出されたそうです。山篠の叔父を害したのは吾が妻の護り刀の可能性が高い。しかしそれは吾が妻のもとから、護り刀を盗み出した者の仕業でしょう」

「盗まれたと信じてよろしいのでしょうかな」

厳しい問いは造多麻呂。胡乱《うろん》げに悠花を見ていた。

「吾が妻が信用ならないと言うのか？　多麻呂」

「信用ならないとは申しておりません。ただ日織様が、山篠様と皇尊の御位を競っておられるこのときに山篠様が害され、その得物が『何者かによって盗み出された、日織様の妻の護り刀』とは。日織様に利益のある凶事かと」

来たなと、日織は身構えた。山篠は、日織の住む楡宮で悠花の護り刀で殺されたのだ。日織になんらかの疑いを抱く者が現れるのは当然のこと。

誰かの見え透いた罠《わな》だとしても、その前には必ず日織に疑いが向く。

「わたしに都合が良すぎる、がな」

皮肉に言った日織の手を、悠花がそっと握る。

（悠花？）

なんの合図かと思い顔を見ると、悠花は視線をあげて小さく頷く。続けて背後の杣屋に目配せする。杣屋がするすると近づき、心得たように巻紙と筆を手渡した。

悠花は見事に女らしい手跡で巻紙に文字を書き付け、皆に見えるように差し出す。

『わたしには声がないために、このような方法で失礼いたします』

皆の視線が集中したのを確認した悠花は、さらに、さらさらと書く。

巻紙を袖の上に置いて差し出す悠花の瞳は、今までと打って変わって強い輝きを帯びているが、潤《うる》んでいた。

『日織様とわたしをお疑いであるかも知れませんが、もし日織様やわたしの仕業であれば、こうも我らに疑いが向くようなやり方をするでしょうか。日織様が皇尊の御位を望まれているならなおのこと、慎重になるはずです。ことに龍稜という皇尊の御座所での流血は大不敬の罪、八虐《ぎゃく》の一つ。八虐を犯せば皇尊の御位は望むべくもなく、それどころか龍ノ原から追放となっても当然の罪』

八虐は、龍ノ原で大罪と定められた八つの罪。この八つの罪のいずれかを犯せば、どんなわけがあろうとも罪に問われ、その罰は最も軽くとも龍ノ原からの追放。

大不敬は皇尊や祈社《きしゃ》に対する不敬の罪で、これも八虐の一つ。皇尊を弑逆《しいぎゃく》する謀反《むへん》と比べれば罪は軽いが、八虐に含まれるのだ。

『さらに』

と、そう続く文字に、全員が胸をつかれたような表情になる。

『血であがなって御位を望むような者、龍稜を血で穢《けが》すような者を、吾が父皇尊はわたしの夫に選びません。わたしも夫といたしません。日織様を疑うことは、吾が父皇尊を疑い侮辱するのと同じです』

しばらく誰も口を開けず、悠花の文字を見つめるばかり。

日織は悠花の度胸と冷静さに舌を巻く。彼は自分の容姿や立場が、周囲にどんな影響を及ぼすか承知の上で、このような態度に出ている。目を潤ませているが、これも間違いなく芝居だ。あの挑発的な態度の青年が、この程度で涙が出ると思えない。

亡き父皇尊の権威と名誉を語るだけであれば、増長ととられかねない。しかし悠花は自分の容姿が、儚げな美しさを備えているのを熟知しているのだろう。父を亡くしたばかりの皇女が気丈に人前に現れ瞳を潤ませながら語れば、健気《けなげ》な印象を与える。

「失礼をいたしました、悠花様」

多麻呂が床に手をつく。

悠花は微《かす》かに頭を振ると、疲れたように筆を置き、目を伏せて日織の腕にもたれかかる。それは涙をこらえる仕草にも見えた。

（なんという奴《やつ》だ、悠花）

労《いたわ》るそぶりで悠花の手に触れ、耳もとで細く囁く。

「見事」

悠花は俯《うつむ》いたまま。日織の手の甲に触れる指先だけを、軽く悪戯《いたずら》めいて動かし応《こた》える。

「わたしを連れてきて正解だったろう」と、内心で不敵に答えた声を聞いた気がした。

重臣たちが悠花の可憐さと健気さに打たれ、彼女を気遣う気配の中で、不津の表情だけが違った。何も見落とすまいとするような、隙のない目をしている。日織と目が合うと、彼は、皮肉そうに口もとに微笑を浮かべた。

「確かに、悠花の言うとおりに、日織や悠花の仕業であればもっと巧妙にするだろう。しかも二人には父君を害する利点はない。皇尊の御位を望んでのことであれば、父君より先に俺が害されるだろうからな」

その言葉に安堵《あんど》した日織だったが、それが表情に出たらしい。不津は安心しろというように頷いたが、それと同時に彼の目が、獲物を見つけた狩人のように光るのを認めてひやりとした。日織や悠花の言い分を認めてはいるが、彼だけは、重臣たちのように悠花に丸め込まれたわけではないらしい。

不津は今、何を考えているのか。それが読めないうちに、彼は日織に横顔を見せ、重臣たちに向き直ると威儀を正し、断ずるように告げた。

「父君を害した者は、俺が見つけ出そう。子である俺の役目だ。大祇と太政大臣、並びに左右の大臣には、父を害した者を探索する許しを、俺に頂きたい。龍稜内の采女や舎人《とねり》に例外なく協力を仰ぎ、さらに、俺があらゆる場所に出入りする許しをもらいたい」

「それは認めねばなるまい。どうか、真尾と左右の大臣」

淡海の白い顔が他の三人の重臣たちに向けられると、彼らは大きく頷く。

「では、そのようにさせて頂く」

不津の口もとに満足そうな歪《ゆが》みが見えた。それを目にして、首筋がちりっと痺《しび》れるような不快さを覚える。

(まさか龍鱗《りゅうりん》の探索を有利にするために、自分の父を害する可能性はないだろうか)

龍稜内を自由に探索するのを公《おおやけ》に認められれば、龍鱗の探索にも大いに役立つ。舎人や采女を使うことはできるし、さらに不津さえその気になれば、許可なく、日織の滞在する楡宮にも出入りできるのだ。

皇尊の御位のために父を殺《あや》めるほど、不津が冷酷非道とは思いたくはないが、可能性は捨てきれない。彼は父の山篠を心の奥底で軽蔑《けいべつ》していたのだから。

「龍は怒り、山篠皇子様が害され、現状が良いとはとうてい言えぬ状況ではありますな。そもそも皇尊の選定に前例のない方法をとったのは、果たして正解だったのでしょうかな？　皇尊の御遺言とはいえ、龍ノ原の安寧が脅《おびや》かされては元も子もない。皇尊の言葉や御遺志と、龍ノ原の安寧、双方を鑑《かんが》みながら最良の判断をするために、我らや大祇がいるのですからな」

阿知穂足が濃い髭《ひげ》をしごき、意味ありげに不津に目配せする。彼は不津の舅《しゅうと》だ。事前の相談があったらしく、不津はそれを合図のように身を乗り出す。

「俺も舅殿に同感だ。淡海の大叔父君も、真尾も、多麻呂も、このまま八十一日を待つつもりか。はっきりして頂こう。あと五十日あまりで殯雨《もがりあめ》が禍《わざわい》となる。その日まで異例の皇尊選びを続けるおつもりか」

（やはり来るか）

日織は顔が強《こわ》ばるのを感じた。

（冷静に状況を見るしかない。今は騒ぎ立てるべきではない）

このまま龍鱗を探し続ければ良いと、日織は声をあげたい。しかしそう強硬に主張するのは自らがどれほど皇尊の御位に固執しているかを知らしめることで、それにより、山篠殺害の疑惑が再燃しかねないだろう。

「龍の眷属《けんぞく》を祀《まつ》り、皇尊をお助けし、龍ノ原を安んずる大祇として言わせてもらえば、今ある不津様と日織様のいずれか、候補の者が龍鱗を見つけるにしくはない」

黒い衣の袖を軽く捌《さば》くと、真尾は姿勢を正し口を開き、不津と日織に視線を向ける。

「しかし、このたびの選定が異例であり、八十一日を過ぎても皇尊を定められぬ可能性もあると認めよう。だからこその龍の出現で、『急げ』とのお怒りかも知れぬ。太政大臣の淡海様からもご提案を頂いたが、八十一日のおおよそ半分、四十日を過ぎても龍鱗が見つからぬ場合は、慣例の通りに一族と臣下の推挙によっての選定とするべきと考える」

（四十日!?）

愕然《がくぜん》とする。

皇尊が崩御してから、今朝の時点で既に三十日が過ぎている。四十日を過ぎないようにということは、残る猶予《ゆうよ》は十日だ。

（残り十日。十日だと）

あまりにも急すぎる。

「当然でしょうな」

満足げに頷いたのは穂足で、不津も頷く。一方で眉をひそめる多麻呂に、真尾が問う。

「反対か？　右の大臣。造多麻呂殿」

「皇尊の御遺言を、我ら臣下の勝手な判断で変えて良いものか」

責めるような言葉に、穂足が険しい表情で向き直る。

「勝手な判断ではあるまいぞ、多麻呂。龍稜に龍が現れ、急げとお怒りだったのだぞ」

「龍のお怒りが皇尊選定についてだと、穂足殿はどうして言えるのですか」

多麻呂は怯《ひる》まず答え、続けた。

「そもそも、その場にいた特定の誰かに対してのお怒りかも知れない。『ぐずぐずするな、この方法で早く龍鱗を見つけよ』というお怒りであれば、慣例通りの皇尊の選定をした場合は、逆に龍を怒らせまいか。ひいては誤った皇尊を我らが選び出さぬとも限らない。誤った皇尊を選び出した場合、地大神《ちのおおかみ》が鎮《しず》まりきらず、龍ノ原、ことによると央大地《だいち》が」

「誤った皇尊を選ぶなど、ありえん。そもそも皇尊など、我ら一族の者ならば誰でも良いのだ」

多麻呂の言葉を遮るように、そう言ってのけたのは不津だ。

不津の言葉に、多麻呂と穂足はぎょっと目を見開くが、淡海と真尾はただ苦い表情。背後に控える空露と杣屋の表情はうかがえないが、彼らは神職と一族の女。日織と大差ない顔をしているだろう。

不津が口にしたのは、神職や一族の者は誰もが感じていることだった。言葉にするのを憚《はばか》っているだけなのだが、それをこうもあっさり口にした不津は、果敢で旧弊を覆《くつがえ》す皇尊になれるのかも知れない。

そんな不津の大胆な発言を耳にしても、日織の頭の中では十日という言葉がうるさく鳴り響き、そちらに注意を向けきれない。

「我ら皇尊の一族は、その血をもって地大神を鎮めているのだから、血族の男なら誰でも良いのだ。ただし龍道で焼かれた禍皇子の例がある。あれは特殊な血であろう。血族であって血族の外にある、禍皇子や遊子は常とは異なる者であるからだ」

一族の男なら誰でも良いというのは、日織も同じく思う。さらに日織は男に限らず、血筋の者であれば女でも良いかもしれないとさえ考えている。

ただし神が、男女の生き物としての違いを重んじて選んでいるとも考えられるので、その点はまさに神に問うしかないこと。その問いに答えを得るのは至極簡単で、入道すれば良いだけなのだ。龍道に入り無事に出て来られれば皇尊に選ばれたということで、それさえできれば、杣屋や大路でも皇尊になれるはず。

問いに答えを得るための入道は、命がけではあるが——。

ともかく大切なのは血だ。血であるからには濃い方が良い。だからこそ皇尊の候補として、皇子や王が選ばれる、それだけのこと。

不津と日織の意見が決定的に異なるのは、禍皇子や遊子に対して。

皇尊となる者については血の問題であるなら、能力の問題ではない。それを血と能力を結びつけて論じる不津には不快を覚える。根本的に相容《あいい》れない考えの男だ。

日織が正しいか、不津が正しいのか。日織が龍道に入れば結論が出るはずだが。

不津の言葉の不快さと、鳴り響く十日の言葉に、目眩《めまい》がしそうだ。

「誰でも良い、とは……なんということを仰る」

多麻呂の顔に怒気が走る。しかし相手が不津であるために、直接怒りをぶつけられないらしい。多麻呂は、皇尊とその一族に対しての尊崇の念が強い。龍ノ原に住まう民と最も近い感覚だろう。龍ノ原の民は地龍信仰の信徒であり、地龍と直接関係を結ぶ皇尊を、神と同等の存在と見なしあがめる。龍ノ原の民は民であるというよりも、信徒なのだ。

ただここにいる重臣四人の内の三人までが、皇尊に近すぎる立場故《ゆえ》に、多麻呂ほどの躊躇《ためら》いはないはず。

淡海が真っ白い顔で、順繰りにその場にいる者を見やった。

「あと、十日。どうであろうか。あと十日のうちに不津も日織も龍鱗を見つけられなければ、慣例通りに皇尊を選び出すべきではなかろうか。十日の後に方法を変えるとするならば、残りは四十一日。慣例通りの選定をするとならば、これでも余裕のある日数とは言いがたい」

皆が「そのように」と小さく答える中で、老いに白く濁る淡海の目が、日織をとらえた。

「良いかの？　日織」

「わたしは」

白杉の床に視線を落とし、どう答えるべきかと迷う。

(なにをどう判断すれば、わたしは希望を失わずにいられる⁉)

膝の上で拳《こぶし》を握った。

(わたしはこの機を失いたくない)

心の内で悲鳴をあげた日織の手を、袖《そで》越しに重ねられていた悠花の手が握る。

はっとした。

悠花に視線を移すと、彼が日織と視線を合わせて微かに頷く。ここで反対したところでどうしようもないと、悠花の目が言っていた。頷けと、促されているのがわかった。

(悠花)

完璧に人々を欺《あざむ》くその姿を改めて見つめると、混乱が静まる。ここにこれほどしたたかに、生き延びる者がいる。どれほど状況が変わろうと、冷静さを欠けば身の破滅。自ら破滅を招くような愚だけは犯すべきではない。美しい欺瞞《ぎまん》がそう教える。

日織は大きく息をつき、顔をあげた。

「皇尊の御遺志は尊重したい。しかしそうもいかないのであれば、致し方ない」

「それで良い」と言うように、今一度悠花は手に力を込めた。

悠花は日織に皇尊になれと言い、龍鱗を探す手伝いをしようと口にした。その彼が

「それで良い」と言うのであれば、なにか勝算でもあるのだろうか。

それとも、もう他にどうしようもないからこそ、ここで全てを受け入れるしかないのか。

三

日織と不津は大殿からの退出を促された。淡海と真尾、穂足と多麻呂の四人は大殿に残り、十日後の段取りを相談するという。

再び悠花は空露に抱かれ、それに杣屋が付き従い母屋から外へ出る。彼らに続いて簀子縁《すのこえん》に出た日織の背後から、

「待て」

という、不津の低い声がかかる。誰に向かって発せられたか定かでない声に、空露と杣屋、その後に続く日織と、三人が同時に足を止めてふり返った。

「わたしに用か？」

近づいてきた不津に日織が問うと、彼は微笑《ほほえ》みながら答えた。

「用があるのは、そちらの悠花にだ」

日織の隣に並んだ不津は、空露に抱かれた悠花に向かってさらに笑みを深くする。

「はじめてお目にかかったが、俺の従姉妹《いとこ》だ。ちゃんと、ご挨拶《あいさつ》をしなければならんと思ってな」

愛想が良い不津らしい言い分だなと思っていると、彼はつと一歩踏み出し、空露に抱かれた悠花に近づく。

「俺はあなたの従兄弟《いとこ》だ、悠花。これから仲良くやっていければ良いな」

悠花は柔らかな笑みを浮かべ、その場の緊張がふっと緩んだ一瞬、不津の目が鋭く光った。いきなり彼は腕を伸ばし、悠花の纈《ゆはたのも》裙の上から脚を摑《つか》んだ。

「何をなさいますか⁉」

空露が咄嗟に身をひねりその手を逃れ、同時に日織は不津の手首を摑む。

「何の真似《まね》だ！　不津！」

腕を摑まれた不津は抵抗もせず、余裕のある表情で、目を吊《つ》り上げる日織を見やった。

「ああ、すまんな。よろけたのだ」

「よろけただ⁉」

見え透いたことを言うとかっとしたが、ここで追及したところで、彼は「よろけた」と言い張るだけなのはわかりきっている。

(なんのつもりで)

ただの悪戯心や下心で、不津がこんな真似を働いたとは思えなかった。その証拠に、動揺しながら、「悠花様、大事ございませんか」と、悠花の顔を覗《のぞ》き込む杣屋と、それに対して強ばった顔で、大丈夫と告げるように頷いている悠花を、目を細めるようにして面白そうにちらっと見たのだ。

何を意図しての不津の行動かはわからないが、とにかく悠花を遠ざけなくてはならない。すぐにそう判断した。

「空露、杣屋。悠花を早く連れて行け」

きつく命じると、空露は「御意」と応えてこちらに背を向け、足早に歩み去る。杣屋はおろおろと悠花に声をかけながら、傍らをついて行く。

彼らの姿が回廊の向こうへ見えなくなると、ようやく不津は、日織に視線を戻した。

「俺の手は、さすがにもう悠花には届かんぞ、日織。手を離せ。妻に触れられたのが、よほど腹が立ったか。おまえは妻を可愛がるたちなのだな」

嫉妬《しっと》深い若造とあざけられた気がして、日織は不津の手首を乱暴に放す。

「人の妻に触れたがるような男に、莫迦《ばか》にされる筋合いはない」

「莫迦になぞしていないし、そもそも俺は、触れたくて触れたわけではない。言っただろう、よろけたと。しかしおまえの気持ちもわからんでもない。あのような美しい女なら、たとえ口がきけぬとも、歩けなくとも、欲しがる男は大勢いるだろう」

そこで探るように日織を見やる。

「なぜ先代皇尊は、一族の中でも人付き合いの悪い、変わり者のおまえに悠花を託したのだろうかな。俺でも良かっただろうに。俺でなくとも、あの悠花の姿を人に見せれば、だれでもすぐに妻にと望んだだろうにな」

「知らぬな。病床で思い悩まれた末に、従兄弟のうちで妻の少ない者を選んだのかもしれないな。おまえは既に三人も妻がある」

「果たしてそんな単純なことだろうかな？　俺は別のことを思う」

「どんな？」

その問いに、不津はまったく別の問いで返した。

「与理売《よりめ》に随分同情していたな、日織」

ふいに言われて、ぎくりとした。動揺が顔に出そうになるのを堪《こら》え、あえてゆったりと衣の裾《すそ》を捌いて向き直る。

「泣きじゃくる子どもを目の前にして、平然としていられるほど冷血ではないからな」

「それだけか？　あの後、祈社で話を聞いたのだが、おまえは遊子であった姉、宇預皇女を随分慕っていたらしいではないか。祈社に預けられていた宇預のもとに、毎日のように来ていたと古参の護領衆が言っていた。おまえは幼い頃から、姉を慕う余りずいぶん遊子に対しても思い入れがあるのだろう」

空露の言うとおりだったと、後悔が大きくなる。不津の前で遊子を庇《かば》うような、しかも感情まかせの態度をとることで、彼にいらぬ疑惑を抱かせたのだ。

（気づかれたのか、まさか）

しばし睨みあう。先に口を開いたのは日織だった。

「それで？　なにが言いたい」

「言いたいことは色々とあるが、おまえのために口にせずにおいてやる。そのかわり皇尊の御位は諦《あきら》め、すぐに龍稜を出ろ」

「できないな。わたしは皇尊の御位が欲しい」

不津は鼻で笑い、まるで気の毒がるように軽く首をふる。

「どうせ俺には勝てない。ここまで日数をかけた龍鱗探しで、結局、誰も手がかりさえ掴めていない。おまえは祈社の文書まで当たったらしいが、何も出てきていないのだろう？　もちろん護領衆たちも、龍稜に長く仕える舎人も采女も、何も知らない。あと十日で見つけることはほぼ不可能だ。そうすれば皇尊選定は常と同じく、臣下と一族の総意でおおむね決まる。そのときにおまえは、俺よりも、臣下や一族の支持を得られると思うのか？」

不津の口にすることは正しい。日織も今まさに絶望的な気分でいるのだから、そこに拳を振り下ろされたようで、その場に膝《ひざ》をつきたくなるほど気力が萎《な》えそうだ。

しかし簡単には膝を折れない。定めに負けるのが嫌だ。

「十日の内に龍鱗を見つければいい。わたしは見つけるだろう」

確信は皆無。自信もない。しかしそう口にしたのは、そうしなければ己が折れるから。

「龍稜をおりなければ、おまえの秘密を公にするが？　そのような恥をかかせたくないから、今、こう言うのだぞ」

息を呑《の》む。

秘密と言われれば、思い当たるのはただ一つ。日織が女であり遊子であるということ。

(誰も知らない秘密だ。漏れるとは思えない。しかし不津の物言いは……確信はないのだろう。ただ察したのだ)

血の気が失《う》せるが、それでも冷静さを保とうと己を叱責《しっせき》する。

(わたしの秘密を不津が察したとしても、こうやって密《ひそ》かにわたしを退かせようとするのは、わたしへの配慮ではないはず。察してはいても確信がないからだ)

果敢な不津の性質からすれば、証拠があれば躊躇《ちゅうちょ》なくそれをさらし、日織を皇尊の争いから追い落とすだろう。無益に残酷なことをするとは思えないが、己の望みや野望のためならば冷徹に振る舞うだけの度胸と決意もある男なのだから。

証拠はなく、これからそれを得られる保証もないので、陰で日織を脅して退かせようとしているのだ。そう結論づけた。

日織はあえて微笑む。うまく余裕をみせられたかはわからないが、それでも口の端《は》を吊りあげる。

「わたしに秘密などない」

不津のはったりと、日織の度胸比べ。

吹き込む細かな雨粒が二人の肩に降りかかるが、互いに視線を逸らさず睨みあう。

絶壁に沿う大殿の簀子縁の向こうは強い風が吹き上がるので、体が欄干を簡単に越え、中空に放り出されそうだった。

護領山は遠く、郷里の景色も灰色の雨の幕に遮られてぼんやりとしている。そしてなによりも空ばかりが広く見えた。龍稜の真上に低く垂れ込めた分厚い灰色の雲は、上空で湧《わ》きだし、湧いた雲が他の雲を呑み込み、それがまた別の雲に呑み込まれ、互いを喰いあうように上下左右に渦をなす。

喰いあう雨雲の向こうにちらりちらりと、白く細い龍の泳ぐ姿。

「そう言うなら、もはや俺は、おまえの立場など慮《おもんぱか》ってやれないが。良いのか」

「おまえに気遣ってもらおうとは考えてない」

きびすを返して背を見せた。

怖いと思う。彼は日織の秘密を暴《あば》くために、容赦なくこちらに踏み込んでくるはずだ。

(なにを仕掛けてくるだろうか。悠花に触れたのも、まさか仕掛けの一つか?)

硬い表情のまま足早に回廊を抜けていくと、楡宮の手前で、空露と悠花、杣屋たちに追いついた。彼らは背後が気になり、歩調を緩めていたらしい。

追いついた日織の顔色の変化に気づいた空露は、鋭く問う。

「なにかありましたか、日織。先ほどの、不津様のなさりようは、いったい」

「不津が何を思って悠花に触れたのかはわからぬ。しかしわたしに、皇尊の御位を諦めて龍稜を出ろと言ってきた。わたしの秘密を知っていると」

空露と悠花、杣屋、三人の表情が同時に凍り付く。

「わたしの秘密と言えば、一つしかあるまい」

「それを不津様が知ったと？」

空露の声はわずかな震えをおびていた。

「しかしそれを公にせず、わたしに『知っている』とほのめかし、諦めろというのは、確証がないからだろう。ただ察しただけだ、おそらく」

「それでも、知られてしまったとは」

不安げな空露を見あげ、悠花がからかうように言う。

「案ずるな、空露よ。不津が何を知って日織にそう言ったのか、何を考えてわたしの脚に触れたのかは、わからなくとも問題ない。相手が確証をえていなければ、嘘をつき通せば良いだけだ」

空露は不愉快そうに悠花を睨む。

「簡単に仰る」

「簡単だからね。言い張るだけだもの。それが通じなくなれば諦めるしかないが、今までと何が違う？　同じだよ」

強気な悠花に、感心するよりもいっそ呆れる。

「強いな」

思わず言うと、悠花はにやりとした。

「己を投げ捨てても良いとまで鬱屈した者の、開き直りだ」

「あと十日、わたしの秘密が守られればいい。その間に龍鱗を見つければ、わたしの望みは叶う。しかし……たった十日でどうすれば良い。十日後に選定の方法が変われば、わたしの勝ち目はないのに。悠花。おまえには龍鱗を見つける手がかりでもあるのか」

「そんなものはない」

あっけらかんと言う。

「おまえは、皇尊選定の方法を変えるという案が持ちあがったとき、わたしにそれを承諾するように促しただろう」

「当然だ。あの場で強硬に反対しても結果は同じ。大臣や大祇の心証を悪くするだけだ。そして皇尊不在の期間を長引かせてはならないのも事実。あと十日の後に龍鱗探しが終わり、慣例に則《のっと》った皇尊の選定が始まるのは、受け入れるより他にない事態だ」

落胆と動揺の大きな日織とは違い、悠花は平静だ。

楡宮に帰りつくと悠花とわかれ、日織は東殿へ入った。

空露は日織の秘密が不津に知られたこと、さらには龍鱗をあと十日で探し出さなければ二十年待ち続けた機会を失うことに、焦《あせ》り苛立っている様子だった。悠花とわかれた後、「悠花様は真剣みがない」とか「ふざけていらっしゃる」とか散々ぶつぶつ言っていた。さらには、「死んだのが山篠様ではなく、不津様であれば良かったのですが」とも口にした。

正直すぎる空露の言葉を、日織は挟軾に体を預けてぼんやりと聞いた。いつもならば「正直すぎるのは考えものだな」と、一言くらいは軽口を返せるのだが、昨日から次々襲われた衝撃が大きすぎて、さすがに疲れているらしい。

悠花が芦火と名乗っていた禍皇子その人であり、さらには彼に、日織が女であると知られた。それだけでもかなり動揺していたのに、楡宮での山篠の死。加えて、皇尊選定の方法が十日後に変更されると決まった。

そして最も危惧《きぐ》すべきは、不津に日織の秘密が知られかけていること。

翻弄《ほんろう》されすぎるとかえって感覚が鈍くなるらしく、頭は靄《もや》がかかったようになっていた。昨夜はほぼ眠っていなかったのだから、とにかく体を休めたいのが正直なところだった。

考えるべきことは多いはずだが、気力が続かず、横になるとすぐに眠った。

目覚めたのは夕暮れ。

空露が夕餉《ゆうげ》の膳《ぜん》を運んできたが、食べる気力がわかず見つめるばかり。

黒漆の膳には、豆と、川魚の稚魚の甘煮と、青こごみのお浸しが盛られた土器《かわらけ》の小皿が三つ。汁椀《わん》と飯椀が一つずつ。朝餉も夕餉も、今は主《あるじ》不在の皇尊の宮、大桜宮《おおさくらのみや》の炊《かし》屋《や》で作られたものが、采女の手によって運ばれてくる。

悠花もそろそろ起き出して夕餉をとっているだろう。悠花——とんでもない人を妻にしたものだ。色々と訊きたいことは多いが、まずは彼が日織の秘密を暴きもせず、協力的であるのには安堵していた。

「居鹿《いしか》を龍稜に呼んでやらねばな」

箸《はし》でつまんだ豆を口へと運びながら、ぽつりと言う。こんな時にもかかわらず、ふと心に浮かんだのはそのことだった。空露が呆れた顔をする。

「日織。どうしたのですか」

「どうしたのかな」

食べ物を口にするのすら億劫《おっくう》になり、箸を置くと膳を押しやり、かわりに挟軾を引き寄せ体を預けて額に手を当てた。

この疲れは、間違いなく自分の中の余裕がすり減っているからだ。

「たくさんのことがありすぎて、多少疲れたかも知れない。しかも……十日。あと十日のうちに龍鱗を見つけられなければ、わたしは皇尊の御位に即《つ》けないだろう」

「見つけるのです」

空露の言葉はいつもと変わらず、揺るがず鋭く、真《ま》っ直《す》ぐ。

「どうすればいい。十六日以上かけて、見つけられないものを」

しばらくの沈黙の後、空露はさらりと肩に掛かる髪を揺らし、静かに口を開いた。

「わたしが、手をうちましょうか」

「手をうつ？」

「不津様を」

全て言わずとも、空露が何を示唆《しさ》しているのか理解できた。血の気が引く。

「よせ。神職に手を汚させることはできない」

「それ以外に方法がないときは、どうしますか」

声の冷たさに、背筋がひやりとする。

「山篠の叔父を手にかけたのは……まさか、空露……」

空露ならば日織とともに、北殿の悠花のもとを訪れている。隙を見て護り刀を盗み出すのは可能であり、なおかつ山篠が害された夜、彼は折良く榆宮に戻ってきた。彼が山篠を害し一旦《いったん》その場を離れ、何食わぬ顔で戻ってきたのだとしたら——。

目を細め空露は答えた。

「わたしだと申し上げたら、どうなさいますか」

六章　居鹿《いしか》

一

咄嗟《とっさ》に、答えられなかった。空露《うつつゆ》は教育係として幼少から傍らにいて、兄とも慕う存在だ。宇預《うよ》の初恋の相手でもあり、さらには日織《ひおり》の秘密を知り同じ不遜《ふそん》な望みを抱く共犯者。彼が山篠《やましの》に手を掛けたとしても、日織はそれを公《おおやけ》にして罰するだろうか。

空露は答えなど期待していないらしく、続ける。

「ご安心を。山篠様を害したのは、わたしではありません。害するならば不津《ふつ》様を狙います。采女《うねめ》を突き飛ばすような騒ぎを起こした山篠様は、わたしに言わせれば手に掛けるほどの価値もなし。大殿《だいでん》への出入りを、淡海《おうみ》様や真尾《まなお》様から制限されていたと聞きましたが、それを聞くにつけ自滅は明白でした」

皇尊《すめらみこと》選びの一点においては、確かに山篠を殺す意味はない。

(ならば、なぜ殺されなければならなかった。誰が殺した。しかも楡宮《にれのみや》で)

さらに不可解なのは山篠の傷。

女護《まも》りである小刀で胸を刺されていたのに、衣は裂けていなかった。ということは、刺された後に衣を着替えたとしか思えないが、深手を負って悠長に着替えなどできまい。

死後に誰かが着替えさせたのだろうか。

ならば何の目的で、着替えさせねばならなかったのか。

「おまえでないなら、誰が何の目的で山篠の叔父を殺す」

「わかりかねます。わたしが望むのは、日織とわたしの望みの前にある障害を排することのみなのですから。自滅が明らかな山篠様に手を掛けた者の動機など、知るよしもありません」

空露の瞳《ひとみ》に、少年のような、一つのことを思い込んで意識をそらせない執着を感じた。

泰然として感情を動かさない護領衆《ごりょうしゅう》の中に、失った恋のために成長を止めてしまった一途《いちず》な心がある。

それは日織も同じだった。姉への慕わしさが七つの時のままにある。

失ったからこそ、その形のままに残ってしまったもの。

「山篠様と日織の対決であれば、日織は皇尊の御位《みくらい》に即《つ》ける。臣下や一族の評価も日織の方が高い。ただ不津様と日織であれば、臣下や一族の心を集めるのは不津様に違いない。しかも日織の秘密に近づいている。日織のために排除すべきは、不津様です」

「それでも……」

山篠の骸《むくろ》と宇預の骸が、脳裏にちらつく。理不尽に命を奪われるそのことに、嫌悪感《けんおかん》がある。それは愛《いと》しい姉であれ、愚かな叔父であれ、同じ。

ただ、きれい事を言っていられるのかと囁《ささや》く自分もいる。手を汚すのすら、厭《いと》うてはならないのではないかと。

「二十年持ち続けた望みを捨てますか」

「捨てはしない」

もたれかかっていた挟軾《きょうしょく》をきつく摑《つか》む。捨てはしない。捨ててなるものか、と。思いばかりは強いのに、なすべき事が見えない。

神職特有の感情の読みにくい顔で日織を見つめていた空露が、わずかに表情を緩める。

「苦しいですか」

言われた意味がわからず、問い返す。

「なにが」

しばしの沈黙の後、空露は睫《まつげ》を伏せる。

「時々、わたしは日織を利用しているような気がしてしまう。わたしの、やりきれなさを消化するために、教育すべきだったあなたを唆《そそのか》し、このような場所に導いたかもしれないと」

「逆だ。わたしが、おまえを巻き込んだ」

「日織の望みがなんであれ、わたしは日織を諫《いさ》め、その身に危険がおよばぬように、ひっそりと生きることだけを厳しく教えるべきだったのかもしれないと」

「それを、わたしは望まない。絶対に」

「そうだとしても、です」

空露が日織の教育係として護領衆から選ばれたのは、日織が三歳の時。皇子《みこ》につく教育係は、お守り役の意味合いが強いので、選ばれるのは少年。空露も当時は十二、三歳前後だったと思う。

選んだのは母と乳母《めのと》だ。護領衆の中から、気質の優しい実直そうな者を選び、連れてきた。空露は日織が住まう宮と護領山を往復する生活をしていたが、どちらにいるときでも、ほとんどの時間を日織と宇預とともに過ごしていたと言って良い。彼は、甘えたいだけ妹たちを甘えさせてくれる、賢く控えめな兄のような存在であり続けた。

そんな空露と宇預が、密《ひそ》かに互いに思いを寄せたのは、ごく自然なことだったかも知れない。

宇預を失った日織が、運命に屈するのを良しとせず、神にすら抗しようと不遜な望みを口にしたとき、空露はただ静かに頷《うなず》いた。「わかりました」と。

空露は日織を利用している気がする、と言った。彼と日織の望みが同じだったからこそともに歩んで来たが、秘密を抱えるのも、皇尊になれるのも、日織のみだ。空露には手立てがないのだから、日織を操っているような感覚に陥ることもあるのだろう。

（空露は存外優しい）

そうでなければ、宇預も彼に恋をしなかっただろう。ふと、笑みがこぼれた。

「わたしはわたしの望みのために、こうしている。おまえに唆されたからではない。ただ、もしおまえが利用していると考えているなら、利用して良い。わたしは自発的におまえに利用されてやっている」

「言いますね。随分、大人になられたものだ」

空露の唇に苦笑いが浮かぶ。今日は珍しく彼の表情が動く。

「日織様。いらっしゃるの？」

枢戸《くるるど》の向こうから月白《つきしろ》の声がした。「いるよ」と答えると枢戸が開き、月白がひょんと顔を出す。可愛《かわい》らしい丸い目に、すこしだけ心配そうな色がある。

「どうした。大路《おち》に先触れもさせずに、ご自分だけで来たのかい」

「お目にかかりたくなったの。大路は炊屋《かしきや》に膳を片付けに行って、随分帰って来ないから。待っていられなくて」

「おいで」

手招きすると、月白は弾むように駆け寄ってきた。彼女は土器《かわらけ》の盃《さかずき》を手にしており、よく見ると縁から、鮮やかな緑の葉を従えた白い草花が幾つか顔を出していた。白い月草だ。盃の底に薄く水を張り、月草を浮かべているらしい。

「お土産よ」

無邪気な笑顔で土器を床に置くと、月白は日織の傍らに座る。

空露は気を利《き》かせ、食べ残しの膳を手にして黙って簀子《すのこ》縁《えん》へと出て行く。

「月草、摘んできたの？　だから濡《ぬ》れていらっしゃるんだね」

頭上《ずじように》二髻《けい》に結われた髪にも、薄紅の石で花を象《かたど》った釵子《さいし》にも、雨粒が光っていた。

「子どもみたいだね」

笑いながら月白の髪に光る雫《しずく》を軽く払ってやる。

月白が起居する西殿の正面には、白い花をつける月草が群れ咲いていた。青を常とする月草の花が、その箇所だけ白いことに気がついていたので、日織は西殿に月白を住まわせたのだ。

白い月草。月白の居所にふさわしい、と。

その配慮に彼女が気づいてくれたのが嬉《うれ》しかった。そして月白もまた、日織の配慮に気づき喜んだので、こうやって月草を持ってきてくれたのだろう。

鈴虫が羽を広げたような二枚の小さな白い花弁が、二つ折りの葉の間からそっと顔を覗《のぞ》かせている。その様は好奇心にかられ、外の世界をのぞき見したがる臆病《おくびょう》な少女のようで、どこか月白に似ていると思う。

「白い月草、可愛いね。ありがとう。寒くないの？　少し衣も濡れてしまっているけれど」

「平気」

「それにしても一人で来るとは。侍女が少なくて寂しい思いをさせているみたいだ」

龍稜《りゅうりょう》に入るときには、随伴する侍女も雑仕女《ぞうしめ》も最低限の人数しか許されない。そのため月白の側《そば》近くに仕えるのは、大路のみとなっている。一族の媛《ひめ》ならば、あと二人は侍女が欲しいところだろう。月白は屈託ない笑顔で首を横に振った。

「寂しくないわ。わたし自分の邸《やしき》にいるときだって、大路以外の者は側に来させないもの。それにこうやって日織様と、会いたいときに会えるから。寂しくなんかない」

挟軾に載せた日織の手を、月白は両手で挟むようにして持ち上げ、頬をすり寄せる。首と胸の辺りが日織の視線の先にある。健康的で艶《つや》の良い首の皮膚には、一箇所赤痣《あかあざ》があった。

「好き。日織様。大好き」

日織の手を頬にすりつける。素直な愛情表現を愛おしく思う。なんて可愛い人だと。

「どうしたの。随分と嬉しいことを言ってくれる」

「好きなものは、好きだもの」

それにしてもいつも以上に、月白が甘えたがっているような気がした。

「山篠の叔父のことを聞いたのか？」

「はい」

「怖い思いをさせたんだね」

身近に死人が出た、しかも殺されたとなれば、怯《おび》えて不安になるのは当然だろう。こんなふうにひどく甘えたがるのも、怖がっているからに違いない。

「日織様、お願い。ずっとずっと、一緒にいて。ひとときも離れないで」

「できる限り、そうする。でもこうして同じ宮に寝起きしているのだから、月白の今の望みはほとんど叶《かな》っているようなものじゃないかな」

「もっとおそばにいたい。日織様の手の届くところにいたい。ずっとお膝《ひざ》の上にいたい」

「猫みたいに？」

悪戯《いたずら》っぽく問うと、月白は「そう！」と、片えくぼのはしゃいだ笑顔になって日織の腰に抱きつく。子どもっぽい仕草に苦笑しながら、月白の背を撫《な》でてやる。

（こんな可愛い人を欺《あざむ》くために、わたしは生きているのではない）

月白の無邪気さや可愛らしさを利用して妻にしているからには、日織は皇尊の御位に即き己の望みを叶えるべきなのだ。混乱し疲れた心に、月白が柔らかな手で触れてくれたようで、気力がわずかに戻る。

「ありがとう、月白」

彼女は不思議そうな顔をした。

「何が？」

「あなたがこうしていてくれるのが、嬉しいから」

くすぐったそうに小さく笑い、月白はさらにぎゅっと日織にしがみつく。

「日織様。失礼いたします」

半分開かれていた枢戸の向こう、簀子縁に額ずく杣屋《そまや》の姿があった。

「何用か、杣屋」

月白が起き上がり座り直して、恥ずかしそうに頬を染める。じゃれついていたのを見られてばつが悪いらしく、小花飾りの釵子に手をやり位置を直す。

杣屋はその場で顔を上げる。

「悠花《はるはな》様からの伝言です。できるだけ早く、居鹿《いしか》を連れてきて欲しいとのことです」

「居鹿？　連れてくると約束しているのだから、当然そうするつもりだったが。ただ、このようなときに」

「早くと、悠花様は仰《おつしや》っています。できれば明日にでもと」

「なぜそう急《せ》く」

「会いたいのだと」

十日で龍鱗《りゅうりん》を見つけなければ望みが絶たれるという、この切羽詰まったときに、何を言い出すのかと訝《いぶか》しむ。ただの我《わ》が儘《まま》か、何か意図あってのことか。真意はわからなかったが拒絶することでもない。居鹿にも約束したのだから、それは守るべきだ。

「わかった。明日、空露を迎えに行かせる」

「ではそのようにお伝えを」

と答えかけた杣屋が突然、動揺したように雨が降り続く背後の空をふり返る。そこには濃い灰色の雲が、うねるようにゆっくりと流れているだけ。

日織と月白は、杣屋の急なそぶりに顔を見合わせた。

「どうした、杣屋」

杣屋は恐る恐るこちらに視線を戻す。

「近くに、また龍がいるようです。先に大殿に龍が現れたとき程ではありませんが、あれと似た、なんとも不機嫌な声が」

月白は不安そうに、日織の腕に寄りかかる。

「おまえは先代皇尊が即位される時にも、お側に仕えていたか？」

「はい」

「先代皇尊の即位前も、このように龍が苛立《いらだ》っていたものなのか？」

「先代皇尊のご即位は、殯雨《もがりあめ》が降り始めて数日後でしたので、龍が現れるようなことはございませんでした。先々代のご即位も記憶にありますが、それも数日のうち。このように長引くのは、わたしの記憶にはありません」

「はやく決めよと、おまえにまで責められているようだな」

杣屋は険しい色を目に浮かべる。

「責めているように聞こえましたのならば、お許しを。わたしはただ、少しでも早く龍《たつ》ノ原《はら》が落ち着き、悠花様が心を乱されなくなるのを望んでいるだけです」

皇尊が不在であれば、全《すべ》てが揺らぐ。悠花を護りたい杣屋は、この揺らぎが主《あるじ》の身を危険にさらさないかと、そればかりが気がかりなのだろう。彼女の不安は頷けるし、おかた龍も彼女と似たような理由で、苛立っているのかも知れない。

皇尊の存在は央大地《ひさしだいち》の重しなのだ。それが失われれば、央大地そのものが不安定に浮き立ってくるのだろう。

「なんにしても急げという事か」

杣屋を下がらせると、代わりに空露を呼んで居鹿を迎えに行くように命じた。彼は渋い顔をしたが、明日の朝に連れてくることになった。「このようなときに」と静かな独り言で抗議しながら彼が母屋《もや》を出て行くと、月白が心配そうに問う。

「日織様。居鹿って、悠花様が祈社《きしゃ》で可愛がっていらした遊子《ゆうし》の子でしょう？　龍稜に連れてきて大丈夫なのかしら」

「遊子が龍稜に来てはならぬという決まりも、あるまい」

かくいう自分も遊子だからなと、日織は心の中で呟《つぶや》く。月白はそれでも心配顔だ。

「居鹿が、嫌な思いをしないかしら」

「空露がこちらに連れてきて、悠花と過ごすだけだからね、心配ないよ」

「ならば良いけれど」

月白はまた日織の腰に、先ほどよりもしっかりと抱きつく。膝に猫を抱くように月白の背を撫でながら、日織は何か大切なことを見落としているような気になる。

（なんだろうか）

土器の中で、白い月草が項垂《うなだ》れていた。


翌朝、空露は夜明け前に龍稜を出て居鹿を迎えに護領山へ向かった。

日織は空露を見送ると、横になって体を休めた後に、悠花のもとを訪れた。

昼間とはいえ、激しい殯雨のため周囲は薄暗く、母屋の中には結び燈台の火が揺れている。

北殿の屋根は岩陰にあるため濡れないが、枢戸から見える庭の東側の一部分は雨にぬかるみ、配置された岩も川辺の石のように黒く光っていた。

庭の西側は岩陰に入り直接雨が当たらないのだが、それでもここ数日、東側から西側へと雨水が流れ込んでいるらしく湿気が広がっていた。

殯雨の量が、日に日に多くなっている。八十一日の半分を過ぎれば、さらに多くなるはず。大地に染《し》みこんだ水が崩壊寸前まで膨れ、川も池も水面が縁のぎりぎりまで迫り、いよいよ龍ノ原のそこかしこを押し流そうとするだろう。

重臣たちが皇尊の選定方法を転換する期日を、八十一日の半分としたのには、殯雨がそれ以上続く恐ろしさを知っているからだ。

悠花は、几帳《きちょう》の傍らで挟軾にもたれかかり、几《つくえ》に広げた竹簡の巻子本を眺めていた。文字から目を離し顔をあげる。

「来たか、吾《わ》が夫《つま》」

美女が青年の声で皮肉を言うので、常識が転覆しそうになる。彼の傍らに藁蓋《わろうだ》を引き寄せ座り、三倍増しの皮肉を返す。

「吾が妻は、お暇と見える。書を読み、可愛がっている子どもに会って、手習いでも教えたいようだな。あと十日で龍鱗を見つけねばならぬ、焦《あせ》るわたしとは大層な違いだ」

「なんだ。居鹿のことで不機嫌なのか」

悠花は座り直すと胡坐《あぐら》を組む。美女もへったくれもない。

「べつに手習いを教えたいわけではない。居鹿を呼ぶには目的がある。わたしも、あなたに皇尊になってもらいたいのは、同じだから」

「おまえがなぜ、わたしを皇尊の御位に即けようとするのか、理解しきれないが」

「簡単なこと。あなたが皇尊になれば遊子を八洲へ送る令を廃す。そんなあなたの治世であれば、いずれ禍皇子《まがつみこ》を排除するのも是としなくなる可能性がある。そうすればわたしは、男ながらにこんな姿をして人の妻になるという、莫迦《ばか》げたことをしなくてすむだろうから」

「女として生きるのは嫌か」

「あなたが、男として生きるのが苦しいのと同じだ」

「それにしてはうまく化けている。大殿では人を欺くのを楽しんでいるようにも見えた」

「人を欺くのは、ある意味では楽しいね」

悪びれもせず、悠花は随分人の悪いことを認めた。

「人を手玉にとるのは楽しい。だが生涯女として生きるのは、まっぴら。そういうことだから、わたしはあなたを皇尊にしたい。だからこそ居鹿を呼ぶように頼んだ」

「居鹿と龍鱗に関係があるのか」

「あの子は、賢い」

　悠花は自信たっぷりの鋭い流し目をくれる。

「祈社の所蔵する書はほとんど読み尽くし、理解している。言葉に対して鋭敏な感覚がある。わたしや日織、ことによると護領衆の空露すら見落としている言葉を、居鹿ならば拾い上げるかもしれない。それをやらせたい」

「居鹿に？」

「無論わたしたちも、龍稜の中を探さねばならないけれど。残念ながらそれは闇雲《やみくも》な行為でしかない。闇雲にでも、やらねばならないけれどね」

　できることは、わずか。それでも呆然《ぼうぜん》と立ち尽くしているより、ましなはずだ。

「悠花様、日織様。空露様が、居鹿を連れ参りました」

　簀子縁から杣屋の声。

　悠花は横座りに体勢を変えると手先を袖《そで》で隠し、挟軾にもたれる。

　杣屋に押し出されるように、おずおずと居鹿が姿を見せた。薄黄の衣に鶯《うぐいす》茶《ちゃ》の背子《はいし》、柳葉色の纈裙《ゆはたのも》。少女にしては質素な色みの衣装。彼女は母屋の中に日織と悠花の姿を見つけると、ようやく安堵《あんど》したように笑顔を見せた。

「日織様、悠花様。参りました」

二

事情を知らされた居鹿は、何度も瞬《まばた》きして不思議そうな顔をしていた。

「龍鱗を十日のうちに見つける。それをわたしがお手伝い？　お手伝いできるものなら、喜んでいたします。でも、わたしが何のお役に立つのか」

「悠花によると、あなたは祈社の書をほとんど読み尽くしているとか。あなたはその中で、龍鱗――龍の鱗《うろこ》や皇尊の即位に関しての記述を覚えてないだろうか。覚えてなくとも、今まで読んだもののなかに、手がかりがありそうなものはないか。居鹿」

励ますように日織は声を強くした。

「力を貸しておくれ。わたしたちには、あなたが必要だと悠花は考えた。だからこそ、あなたをこちらに急ぎ招いたのだから」

賢げな、黒目がちの大きな目で、居鹿は日織と悠花を見る。戸惑っているというよりは、信じられないものを見るような目。

父母の話をしたとき居鹿は、父母は彼女が戻るのを望まないだろうと口にした。それから察せられるのは、彼女が遊子としていかに肩身が狭い思いをしてきたかということ。彼龍の声を聞けないだけで、ほとんど無価値な存在のようにあつかわれたはずだった。彼女自身も、自分に存在価値はないと思い込み、そのために不平一つこぼさず祈社で八洲の国主の迎えを大人しく待っていた。

だからこそ日織に必要と請《こ》われ、ただ驚いているのだろう。

「わたしは……そんな」

うろたえる居鹿に、悠花が微笑《ほほえ》みかける。気後れし、困った様子の居鹿に、悠花は決意を促すように頷く。無言のうちに、「あなたが必要だ」と告げる仕草。居鹿はきゅっと唇を引き結ぶと、覚悟したのか真《ま》っ直《す》ぐな視線を日織に向けた。

「わたしは……わたしができることなら」

「無論、あなたに全責任を負わせるわけではない。あなたのできる範囲で良い」

「でしたら……確かなことは言えませんが、龍稜や皇尊の即位について書かれた巻子本二つ三つ、心当たりが。丹念にもういちど読んでみたら、あるいは」

「それらを龍稜に運ばせよう。居鹿はしばらく楡宮にいれば良い。滞在は」

さてどうしようかと悠花を見やると、彼は自分の胸に手を当てる。任せろということだろう。同じ北殿に居鹿をおいても、数日ならば男と知られず過ごす自信がありそうだ。

「悠花のところに滞在すれば良いよ」

居鹿が嬉しそうな表情で悠花をふり返ったとき、単廊の向こうから鋭い空露の声が響く。

「おやめください！　こちらの宮は日織皇子様の居所。いくらあなた様でも、日織様の許しなく立ち入りは許されません」

続いて、不津の太い声がした。

「許されているさ。俺は父山篠皇子を害した者を探すため、龍稜内のあらゆる場所を自由に探索する許しを得ている」

「しかし」

「退《ど》くのだ」

日織は腰を浮かす。

「不津か!?」

不津と聞き、居鹿がびくりと身を竦《すく》ませた。続いて杣屋の悲鳴じみた声。

「こちらは悠花様の居所でございます。狼藉《ろうぜき》はおやめください」

「狼藉にあらず。ただのご挨拶《あいさつ》だ」

「そのような」

後ずさる杣屋を威圧するように、大股《おおまた》で簀子縁に姿を見せた不津は、母屋の中をぐるりと見回した。その場を圧する立場にあると確信する者特有の、不遜な笑みが浮かぶ。

「日織、そして悠花。邪魔をするぞ。おや、それは」

不津の視線は居鹿を捉《とら》えていた。居鹿は子兎《こうさぎ》のようにぴょんと立ち上がると、母屋の奥へ走り、開いていた枢戸から北殿西側の簀子縁へ飛び出す。その唐突な行動に日織と悠花が啞然《あぜん》としていると、不津は苦笑いで母屋の中へ踏み込んで来た。

驚いたことに彼は一人ではなかった。背後に三人女性を連れている。一人は顔色の悪い痩《や》せた女で、残り二人は驚くほど顔かたちが似ている――双子だ。双子を見てぴんときた。三人は不津の妻たちに違いない。

一人は舞の名手という女性で、双子は阿知穂足《あちのほたり》の娘。

杣屋と空露が苦い表情で、枢戸の外で頭を下げた。

悠花が杣屋に目配せすると、心得たように杣屋が立ち上がり、簀子縁を西側へ回り込んでいく。居鹿を追ったのだ。

「申し訳ありません、日織。お止めしたのですが」

その場に残された空露が顔を伏せたまま告げる。

「入ってきたものは仕方ない。しかも重臣たちの許しを得ているとなれば、止めるわけにもゆくまい」

忌々《いまいま》しいが致し方ない。

(何のために来た、不津め)

恐怖に近い緊張で呼吸が速くなりかけるのを、意識的に深く息を吸い、吐き、抑える。

(山篠の叔父を害した者を、特定するための証拠探しか。それとも、わたしの秘密を暴《あば》

くための証拠探しか)

どちらかの目的で、このような振る舞いにおよんでいるはずだが、解《げ》せないのは妻たちを同行したことだ。彼女たちを連れてくる意味はなんだろうか。

不津の背後に従う妻たち三人は、彼の背中越しに探るように悠花を見ていた。目が合っても逸らさない無礼な態度に、悠花は不愉快な色を表す。

(悠花を見ている？　なぜ)

妻たちが悠花を見ているのは、何事か不津に言い含められているからだろう。しかしなぜ悠花なのか。昨日、突然、不津が悠花に触れたのと関係あるのだろうか。

「何用だ、不津」

「吾が父君が命を落とした場所と、父君を害した護り刀の持ち主にお目にかかりに来た。何か手がかりはあるかとな。あとは先代の皇尊の皇女《ひめみこ》にご挨拶したいと、妻たちが言うものだから」

三人の妻たちが軽く膝を折ったが、悠花はにこりともせず、それを見つめるばかり。あまりに美しい人に直視された三人の妻たちは、畏《おそ》れるように視線を逸らす。

「なるほど。わたしの宮にそうやって無礼に踏み込んで、めぼしいものはあったのか？」

「そう、尖《とが》るな。いちおうの確認のために来たと思ってくれれば良いのだからな。父君のことは何も見当たりそうにないが、──おまえのことはわかった」

嫌な含みのある言い方だった。

「わたしの？」

何のことかと、日織は眉根《まゆね》を寄せた。

不津は居鹿が走り去った母屋の奥へと目を向け、せせら笑うように口にする。

「今逃げていったのは遊子だろう。祈社からわざわざ連れてきたのだな。おまえはよくよく、遊子が好きらしい。都合の良い遊び相手ではあるが」

不津の言葉に、背後の妻たちが顔を伏せてくすっと笑う。

(都合の良い遊び相手)

その意図するところは──。

悠花が、唇を噛《か》んだのがわかった。思わず出そうになった声をこらえたのだろう。

「なんだと？」

侮蔑《ぶべつ》が過ぎる言葉に、日織は呆然とする。それをどうとったのか、不津は自嘲《じちょう》するように口もとを歪《ゆが》めた。

「勘違いするな。おまえの趣味をとやかく言っているのではない。吾が父君も、おまえと同様だったのだからな。ただ──恥を知れとは思うが」

日織は立ち上がって不津の胸ぐらを摑む。

「黙れ、不津！　恥を知るべきはおまえだ。おまえの言葉は、わたしのみならず、居鹿や遊子への侮《あなど》りだ。おまえは己の母君や媛のことを忘れたか」

不津の三人の妻たちが小さく悲鳴をあげたが、不津本人はわずかに眉を寄せたのみ。

「忘れておらぬからこそ、事実を言っているのだ。遊子が常の者に混じれば恥となる。それでなぜ怒る」

腹の底から火を噴くような怒りに、衣を摑む拳《こぶし》が震える。

不津が口にすることは確かに事実かもしれない。だが日織はその事実を当然だと思えないから腹が立つ。そして不津がそれを当然の、揺るがぬ真実のように思い込んでいるからこそ、さらに腹立たしい。

「わたしは、遊子をそのようにあつかった覚えはない。あの子は、頼みごとがあってこちらに呼び寄せたまでだ」

「頼みごとな。どのような頼みごとか知らぬが、おまえがあれに何をしても、あれは遊子だ。おまえは誰にも責められはしまい。俺も責めるつもりはない」

「おまえは」

歯の隙間《すきま》から絞り出すように呻《うめ》く。

かつて遊子は一族の者たちから慰み者にされた。そんな事実があったことに対する怒りと、それを軽々しく平然と口にする不津の認識が、どうしようもなく厭わしい。しかも日織が恥ずべき振る舞いをしているのだと、思い込んでいるのだ。

彼の母と娘が遊子であると知っているからこそ、なおさら吐き気がする。

「おまえは、己の母君や媛に対してもそのような侮りをするのか。それを事実と、平然と口にできるのか」

「そうだな。真実だから仕方ないことだろう」

愕然《がくぜん》とする。割り切ったというよりも、斬《き》り捨てたといえるほどの冷たさ。

この冷え冷えとした感情が、不津の嫌悪から生まれているのは間違いない。彼は遊子の母をもち、遊子の媛をもちながら、そのことに嫌悪を覚えている。存在を寛容に認めると口にしながらも、自分たちとはけして交わらないように徹底的に区別したいのだ。

彼にとって彼女たちが、忌まわしいから。自分とは別の存在としたいのだ。

「お手を放してくださいませ、日織様」

「このような乱暴ななさりよう、礼を失しています。いくら皇子様といえど品位を疑います」

不津の背後にいた双子の妻たちが、交互に甲高い声を上げた。父の穂足ゆずりの、負けん気が強そうな同じ顔が二つで喚《わめ》く。

「不津は、わたしたちの招いた客人に礼を欠く発言をした。お互い様だ」

「お互い様ではございません。あれは遊子なのでしょう」

痩せて神経質そうな女が言うと、双子が「そうです」「あれは遊子です」と和する。

「遊子と同じ女の身で、そなたたちには不津の口にしたことの下劣さが理解できないのか！」

双子が、非難がましい鋭さで答える。

「それこそ失礼な」

「同じ女ではありません。わたしたちは皇尊の一族ではありませんが、すくなくとも遊子ではありません。さらに申すなら、こちらの」

と、双子の一人が痩せた女を見やる。

「こちらの加治媛《かじのひめ》は皇尊の一族で、勿論《もちろん》、龍の声を聞かれます。その方を遊子と同列に語るなど、礼をご存じないのはどちらでしょうか。わたくしたちの言い分は、間違っているでしょうか」

「そなたたち三人のいずれかが、与理売《よりめ》の母であろう！　己の産んだ媛を蔑《さげす》むか」

「蔑んではいません。与理売はわたしの産んだ媛で、大切に思っています。けれど残念なことに、わたしたちとは別の者として生まれた。それだけですわ」

痩せた女――加治媛が、表情ひとつ動かさず答えた。

（この女が与理売の母か）

整ってはいるが、痩せすぎで険のある顔。

「大切に？　父母を恋しがり、泣きわめくのを祈社へ送っておいて？」

「ええ。大切に思っておりますが、秩序に従いあつかっているのです。それが与理売のためでもあります。何か間違っておりますか」

「母君を恋しがって泣きじゃくっていたのに、それを己が手で遠ざけるのが正しいか？」

「与理売のためです」

怒りよりも啞然とした。この女には一片の迷いも罪悪感もない。真実、それが娘のためだと信じて疑わず、自らに非はないと胸さえ張っている。

不津にしろ、この妻たちにしろ、想像力というものがないのだろうか。同じ人として、同じ女として生まれながら、もし吾が身が遊子であったらと想像すらしないのだろうか。できないのだろうか。吾が子の苦痛にすら想像がおよばないのか。

血を分けた子すらも、自分とは「別」と情愛を切れるその思考が、日織には理解しがたく、また、したいとも思わない。そんなものが人の世に必要な秩序であるなら、人の世が存在する意味すらない。央大地が海に没してしまえば良い。

怒りが、嫌悪と絶望へと変容してくる。

日織は不津を突き放す。

「出て行け」

「日織。俺は怒ってはいない。おまえと喧嘩《けんか》をしに来たわけでもなし。俺の妻たちもまだ、悠花にご挨拶をしていない」

衣を整えながら不津は鷹揚《おうよう》に言うが、日織は睨《ね》めつけた。

「わたしの妻だ。わたしは、そなたたちが悠花に近づくのを許さぬ。帰れ」

「横暴な夫だ。妻の思いも聞かず」

不津が、わざとのような気の毒そうな顔で悠花に笑いかけた。悠花は無表情に見つめていたが、しばらくすると手もとにあった巻紙と筆を手に取り、さらさらと文字を書き付けて掲げて見せた。

『言葉を交わすに値いたしません。お引き取りを』

不津と妻たちは困惑顔になった。悠花が綴《つづ》った『値しない』のは、誰なのか。悠花自身ともとれるし、不津と妻たちともとれる。悠花であれば大層な謙遜《けんそん》だが、もし不津たちであればとんでもない侮辱。

ただ「これはどちらの意味なのか?」と問う間抜けさを、不津は躊躇《ためら》ったようだ。もし自分たちのことであれば、間抜けに輪をかけた間抜けな質問になり、屈辱はさらに増すだろう。

「わかった。ではまた、出直そうか。それなりの収穫もあったことだし」

不津は美しき皇女から侮辱されたと妻たちの前で確認するほど、愚かではなかったらしい。妻たちを促すと母屋を出た。四人を送り出すために、空露が彼らの前に立つ。

立ち尽くした日織は、握った両手の拳が震えるのを止められなかった。

「日織」

悠花が心配そうに背後から囁く。

「あのような者たちがのうのうと生きる龍ノ原など、滅んでしまえば良いのだ。地大神《ちのおおかみ》も龍たちも、それを良しとしているのならば、わたしはそれらに傅《かしず》きはしない」

恨みの言葉が口をつく。声が震えた。悔しくて、情けなくて、哀《かな》しくて。嫌悪と怒りが胸の奥で限りなく渦巻いた。

(悔しい)

生まれながらに負わされる、自身ではどうしようもない運命がただ悔しい。自分のみならず、宇預の運命も、居鹿の運命も、与理売の運命も――その他の遊子たちの運命も悔しい。

背後から日織の肩に手が触れる。悠花の手だった。彼の気配が背後に寄り添い、囁く。

「泣くな」

「泣いていない」

嘘《うそ》ではなかった。顔は強《こわ》ばり、殯雨に滲《にじ》む庭の景色がぼやけていたが、涙は流していない。こぼれるのをこらえているだけだったが、それでも泣いてはいない。悔し涙を流すのさえも、認めたくない。

「あなたが地大神や龍たちに、それを良しとしているのか？　と、問えばいい」

「どうやって問う」

固い声で訊《き》く。返す悠花の声は柔らかく静かだ。

「龍鱗を見つけ、龍道に入り、皇尊となる。それが叶えば、神々はあなたを認めたということ。今を良しとしているのではなく、世を作り変え、あなたの望む治世をせよとの許し」

「龍道に入り、芦火皇子《あしびのみこ》と同様に焼かれたら？」

「神々は、我らが唾棄《だき》する者がのうのうと生きる世をお望みということ。そうなれば、地大神や龍に悪態をつきながら、この世を呪《のろ》って死ねば良い」

あっさり死ねという悠花に、思わず笑ってしまう。

「命を賭《と》して問えと」

「そのくらいの覚悟があって、皇尊の御位を望むのだろう？」

「そうだ」

迷いなく答えた。神に挑むと、七つのあの時に心に誓ったのだから。

三

几帳の陰にある御床《ごしょう》に横になり、悠花は暗闇を見つめていた。

同じ母屋の内には居鹿が杣屋と並んで寝ているはずだが、寝息が聞こえないのは、悠花の横になっている場所と二人が横になる場所は、随分離してあるからだ。不用意に居鹿に、悠花の姿を覗かせないためだった。こういった用心については杣屋は慣れたもので、頼りがいがある。

寝返りを打つと御床畳の香りを強く感じる。

(居鹿はなぜ、あれほど不津に怯えた)

そもそも不津が、居鹿の顔を知っていたのが不思議だ。

遊子は、常の者と隔てるために祈社に集められているのだ。自分の子の与理売が預けられているのだから、不津が祈社に顔を出すことはあるだろうが、護領衆たちが遊子を人前に出すとは思えない。

悠花が居鹿たちを知ったのはほんの偶然で、悠花が祈社の奥まった場所にある殿舎に逗留《とうりゅう》していたからこそ、出会えたのだ。

不津が去った後、杣屋に連れられて居鹿が戻ってきたが、「不津を知っているのか」

という日織の問いにも、曖昧《あいまい》に首を振って是とも否とも答えなかった。日織は無理に問いただそうとせず、「いたわってやれ」と悠花に告げて東殿へと戻った。

鳥を飛ばして連絡をつけたので、日が落ちる前に、祈社から数巻の巻子本が届けられた。居鹿はそれを熱心に読んだ。『無理をする必要はない』と伝えてみたが、居鹿は「大丈夫です」と微笑むばかりだった。

しかし居鹿が何らかの衝撃を受けたのは確かで、表情はずっと浮かないままで、それは燈台の明かりを消すまで変わらなかった。

（護領衆や采女が気を配っている祈社で、居鹿が不津と会う機会はないはず。ということは、出会ったのは祈社に来る前か）

居鹿は十四歳。祈社に来たのは十二歳だったと聞く。

遊子とわかると、物心つかないうちに祈社に送られる子どもも多いが、居鹿の両親は十二歳まで手もとに置いたらしい。それは「もしや、いつか龍の声が聞こえるか」と期待してのことなのか、吾が子を祈社へ送るのが忍びなくただ躊躇っていただけか。もしくは、自らの子が遊子であることを恥じ隠していたが、隠し通せなくなったか。

いずれにしても、そんな事情を居鹿本人から聞く気はなかった。本人も話したいはずはない。

居鹿は賢い。祈社に身を寄せたわずかな間に接した彼女の利発さに、悠花は瞠目《どうもく》したのだ。

歴代の皇尊が発した令を、居鹿は発せられた年代も違《たが》わずに逐一知っていた。

悠花が祈社に身を寄せていることに憤《いきどお》りを覚えたらしい居鹿が、あるとき不満げに口にしたのだ。皇尊のお子である悠花様が、祈社に身を寄せるしかないのは間違っている、と。その根拠として、かつて多くの皇子や皇女をもっていた皇尊が発した一つの令を口にしたのだ。

令によっては曖昧な表現が後々問題となる。居鹿が引き合いに出した令も曖昧な部分が多い文言だったが、居鹿は文言一つ一つの意味と関係性を説いていき、的確な解釈を導いていた。

だからこそこの令によれば、悠花は宮を与えられ相応の暮らしをするべきなのだ、と、そんなことまで言い出したときは舌を巻いた。

天与の才があるとすれば、まさに居鹿にはそれがある。

(だからこそ日織の役に立つ)

日織が皇尊となれば、悠花は今のような屈辱的な生き方を強いられずにすむかもしれない。

龍の声が聞こえる。それは悠花にとって当たり前で、物心ついた頃から女の子としてあつかわれるのも普通のことだと思っていた。

けれど長ずるにつれ、自分の中で何かがずれてきた。

体が男になっていくと、身につけている背子や纈裙、領巾《ひれ》がひどく鬱陶《うっとう》しくなってきた。思い切り手足を伸ばし、馬に乗り、駆け回ってみたいのに、けして人目に触れてはならないと薄暗い殿舎に押し込められ――苛立ちが募った。自らの身の上を熟知し、必要なのだと知っていても、そのことそのものが腹立たしい。運命が腹立たしい。吾が身が腹立たしい。

当然と受けとめていたものが自分の成長とともにずれ、そのずれは耐えがたいほど大きくなっていた。

そして決定打となったのは日織の出現だった。妻になれと言われたとき、受けるしかないとわかっていたから受けた。しかし同時に、これ以上の屈辱があるだろうかと、莫迦莫迦しくて笑いたくなったのだ。

女として生きろと強制されるだけでも耐えがたくなっていたのに、よりによって妻か、と。

もはやどうでも良いと思った。龍稜に入ると、祈社から持ち込んだ護領衆の衣を身につけ殿舎から出た。

それが悠花の運命の道筋を変えたかも知れない。

日織の秘密を知り、初めて同類と呼べる者に出会えたのだから。

（泣いていたな）

微《かす》かに震えた日織の背中を思い出す。線の細い、にもかかわらず柔らかさのないその体を、女と思ってみたことはない。しかしその震える背中だけは女のものにみえた。

（日織を皇尊にしてやりたい）

切実な思いだった。自らの運命のために、そして日織のために。

日織は苦痛の中に生きている。亡《な》き姉のためと言いながら、その実、自分自身を罰し続けるために生きているようなものだ。自らが生きていることに罪の意識を抱え、そのために皇尊になり、遊子たちを殺す令を廃しようとしているのだから。

同類だ。初めて出会った同類は、悠花と同じく――いや悠花以上に、今の世界を憎み、自らに腹を立て、そしてそれを変えうる光を求めている。

枢戸《くるるど》がきしみ湿った冷たい風が吹き込む。几帳の絹を揺らしたらしく、絹が床をこする音がした。

（杣屋か、居鹿か？）

どちらかが外へ出たのかと思い半身を起こすと、手灯《てあかり》の小さな明かりが一つ、枢戸の辺りに揺れているのがわかった。明かりを持った誰かが入って来たのだ。明かりは真っ直ぐこちらに近づいてきて、几帳が乱暴にめくられた。

手灯を手に、そこに立っていたのは不津だった。

「こんばんは、悠花」

忍び込んできたにもかかわらず、不津の声音は落ち着いて堂々としていた。悠花の方が動揺し、膝にかかっていた衣を急いで摑むと、喉《のど》まで引き上げる。

周囲に視線を走らせて物音に耳を澄ますが、杣屋や居鹿が起き出した気配はない。杣屋を起こしたほうが良いだろうと思うが、声は出せない。

（この男は、何を知り考えているのか、わからない）

不意に触れてきたり居所に踏み込んできたりする、その行動の唐突さや強引さもさることながら、それが思いつきや衝動ではないだろうとわかるので、恐ろしいと思う。にこにこと愛想が良いふりをしているが、怖い男だ。暗がりで対面することで彼に対する恐怖が大きくなり、彼自身の姿すらも闇の中でくっきりとして、強く太刀打ちできない存在のようにすら感じられる。我知らず身構えていた。

「あなたに話があってきた。日織には聞かせられぬゆえな、このような訪問になり申し訳ないが」

手灯を床に置くと、不津は御床の傍らに腰を下ろして胡坐を組み不敵に笑う。態度は男らしく、自信に溢《あふ》れている。

警戒しながら見つめていると、不津は「さて」と、自分の膝を打つ。

「まどろっこしい話は、したくない。率直に言う。あなたにお願いがある。あなたから日織を説得して欲しい。皇尊の御位に即くのは諦《あきら》め、辞退し、龍稜を去れと」

唐突な要求に、呆《あき》れ驚いて、悠花は何度か瞬きをした。

「日織が龍鱗を見つけなければ、やつに勝ち目はない。しかしこれほど探し回って手がかりさえないのだから、龍鱗は見つからないだろう。となれば、俺が皇尊の御位に即くのは間違いない。日織は誰からも皇尊として望まれない。俺がそうさせる。それが分かっているのだから、無駄な時間も労力もさきたくない。だからこそ、あなたに日織の説得を頼みたい」

(なにを言っている？　この男は)

悠花は御床の下へ手を伸ばし、そこに置かれている筆と巻紙を手に取った。

『龍鱗が見つからぬと確信しておられ、なおかつ、その後にご自身が皇尊に選ばれる自信がおありなら、ただ十日後を待たれれば良いのではないでしょうか。わたしが日織様を説得するなど、無用でしょう』

書いたものを見せると、不津は苦笑する。

「十日も待つ必要はないだろう」

その答えに、悠花はふと、人の悪い笑いが唇に浮かぶのを自覚した。

『不津様は怖いのですね、日織様が』

書いて差し出すと、不津の顔から笑みが消えた。図星かと、悠花は不津を見つめる。

龍鱗は見つからず、そうなれば確実に自分が皇尊として選ばれると、不津はほとんど確信しているのだろう。しかし確信を抱きながらも、彼は心のどこかに危惧《きぐ》の念を抱いている。もしかすると、日織は龍鱗を見つけるのではないか、と。見つけられなくとも、一族が日織を選ぶかもしれない、と。

何も知らない者からすれば、日織は得体の知れないところのある青年。だからこそ日織が土壇場で、予想だにしない動きをするやもと、危ぶんでいるのだ。

不津は、日織をどことなく不気味に感じているのだろう。だから、不安は確実に排除したいと望んでいる。

「ただ、手間を省きたいのみだ。なんにしろ、日織が不利なのはあなたもわかっているのだろうから、日織を説得してもらえまいか」

『お断りします。わたしは日織様の治世を望みます』

書かれた文字を目にした不津の顔に、一瞬、怒気に似た苛立ちが走った。

「なら、こう言えば日織を説得する気になるか？　俺は、日織の秘密を知っている。それを公《おおやけ》にされたくなければ龍稜を去れ、と」

不津が日織の秘密を感づいたらしいとは、日織自身も言っていた。しかしそれを公にせず、秘密を知っているとちらつかせて「諦めろ」と説得するのは、おそらく確証がないのだとも。

（日織が動揺せぬものだから、わたしに来たか。ということは、まだ不津は、日織の秘密について確証を得ていない）

そうはいえども面と向かって「知っているぞ」とほのめかされると、不安にはなる。

それを表に出すことなく、

『日織様には秘密などありません』

書いて筆を置くと、何度目かの巻紙を差し出してみせる。

不津は差し出された巻紙をみつめるが、一言もなく、ただ口もとが微かに歪む。見えづらいのかと思い、身を乗り出し、さらに巻紙を不津の方へと差し出した。

すると、いきなり手首を摑《つか》まれる。驚いて巻紙を取り落とす。

「俺が感づいていないとでも？　悠花、あなたのことを」

びくりと体が震える。まさかと血の気が引く。

（まさか、不津が感づいた日織の秘密というのは、日織が女だということではなく、わたしが禍皇子だということなのか!?）

禍皇子を妻と称して側《そば》に置いている、そのことを秘密と言っているのだろうか。

日織の最大の秘密は女であることなのだから、秘密と言われれば当然そのことだと思い込んでいたが、それは自分たちの勘違いなのだろうか。当事者だからこそしてしまった勘違いか。

それでも「言っている意味がわからない」というふうに、首を横に振った。認めたら終わりだ。裸にされるまでは――いや、裸にされても、わたしは女だと言い張る気概はある。

「あなたは遊子だろう」

(なに?)

悠花は目を見開き、不津を見返す。

(なんと言った? 遊子と?)

さらに不津は、悠花の手を摑んでいないもう一方の手で、悠花の脚に触れた。がっしりと、ふくらはぎを摑むと、その形を確かめるように掌《てのひら》を上へと滑らせた。その触れ方に少しもいやらしさがないのに、かえってそそけ立つ。

「あなたは、立てるはずだ」

脚の形を掌で確かめながら、不津は囁《ささや》く。悠花が首を横に振ると、彼の掌に力がこもった。

「生まれながらに立てない者が、このようにしっかりとした脚はしておらぬだろう。生まれながらに立てぬ者なら、棒きれのように細く萎《な》えているはずなのだ。この脚は、立ち歩ける者の脚だ」

体の芯《しん》に、氷の杭《くい》を打たれたような恐怖が貫いた。昨日、不津が悠花の脚に突如触れたのは、これを確かめるためだったのだろう。

（この男は、わたしが歩けない喋《しゃべ》れないというのを、はなから疑ってかかっていたのか！）

　不津の声は、淡々と容赦がない。

「あなたは歩ける。ということは、喋れないというのも疑わしい。あなたは、歩き喋れると思った方がいい。それなのに先代皇尊は、なぜあなたを隠し育てたのか？　それはあなたに、隠さねばならぬ不都合なことがあったからだろう。俺はそのように育てられた媛が、たいがい遊子だと知っているのだ」

　摑んだ手に、不津は力を込める。

「日織は遊子好みだ。遊子ばかりを好んで傍に置きたがる。おそらく亡き姉、宇預皇女を慕ってこその癖だろうが、皇尊の発した令をないがしろにする所行を、臣下や一族の者たちはどう思うだろうか。皇尊にふさわしい人物と思うか？」

　悠花は瞬きも忘れて不津を見つめていた。

（秘密を知ったというのは……わたしのことが、知られたわけではないのか？）

不津が察したのは、日織と悠花の抱えるもっとも大きな秘密ではないらしい。別のことなのだ。しかもそれが意外すぎて戸惑った。

（わたしを遊子だと思いこんでいる。それを日織の秘密だと言っているのか、この男

は）

安堵は一瞬。不津の奇妙な誤解に、さらなる困惑が胸に広がる。

悠花が遊子であり、さらに日織が好んで遊子を側に置くと、なぜ不津はこうまで誤解して思い込んでいるのだろうか。

（昼間に、居鹿の姿を見たから？　しかし、それだけでは断定できまい）

悠花や日織が知り得ないなにかを不津は摑んでいるのかと、不安が大きくなる。悠花たちはそもそも、なぜ居鹿が不津の顔を見知っていたのかもわからないのだから。

「日織の父であった、先々代皇尊の発した令をないがしろにしているとなれば、皇尊の存在を軽んじている証《あかし》。そのような者は皇尊にふさわしくはない。龍鱗が見つけられず十日を過ぎれば、俺はこのことを公にし大臣《おとど》や大祇《おおぎ》に問う。そうなれば日織は間違いなく俺に勝てない。ただ繰り返すが、俺はそれで日織を責めるつもりはない。日織は遊子好みではあるが、あなたを妻として娶《めと》り大切にしているのは、吾が父君よりもよほど行いが良い。だからこのことは公にせぬ。このまま龍稜を出ろと言っている」

わからないことは多い。ただ日織を龍稜から出してはならない。彼女は皇尊になることだけを希望にして、生きていると言ってもいいのだから。

相手を正面に見据えながら、拒絶の意味で悠花は首を横に振る。

「強情だな。拒否すれば、あなたのことも公にするが」

摑んだ手に不津は力を込める。それでも悠花は首を横に振る。言っている意味が分からないと、そう言うつもりで。

「日織の遊子好みを公にすれば、日織はどのみち俺に勝てず龍稜から去るしかない。俺は日織に恥をかかせる真似《まね》はしたくない。だからこそ悠花、あなたに説得を頼むのだが」

悠花は首を振る。

「受け入れぬのか」

迷いなく、頷く。しばし視線が絡《から》み合うが、ふと不津の表情が揺らぐ。

「では手はじめに、あなたの正体をさらそう。その方が、日織にはこたえるはずだ」

摑んでいた手と脚を放すと、不津は両手で悠花の胸ぐらを摑む。

「立て、悠花。その足で歩く姿を、大殿にいる淡海《おうみ》の大叔父君に見て頂く」

胸ぐらを摑んだ不津がそのまま強引に立ち上がり、悠花の腰が浮く。咄嗟《とっさ》に、両手で思い切り胸を突き飛ばすと不津の手が離れたが、反動で御床の向こう側へ転げ落ちた。したたかに背中を打ちつけて呻き声が漏れそうになったが、歯を食いしばって耐えた。声は出せない。

不津が御床を回り込んで近づいてくる。また胸ぐらを摑まれ引き起こされれば、衣がはだけるだろう。そうなれば歩ける、喋れるということよりももっと重大なこと——この身が男だと発覚する。不津を近づけまいと、几帳を蹴倒《けたお》す。音に目を覚ましたのか、「悠花様！」と慌《あわ》てる杣屋の声が聞こえた。こちらに駆けてくる足音がして、杣屋の姿がほの暗い明かりの中に見えた。

「不津様!?　なにをなさっておいでですか！」

悲鳴のような声とともに、杣屋はまろぶように駆け寄ると不津の衣にすがりつく。

「下がっていろ」

「おやめください！　どうか！」

「下がれ！」

不津の拳が杣屋のこめかみを殴打《おうだ》すると、杣屋はその場に崩れ落ちる。

（杣屋！）

血の気が引く。さらに悠花を恐怖させたのは、暗闇の向こう、柱の影に震える居鹿の姿を見たからだ。もし不津が居鹿に気づいたら、何をするか。不津は、悠花を歩かせたがっている。だとしたら居鹿を捕らえ、殴りでもして、それを見かねた悠花が立って止めに入ろうとするのを期待してもおかしくない。

上体を起こした悠花は、必死に居鹿に目配せを送る。逃げろ、と。人を呼べ、と。恐怖と暗闇のために身動きがままならないらしい居鹿だったが、悠花の必死の念が通じたのか、そろそろと後ずさって暗闇へと溶けていく。

(それでいい、居鹿。賢い子だ。居鹿なら人を呼んでくれるはず)

倒れた几帳を押しのけ、不津は悠花をまたぐように立ち、冷たい目で見下ろしてくる。不津と視線を合わせ、悠花は身を固くする。

「つくづく、女とは——遊子とは、哀れな者よな」

不津の目には冷淡さのみがある。かがみ込むと、静かに告げた。

「あなたのような異端が常の者に混じれば、恥となるのだ。穢《けが》らわしい存在になる」

一瞬、不津の目に憎しみに似た何かが燃えた。我慢に我慢を重ねた思いが爆発したように、吐き出す。

「異端が、吾らの近くにあるのは許さぬ。吾らと区別され、吾らの目に入らぬ場所へ行くのが正しきことだ！　秩序を乱す者が、龍ノ原を乱すのだ！」

侮蔑の言葉に、不意に怒りがわいた。

(秩序が乱れるのは、異端を憎む者たちがそれをあぶり出して騒ぎ乱すから、乱れるのだ！　それをこちらのせいにするのか！)

頬を打とうと手をあげたが、その手は簡単に弾《はじ》かれた。そして悠花の手を弾いたその手で、不津は悠花の顎《あご》を乱暴に摑む。

「喋れ！」

顔を歪め、悠花はそれでも不津を睨めつけた。顎を砕かれても、呻き声一つあげるものかと歯を食いしばる。

「立て。立って言うのだ。己が遊子だと。そして日織も、己が卑《いや》しさを知り正気に戻るがいいのだ」

不津は、いっそ清々《すがすが》しそうに笑う。

「大殿まで、引きずっていってやろう」

(人が駆けつけるまでに、わたしは不津に、吾が身の秘密を隠しおおせるのか)

抵抗するための何かを摑もうと床に手を伸ばすと、指先が摑んだのは筆。それを狙《ねら》い澄まして手で払い、床を滑らせると、油皿にあたった。油皿が飛び、床に落ちた芯から火が消えた。灯りが消えれば不津の動きも制限されるし、見せたくないものが見えなくなる。

再び、暗闇。

湿った強い風が吹く。

顎を摑んでいた手を放し、不津が小さく舌打ちした。ほっとしたのは一瞬で、暗闇の中から伸びた手が悠花の肩を摑み、再び胸ぐらを摑む。

「薄暗い場所に隠れ潜むおまえを、明るい場所に引きずり出す」

悠花の体を抱え上げようとする不津の腕を、闇雲に引っ掻《か》いた。灯りが消えていて幸いだったのは、もはや自分の衣がどこまで乱れているか見当もつかないからだ。

（このまま引きずられ、灯りのもとへこの姿が放り出されたならば、終わりだ！）

□□□

楡宮に踏み込んできた不津のことを思い返すと、腹立たしさで日織は眠れなかった。何度も寝返りを打つが、眠気は一向にやってこない。

不津は山篠を害した者をみつけるためと言って乗り込んで来たが、明らかに目的は他にある。日織の秘密について確証を得るためだろうかとも考えたが、彼はなぜか妻たちまでともなっていた。そして悠花にばかり興味を示している様子だった。

（何を探りに来たのだ。今日のあれで、不津は何かを得られたのか？）

去り際《ぎわ》に不津は「それなりの収穫もあった」と口にした。自らの狼藉と、それに対する日織たちの拒絶の間で、彼は一体何を得たというのか。

残り十日間。不津は、日織が龍鱗《りゅうりん》を探す妨害さえできれば、自らが皇尊となれる可能性が飛躍的に高くなると承知しているはずだ。不津が「収穫」と口にするとなると、それは日織を妨害するのに都合の良いものを手に入れたということ。

しかしあのわずかな時間で、日織を女と確信する出来事はなかっただろう。

不津が知り得た目新しい情報は、居鹿が日織たちに招かれているという事実だけ。

それが「収穫」と言えるほどの事だろうか。

(遊子を、龍稜に招いてはならぬという令はない。だとしたら居鹿を招いたことそのものではなく、招いた事実によって何かを察したか？ 不津に有利に働く何かを？)

殯雨の音は、今夜もますます激しい。ばらばらと軒を打つ音が、暗闇を凝視する日織の思考を研ぎ澄ます。

――おまえはよくよく、遊子が好きらしい。

不津の言葉がよみがえる。その言葉に違和感を覚えた。

(よくよく、と？)

不津がそう口にした意味は。

さらに以前、不津が口にした言葉がよぎる。

――生まれた遊子の媛を極力人目に触れさせないのが常だからな。

脳裏に白い稲妻が走った。

(まさか!?)

衝撃に、日織は息をのむ。

(そうだとすれば辻褄《つじつま》があう！)

飛び起きるのと同時に体が震える。己の肩を抱く。

――遊子など、おまえの父皇尊が令を発するまでは使い道もあったようだしな。吾が父君は、それで随分楽しんでいる。

不津はそうも言っていたではないか。

（だとしたら、山篠の叔父が殺されたのは）

嘘だ、と。自分の導き出した結論を否定する心の声がある。しかし同時に理性は、おそらく真実だと低い声で告げていた。

（まさか……そんなことが）

無意識に口もとに添えた指先が、震えていた。

（そんなことが）

しかしそれならば、不津が今日、妻たちを伴ってやってきた目的もわかる。彼の妻の一人は一族の末席で龍の声を聞く女。女がその場にいる間に龍の声が聞こえれば、彼女は悠花の言動をつぶさに観察し、悠花が遊子か否《いな》かを見抜けるだろう。

だからこそ悠花のもとへ連れて来た。

（不津は悠花を遊子だと考え、確かめに来た。悠花を遊子だと推測した根拠が……）

突然、枢戸が激しく打ち鳴らされた。暗闇の中、日織ははっと視線を巡らす。

「日織様！　日織様！　助けてください！　悠花様が！」

居鹿の声だ。御床から下りた日織よりも先に、枢戸に近い位置にいた空露が戸を開いた気配がした。雨音が強くなり、吹き込む湿った風。几帳の絹がなびくのを押さえつけ、日織は手探りで枢戸の方へと向かう。

「すぐに北殿へお願いします！　早く！」

居鹿の悲鳴に似た声が止まらない。

空露が油皿に火を灯したらしい。ぼんやりと明るくなった枢戸へ向け、急ぐ。敷居のところにへたり込んだ居鹿は、それでも空露の内衣の袖を握って必死に訴えている。

「不津様が、悠花様の所へ！　乱暴を……！」

声が震えている。何が起こっているのか、日織はすぐに理解できた。

(不津！)

沸騰《ふっとう》するような怒りが、つきあげた。

「空露、居鹿を頼む！」

「どうなさるおつもりか、日織⁉」

「あれは、わたしの妻だ！」

母屋の隅にある櫃《ひつ》の蓋《ふた》を取り、衣の上に置かれた護《まも》り刀を握る。

白木の柄《つか》と白木の鞘《さや》。鞘を払うと刀身が現れる。先端にわずかな反りがあり、日織の腕の、肘《ひじ》から指先ほどの刀身の長さ。闇の中でもうっすらと浮いて見える銀《しろがね》。

白木の柄の感触を掌に感じながら、簀子縁へと飛び出し、北殿へ走る。

横殴りの雨が簀子縁を濡《ぬ》らしていた。簀子が水浸しになっているのを裸足《はだし》の足裏に感じながら駆けていると、内衣の裾《すそ》は瞬《また》く間に水気で冷たく重くなった。

（悠花。間に合うか⁉）

不津は悠花の秘密を暴きに来たのだ。それは彼の勘違いの可能性が大きいのだが、そのことによって、彼が予想だにしなかった悠花の秘密が露見するだろう。

悠花の秘密が暴かれれば、おそらく日織のことも早晩知れて、全《すべ》てが終わる。

七章　央大地《ひさしだいち》は一原八洲《いちげんはっしゅう》

一

四つの殿舎の軒端《のきば》には灯籠《とうろう》があり、薄く周囲を照らしていた。灯籠に照らされて北殿の枢戸《くるるど》が開いているのが見える。中へ飛び込むと、激しくもみ合うような衣擦《きぬず》れの音が聞こえた。枢戸からわずかに入る灯りで見えるのは、蹴倒《けたお》された几帳《きちょう》と空の御床《ごしょう》。その傍らで、揉《も》み合う人影。床に座り込んだ者を、誰かが強引に引き起こそうとしている。

「不津《ふつ》！」

人影が驚いたように動きを止め、こちらを見た。

駆け寄った日織《ひおり》は、護《まも》り刀の刀身を影の首に突きつける。

「わたしの妻に何をするか」

あがる息と、焦《あせ》りと怒りを押さえつけ、低く鋭く問う。闇《やみ》に慣れた目で見れば、不津が悠花《はるはな》にまたがるようにして立っていた。随分抵抗したらしく悠花の髷《まげ》が乱れ解《ほど》けていたが、衣の合わせ目だけは両の手でしっかりと握っている。

不津が口もとを歪《ゆが》めた。

「立って、大殿《だいでん》へ行って頂こうと思ってな」

「悠花は歩けない！」

「いや、歩けるはずだ。悠花の脚を確かめたが、歩けない者の脚ではない」

殴られたような衝撃を感じた。

(昨日、不津が悠花の脚に触れた理由はそれか！　それを確かめるために)

悠花の脚が健康なことを、不津は確かめたのだろう。もはや「歩けない」とは言い張れない。

「悠花は歩けるし、おそらく喋《しゃべ》れもするのだろう。悠花が今まで隠されていたのは、遊《ゆう》子《し》だから。そうだろう？　おまえは遊子好みなのだろう」

流し目をくれ、不津は静かに諭すように言う。

「正気になれ、日織。おまえが姉をどれほど慕っていたかは知らんが、その姉は遊子だったのだ。割り切って、己と切り離し、遊子好みなどやめろ」

かっとした。

（お姉様を、わたしと切り離せと⁉）

それは宇預《うよ》を侮辱する言葉だ。そして大好きな姉と自分を引き裂く言葉で、死して後までもまだ、徹底的に引き裂こうとする残酷な言葉だ。

耳の奥が熱く滾《たぎ》り、血潮の音が低い唸《うな》りとなって反響する。

怒りが沸点に達すると白熱し、その頂点ですっと思考が冷えた。あまりの怒りに何かが振り切れたのかもしれない。

そうすると、悠花の言葉をふと思い出した。

『簡単だからね。言い張るだけだもの。それが通じなくなれば諦《あきら》めるしかないが、今まで何が違う？　同じだよ』

冷静に、日織は口を開く。

「悠花は歩けない。喋れない」

「何を莫迦《ばか》な。俺は確かめた」

「いや、歩けないし、喋れない」

強く言い切ると、不津が顔を歪めた。

不津がいくら確信していようとも、言い張るのだ。それが通じなくなれば諦めるしかないが、「どうだ」と証拠を突きつけられて、「参りました」とすぐに降参などするものかと思う。見え透いた嘘《うそ》でもつき通し、最後の最後まで、認めまい。そうすることで開ける活路もあるはずだった。

「おまえは、この悠花を遊子と思っているのか」

「人目を避けて育てられ、おまえの妻となった。遊子を好むおまえのな。当然」

「悠花は龍の声を聞く。証明をしてやっても良い。それで悠花が龍の声を聞くと証明されれ、おまえのこの悠花に対する乱暴な振る舞いを公《おおやけ》にすれば、淡海《おうみ》の大叔父も真尾《まなお》も、けしておまえを皇尊《すめらみこと》としてふさわしいとは言うまい」

「悠花が遊子でないと証明？　おまえが困りはしないのか」

「試してみよ。受けて立つ。そしておまえが泣けば良い」

初めて、不津が怯《ひる》むような表情を見せる。悠花が遊子であると、経験から確信があったのだろう。しかし日織の自信を見せつけられると、揺らいだらしい。

上体を起こし、悠花は座ったままじりじりと、奥の暗がりへと移動していく。

日織は刃の先を不津の胸に向けたまま、低い声で告げる。

「おまえのような者は、けして皇尊の御位《みくらい》には即《つ》かせない。わたしは龍鱗《りゅうりん》を見つけ、おまえを退け、皇尊の御位に即く」

口もとが歪むと、不津はいきなり顔を天井に向け、笑い出した。いっそ痛快でもあるかのように笑い、それでも治まらず、笑いの発作に苦しむように腹を抱える不津を、日織は顔の筋一つ動かさず凝視する。

眦《まなじり》に浮かんだ笑いの涙を拭《ぬぐ》いながら、ようやく不津が口を開く。

「なんとおまえは、いっそ見事なほどの強情者で、しかも大嘘つきだな！　褒めてやる。しかしおまえは勝てはしないのだから、俺が皇尊になるしかない。おまえは龍鱗を見つけるというが、どうやって？　我々が龍稜《りゅうりょう》に入ってから手がかりさえ見つけられないものを、あと十日足らずでどうやって見つけられる。あきらめろ。そうすればおまえの遊子好みは黙っていてやってもいいのだ」

「わたしは、遊子好みではない。悠花は歩けぬし、喋れぬ。遊子でもない。全《すべ》ては、おまえの勘違いだ」

「言い張るではないか」

「おまえの勘違いだ。それ以上、言うことはない」

激しい雨音の中、睨《にら》み合う。しばし後、不津は笑った。

「では互いに、このまま、どちらが皇尊の御位に即けるか競ってみようか」

あくまで親しげな調子で言うと数歩踏みだし、日織の肩を叩《たた》こうとするが、日織はそれを避けて切っ先を向ける。

「わたしに触るな」

不津は苦笑いを残し外へ出た。枢戸から不津が正殿の向こうへと消えるのを見届けてから、日織は悠花がいる闇の濃い奥へとって返す。

御床の上に護り刀を置くと膝《ひざ》をつき、手探りしながら暗闇をゆっくりと進む。

「悠花。怪我《けが》はないか」

衣の感触が指先に触れた。衣にそって手を上へと伸ばすと、髪が落ちかかる肩に手をかける。悠花は微《かす》かに震えていた。

「参ったな。大殿へ引きずり出されるところだった」

声は冗談めかした明るい調子を取り繕っていたが、彼が受けた衝撃の大きさがわかった。

（恐ろしい以上に、言いようもない屈辱だったろう）

この震えは、恐怖のためか、怒りのためか。両方かも知れない。

「なぜ、こんなことになった」

「不津はわたしに、龍稜から出るように日織を説得しろと言いに来た。日織の遊子好みを公にされたくなければ、皇尊の御位は諦めろとな。不津が口にしていた秘密は、日織が遊子を好み、傍に置いていることだったようだぞ。日織を女と知ったわけではなかったんだ。どういうわけか、わたしを遊子だと思い込んでいた。だからこそ日織の遊子好み、などという莫迦な確信を抱いたらしいが」

「確信を抱くだけの理由があったんだ」

「どんな」

問われて言葉に詰まる。しばし考えて口を開く。

「憶測の域を出ないが、不津が勘違いをした理由はわかっている。ただそれをまだ確かめていない。確かめたら話せる」

「確かめたら？　なぜ今話せない」

問い返した悠花の声には苛立《いらだ》ちが滲《にじ》む。屈辱を受けた理由を察している日織が、それを語らないのが不満なのは当然だろう。それでも日織は首を横に振る。

「憶測で語って良いことではない、けして。だから話せない」

近くの床に杣屋《そまや》が倒れているのに気がつき、日織は杣屋の頭を起こし息を確かめる。気を失っているようだが怪我はない。悠花は何かを考えるように沈黙した。

「……悠花様」

細く震える声が聞こえた。

ふり返ると枢戸の所に、手灯《てあかり》を持った空露《うつつゆ》と一緒に居鹿《いしか》が立っていた。怯《おび》えた表情で目に涙をいっぱいに溜《た》め、瞬《まばた》きもせず母屋《もや》の暗闇を見つめている。日織は杣屋の頭の下に、床に散らばっていた衣を丸めてあてがってやると居鹿に向かって言う。

「大丈夫だ、居鹿。悠花に怪我はないし、何もされてはいない」

よろけるように歩み出した居鹿は、悠花の前まで来るとへたり込む。続いて来た空露の手にある灯りで、悠花の姿がぼんやりと闇に浮かぶ。

乱れた髪を軽くなでつけながら、悠花は微笑する。大丈夫と、居鹿を気遣う笑み。

「どうして不津様は、このような乱暴な真似《まね》を」

背後に控えた空露が、悠花の無残な様子に眉《まゆ》をひそめた。

「悠花を遊子と思ったらしい。莫迦なことに」

吐き捨てた日織の言葉に、居鹿の顔色が変わった。いきなり両手をついて顔を伏せると、涙声で吐き出す。

「悠花様、日織様。ごめんなさい。わたしが、不津様がどんなお方なのかをお伝えしていたら、きっとこんなことにはならなかった。ごめんなさい」

「あなたが謝ることではないよ。顔をおあげ」

日織が促しても、顔を伏せたまま居鹿は首を左右に振る。

「いえ、いえ。わたしがお伝えしていたら。日織様はきっともっと、不津様を警戒されて、こんなことには。不津様は人目にさらされずに育った媛《ひめ》に対して、何を考え、何をなさるか。それを日織様にお伝えしていたら、きっと」

「居鹿。順を追って話しなさい、ゆっくり」

混乱しているらしい居鹿に、空露が静かに、しかし厳しく命じる。

居鹿は顔をあげ、涙のたまった目で日織と悠花を見つめた。

「不津様が……」

そこで居鹿の言葉が止まり、何度も唇を噛《か》む。空露が背後から励ますように「居鹿」と呼ぶと、彼女はまた唇を噛んでから、ようやく言葉を発する。

「不津様が……不津様がわたしを知ってるのは、あのお方がわたしの生まれ育った邸《やしき》にいらしたことがあるからです。わたしが祈社に送られる前に」

「あなたは不津と近しい媛なのか」

「違います。わたしの父は、孝井媛《たかいのひめ》の孫です」

「孝井媛？」

日織は咄嗟《とっさ》に、その媛がどこの誰か思い出せないが、空露が横合いから問う。

「孝井媛は確か、日織の父皇尊の従姉妹《いとこ》に当たられる方か」

「はい。一族でも随分末席で。不津様のように皇尊に近い血筋の方々とは、ほとんど面識がありません」

皇尊の一族は枝葉のように広がり多数存在するが、直系ではない一族は五代の後には皇尊の一族から離れて龍《たつ》ノ原《はら》の民となると決まっている。そのため代を重ねた傍系の者たちは、直系の者たちとほとんど接触がない。

「孝井媛の血筋を、なぜ不津がおとなう」

「その前に……不津様がいらっしゃる前に、山篠皇子《やましののみこ》様がわたしの邸にいらっしゃったので」

「不津の前に、山篠の叔父が？」

ますます訳がわからなくなる。居鹿は意を決したように顔をあげた。

「面識すらなかった山篠さまが、ある日突然に邸にいらっしゃいました。山篠様は、人目にさらさず育てている媛がいるのを知っていると仰《おっしゃ》り、どういう訳かは察しがつく、寛大に知らぬふりをしてやっても良いと。邸に置いておけば良いと。そのかわりに、その媛――わたしに……、山篠皇子様の相手をさせよと。山篠様のお相手の方が、つい先頃に夫をもって通えなくなったので、そのかわりの相手を探していると」

消え入るような細い声で言うと、俯《うつむ》く。

怖気《おぞけ》が走る。

悠花の眦が目に見えてつり上がり、無表情な空露の瞳《ひとみ》にすら、鋭い嫌悪《けんお》の色が浮かぶ。

不津は「生まれた遊子の媛を極力人目に触れさせないのが常だ」と口にしたが、父である山篠も同様の認識をもっていたのだろう。いや、ことによると山篠がそのような認識をもっていたからこそ、不津がそうと知ったのかもしれない。

どちらにしても、山篠は末席に至るまで一族中を常に見回して、人目に触れないように育てられている媛を探していたのだろうか。まるで獲物を探してうろつき回る獣のように。

そしてそのような媛を――遊子を見つける。

遊子を見つけ、そのような楽しみの相手となす。

「山篠様の訪問の数日後に、今度は不津様がいらっしゃったのです。山篠様がここを訪れたのは知っているし、遊子の媛がいるだろうことも察していると。遊子の媛が恥になる前に、早々に祈社へ送れと言われました。わたしが躊躇《ためら》うならば、不津様が力尽くで祈社に連れて行っても良いと。山篠様のお相手になっても、それは自分の父君の恥でもあるから公にはしない。けれど、わたしが常の者の中に混じって、区別されずにいるからこそ山篠様は恥ずべき行為をなさろうとするのだから、わたしにも原因があると。そのような恥ずべきことをするなと」

泣き出しそうに、居鹿の声が震える。

「父と母は、わたしを祈社へ送るのをずっと躊躇っていました。わたしに困っていたけれど可愛《かわい》がってくれて、心配して。いつか龍の声が聞こえるようになるかもと期待して十二歳まで邸に置いてくれました。けれど山篠様にも不津様にも知られてしまって、父と母はもう隠しおおせない、待ってやれないと、わたしを祈社へ送りました」

居鹿も彼女の父母も、最悪の選択を迫られたのだ。どちらを選んでも居鹿にとっては悪夢に違いないのに、どちらかを選ばねばならない責め苦はどれほどだったろうか。

そして居鹿の両親は、居鹿を祈社へ送ることを選んだのだ。

告白を聞いていると、気味の悪いものがざわざわと体の中でうごめくような不快感を覚える。

（居鹿は今十四歳。ということは、山篠の叔父が彼女を訪ねたのが二年前。たった十二の少女に、そのようなことを命じたのか。そしてそう要求された原因が、その少女にあると？　少女の存在が区別されずに、そこにあるからだと？）

沸騰《ふっとう》したように、突然怒りが噴き出す。

「それが不津の言う寛容の正体か！」

嫌悪感とともに吐き捨てる。

居鹿の頬に涙が伝う。それは自らの境遇のやるせなさや、悠花への申し訳なさの涙以上に、怒りを含んでいるように思えた。

龍の声が聞こえない。

そのたった一つが自らに欠けたことで、侮辱され、肉親と離され、国を追われる。令に対して従順に見える居鹿だが、利発な彼女が理不尽を覚えないはずはない。

板床に居鹿の涙が落ちる。日織は彼女の前に膝をつき、背を包むように抱きしめた。

「待っておいで、居鹿。わたしが皇尊になる。そうなればわたしは皇尊として、あなたたちを八洲へやりはしないし、侮辱させはしない。龍鱗を見つけてみせる」

居鹿は声を殺して泣いている。湿った頬に手を添えて涙を拭ってやる。

「わたしは、お役に立ちたいです」

「考えておくれ。期待している。でも今まで、わたしたちの誰もがわからなかったことなのだから、あなたがわからなくとも当然で、それを責めたりはしない」

「わかりたいのです。でも、わからない」

「良いよ、それでも」

「遷転透黒箱《せんてんとうこくばこ》のことも龍鱗のことも、祈社の書物には、ぼんやりと書かれているだけで。はっきりとした記述は『遷転透黒箱にしか入り得ない秘宝』と、『龍鱗は龍稜にのみ存在する』という二つだけで」

それは、日織たちが調べ出したのと同じ文言だった。居鹿が言うならば、本当にそれ以外の記述はないのだろう。

「そうか。良いよ。もう、それで良い」

「龍鱗は、遷転透黒箱と対《つい》になるということだけしか、わたしには、わからないのです」

「何？」

日織は居鹿の顔を覗《のぞ》き込む。

「なんと言った？」

今、居鹿は大変なことを口にしなかっただろうか。居鹿は涙声で答える。

「わからない、と」

「その前だ。遷転透黒箱と龍鱗が、なんだと」

「対です」

対。それは龍鱗を探し続けていた日織たちが、一度も意識に上らせたことのない言葉だった。

「どういう意味だ」

「龍鱗は『遷転透黒箱にしか入り得ない』のです」

手の甲で涙を拭った居鹿は顔をあげ、間近に日織を仰ぎ見る。

「そこにしか入り得ないということは、同じ大きさの箱があっても、そこにはけして入らないということ。遷転透黒箱だからこそ、入れられる。それは遷転透黒箱と龍鱗が対の存在であり、どちらか一方だけでは成り立たないのを意味していると」

悠花が目を見開く。周囲を探ると巻紙と筆を手に取り、さらさらと何かを書き綴《つづ》り日織の方へと差し出す。

『遷転透黒箱こそが、龍鱗を探すための手がかり』

そう書かれている。それを見た居鹿が、はっとした表情になる。

「わたしは遷転透黒箱がどういったものか、知りません。けれど遷転透黒箱が龍鱗を収めるための物であれば、そこには龍鱗が入るための形や、性質があるかも知れません。そこから龍鱗の姿を想像できるかも」

「賢い子だ！」

思わず、日織は居鹿を抱きしめた。居鹿は驚いたように体を硬くしたが、すぐに力を抜き、細い声で問う。

「お役に立ちましたか？　わたし」

「ああ、ありがとう」

居鹿の顔をあげさせて頭を優しく撫《な》でる。

「あなたのおかげで、一歩進める。このぎりぎりの時になって。すぐにでも、遷転透黒箱を調べたい」

勇み足の日織の言葉を、空露が冷静に制する。

「せめて夜明けを待たれてはどうですか」

「何を言うか。猶予《ゆうよ》は十日足らずなのだ。こうしている間も殯雨《もがりあめ》は激しくなる一方で、大地は水で膨れ続ける」

「八十一日を過ぎるまでは、大地は保《も》ちます。それまでは大きな禍《わざわい》は起きません」

「しかし日一日と、雨量は増す。大被害はなくとも、農作物は日々水につかり続ける。一日でも早く殯雨を降り止《や》ませなければ」

「焦るなと申し上げているのです」

「このときに焦らなくてどうする」

日織と空露のやりとりを聞いていた居鹿が、瞬きしながら問う。

「八十一日ですか？」

「皇尊の不在が八十一日続けば、殯雨の禍が始まる。実際その日を過ぎると、龍ノ原に甚大《じんだい》な被害がおよぶのだ」

「思い出しました。原紀に八十一日の文字がありました。八十一。鱗《うろこ》の数ですね。やはり殯雨も龍のものなんですね」

ぽつりと言う。

龍の鱗が八十一枚なのは央大地《ひさしだいち》に住む者には周知のこと。殯雨は神事だ。地大神《ちのおおかみ》たる地龍や龍にまつわる神事であれば、龍にまつわる数が関係するのは当然のことだった。

しかし。

(鱗。八十一)

日織の脳裏になぜか、龍稜に入ったその日に頂から眺めた、雨に煙る護領山《ごりょうさん》や湿り気を含む草原の景色が浮かぶ。

何かが心に引っかかる。

(あの時、わたしは不津と話していた。何の話をしていたか)

不津は皇尊に即位したなら都を造ると嘯《うそぶ》いていた。日織はそれを、感心半分呆《あき》れ半分に聞いたのだが、龍ノ原も八洲のようになるべきだと口にした彼に、日織は「そうは思わない」と答えた。

（わたしは、龍ノ原は八洲と成り立ちが違うと言った。そもそも比べるのも莫迦らしい、と）

思考が奥深くへ向け、どんどん鋭くなっていく。思考に埋没した日織は瞬きを忘れ動きを止め、それに不安を覚えたらしい居鹿が心配そうな表情になる。

悠花も眉をひそめ、空露が「日織」と呼ぶ。

しかし思考はさらに深く鋭く突き進む。そして、一点。深淵《しんえん》に光る物があった。それだと思った瞬間、日織は息をのむ。

龍の鱗はその数八十一。

求める龍鱗は、龍稜にのみ存在する。

龍鱗は地龍の鱗と伝えられるもの。鱗は地龍の身を被《おお》う。

央大地は眠る地龍の上にある。

そして――。

「……ああ……！」

つい、声が漏れた。

「そうか。そうだったのか。央大地は一原八洲だ」

二

そのことに気づき呆然《ぼうぜん》とした。

「どうしましたか、日織」

空露の声に我に返ると、日織はすぐに、心配そうにこちらを見つめる居鹿と目を合わせ、その背を撫でた。

「居鹿、ありがとう。あなたのおかげでわかった。わたしはおそらく――龍鱗を見つけた」

悠花が目を見開いて身を乗り出し、空露が急《せ》き込んで問う。

「本当ですか」

「多分、間違いないだろう」

確信があった。

(なぜ今まで気がつかなかった。当然のごとく知っていたことだったのに)

居鹿の表情が、驚きから喜びに変わっていく。悠花はまだ信じられないような顔で日織を見ている。本当かと確認するような彼の視線に軽く頷《うなず》き返すと、指示を出す。

「空露。居鹿を東殿へ連れて行き休ませてから、采女《うねめ》を大殿へ走らせよ。今夜は淡海の大叔父が遷転透黒箱の番をしているはず。淡海の大叔父に『日織が龍鱗を見つけた故《ゆえ》に、龍鱗を収める遷転透黒箱を取りに伺う』と伝えさせよ」

　空露はひどく強《こわ》ばった顔をしていた。

「本当に」

「そうだ」

「……いよいよなのですね」

「あと二歩だ」

　二歩とはすなわち、龍鱗を見つけ出すことと、その後の入道のこと。一歩目も困難だが、二歩目も輪をかけて不安が大きい。二歩の意味を察した空露は眉根を寄せるが、すぐに礼を取る。

「承知しました。居鹿、おいでなさい」

　立ち上がる居鹿の手を握り、日織は微笑《ほほえ》む。

「東殿で休んでおいで、居鹿」

「日織様の御代《みよ》が来るのですか」

「そのための宝を手に入れるよ。地大神に祈り、吉報を待っていておくれ」

「はい」

　素直に頷く居鹿の手を今一度強く握ってから放し、空露に目配せした。空露に連れられて居鹿が北殿を出ると、日織は立って結び燈台に灯りを入れた。

気を失っている杣屋を御床に寝かせることにした。悠花もそれを手伝い、老女を御床に横たえると胡乱《うろん》げに日織を見やる。

「本当に龍鱗を見つけたのか、日織」

「見つけた。これから遷転透黒箱に龍鱗を収めに行く」

「どこにある」

「わたしの手もとにはない。だが見つけた」

「どういう意味だ」

「そもそも龍鱗は、遷転透黒箱がなければ手に入れられないものだ。居鹿が言っただろう、対だと」

自信に満ちた言葉を聞くと、悠花もようやく日織がはったりで言っているわけではないとわかったらしい。気が抜けたような顔で日織を見つめる。

「本当なのだね」

「何度もそう言っている。わたしはこれから龍鱗を手に入れ、その後すぐ龍道へ行くつもりだ。入道する。だから悠花。手伝って欲しい」

肩に乱れ落ちた悠花の髪を、日織は優しくなでつけて整えながら言う。

「おまえは護領衆の衣に身なりを替えて、龍稜の頂で待っていてくれないか」

「そんな場所へ？　しかも、なぜわたしが」

「同類だから」

「意味がわからない」

「そのときに説明する。だから来てくれ、吾が妻」

顔をしかめた悠花は、皮肉に返す。

「承知した、吾が夫《つま》」

笑って、日織はきびすを返した。

日織の笑顔に、悠花がすこし照れたように視線を逸《そ》らしたのは気のせいか。

これから日織は大殿へ向かい、遷転透黒箱に龍鱗を収める。しかしその前に、絶対に月白《つきしろ》に会わなければならないと思っていた。

（二度と会えなくなるかもしれない）

だから月白には会わなければならない。もしこのまま会わずに行って、二度と会えなくなったら、きっと月白は哀しみで泣き暮らし、涙が涸《か》れて、やせ細り、死んでしまう。自分が月白に愛されているのを、日織はよく知っていた。

夜明けが近いようだった。

簀子縁《すのこえん》に出ると、激しい殯雨が欄干に跳ね返っているのがうっすらと見える。

東の空に目を向けると、暗い灰色。おそらく日が昇りかけているのだが、分厚い雨雲のせいで太陽の姿は見えない。

随分長い間、龍ノ原には日の光が射《さ》していない。

それにもかかわらず、月白の起居する西殿の周囲では、月草が白い花をつけている。夜の雨に打たれ今は花弁を閉じ、ひっそりと夜が過ぎるのを待っていた。雨粒に打たれ続けながら静かに震える様に、日織の胸が痛む。

白の月草。それは月白と重なった。

西殿の枢戸を叩く。

「大路《おち》。起きているか。月白に会いたい」

しばらくすると枢戸がきしみ、細く開く。隙間《すきま》から顔を見せた大路の顔色は良くない。母屋の中には幾つか燈台の灯りがある。

「何かございましたのですね、日織様」

「騒ぎが聞こえたか」

「はい。恐ろしくて、月白様と一緒に息を潜めておりました」

「怖がらせて悪かった。しかしもう事は終わった。わたしはこれから大殿へ行く。その前に月白と話したい」

大路は「どうぞ」と枢戸を開き道を空けた。

母屋に踏み込むと、几帳の陰に月白がいた。

朱色の内衣一枚の薄着の上に、花の地模様を織りこんだ領巾《ひれ》を寒そうに肩に巻いていた。長雨のせいもあり湿気は強く、この時期にしては例年よりも寒い。腰が抜けたように座った月白は、揺れる燈台の灯りの中で、ぼんやり中空を見つめていた。

「月白」

几帳の絹を押さえて近づくと、ようやく月白がこちらに顔を向ける。

「日織様」

顔に表情が戻り、いつもの月白の可愛らしさが溢《あふ》れた。日織は片膝をつく。

「随分騒がしくて怖かったの。なにかあったの？」

「不津が悠花に乱暴したんだよ」

口もとを押さえて、月白はのけぞるように身を反らす。

「悠花様に!?　なんでそんなことを」

「悠花を遊子だと思ってのことらしい」

「そんな莫迦なことないわ。悠花様は、ちゃんと龍の声を聞いていらっしゃるわ。わたし、わかるもの。悠花様は誰よりも早くに龍の声に気づかれるのよ」

「そうだ。悠花は龍の声を聞いている。けれど不津は、遊子だと勘違いしたんだ、なぜだかね」

「なぜかしら」

月白の瞳が不安に揺れる。

「わからない。どうでも良いことだ、そんなことは。それよりも月白、わたしはこれから大殿へ赴く。龍鱗が見つかったのだ」

「本当に⁉」

「本当だよ。だから龍鱗を遷転透黒箱に収め、その後すぐに入道する」

「日織様が皇尊になるのね！」

月白は日織の首に抱きつく。それを受け止め、腰を抱いてやり、日織は月白の首筋辺りで囁《ささや》いた。

「なりたいと思っている」

「そのために入道されるのでしょう」

「そう。だが、無事にわたしが龍道から出られるかは、わからないんだよ」

驚いたらしく、月白は日織の顔を見て目を見開く。

「どういう意味」

「龍道で焼かれた禍皇子《まがつみこ》の例もある。わたしが地大神に認められず、龍道で焼かれる可能性もある」

「そんなはずはないわ。そんな理由ないもの」

「あるんだ」

静かに、しかしきっぱりと日織は告げた。

皇尊の御位に即きたいと願い、機会をうかがい二十年。無為な時を過ごす間に、何度も何度も、空露と一緒に考え話し合っていた。皇尊の御位に即くには、どんな条件が必要か。さらにはどんな試練が待ち受けているか。

まず今上《きんじょう》の皇尊に皇子が生まれないことが第一条件だったが、望みは叶《かな》った。

その後は日織と同等の血筋を保つ数人と、争わなければならない。争いがどんなものになるのかは、実際に龍稜に招かれるまではわからない。そのときに、提示された条件の中で競うしかないと考えていた。

さらに。競い合った末に勝てたとして、日織には最後の難関があった。それが入道。地大神に認められない者は、入道すれば命を落とす。禍皇子のように。

人を欺き、女の、しかも遊子の身で皇尊の御位を望むことを、果たして地大神が許すのか。それは試してみないとわからない。

悠花も言っていたように、命を賭《と》して問うしかないのだ。

「もしわたしが龍道から無事に出られなかったら、あなたに二度と会えなくなる。だから会いに来た」

「それは、嫌！　日織様。そんなことになるなら、行っては嫌」

「もしも、の話だよ。きっとわたしは地大神に認められるはず」

確信はなかったが、そう言った。月白を不安にさせたくない。

「でも」

「心配しないで」

月白の頬に手を添え、日織は囁く。

「わたしは、わたしの望む龍ノ原を手に入れる。そうしたら、あなたに二度と嫌なことは起きない。なにしろわたしが龍ノ原を統《す》べる皇尊になり、あなたを護ってあげられるのだから」

無邪気で、子どもっぽい、日織の妻。女の身で妻をもつのは奇妙な感覚だったが、慣れ親しむと愛《いと》しく思えるのは不思議だった。おそらく月白が、心から日織を愛して、日織を拠《よ》り所にしてくれているのが伝わってきたからなのだろう。

月白の瞳が潤《うる》む。

「わたし、日織様に皇尊になって欲しいの。とても、とても、なってほしい。なれるの？　本当に。日織様の御代になったら、わたし、怖いものがみんな消えるかもしれない」

「今から龍鱗を遷転透黒箱に収め、入道を終えたら、なれるよ」

「邪魔されない？」

「わたしが龍鱗を見つけた知らせを、大殿へ走らせた。不津も感づいたかも知れないが、今更邪魔もできまいよ」

「邪魔するかもしれない。あの方は。大殿で騒ぎを起こして」

「どうにかできるよ。大丈夫。信じていて」

「日織様」

今一度強く、月白は日織の首にしがみつく。その体を抱きしめ返してやると、なだめるように背を叩き、首に絡《から》まる腕を解かせた。

「行ってくるよ。待っておいで」

立ちあがると、月白は泣きそうな顔で見上げてくる。日織は微笑み返し、歩き出す。母屋を出るとき、枢戸の傍らに控えていた大路に「月白を頼む」と言うと、彼女は重々しく頷いた。

(行くか)

暗闇から濃い灰色へと、空の色が変わっていた。暗い夜明けだ。殯雨は引き続き激しく、遠雷が低く響いていた。雷雲が近くにあるらしい。

空がまるで、日織の望みを「不遜《ふそん》」として機嫌を損ねているように感じるのは、自らの罪悪感のためだろうか。人を欺き、生き延び、あまつさえ龍ノ原の皇尊となり、央大地の重しになろうなどとする自分を、日織自身も不遜と思う。

(けれど、お姉様。わたしは不遜でなければならない)

暗い空を見上げた。

(それがわたしの決めた、あなたを殺したすべてのものに対する抵抗だから。そして)

今も生きている遊子、さらには禍皇子の姿も脳裏に浮かぶ。

(今生きている者を殺させないために、抗《あらが》うことだから)

不遜。身の程知らずの科人《とがびと》。嘘つき。どんな呼ばれ方をしようとも、どんな者になろうともかまわない。

ゆっくりと日織は歩き出す。大殿へ近づくと、多くの采女と舎人《とねり》が、右往左往しているのが見てとれた。彼らは高揚しているのか、いつもよりも声が高く、動きも素早い。

日織の姿を認めた采女が一人、腰をかがめて近づいてくると目の前に来て礼を取る。

「日織皇子様。お待ちしておりました。大殿で淡海皇子様がお待ちです」

「真尾と、阿知穂足《あちのほたり》と造多麻呂《つくりのたまろ》は」

「人を呼びにやりましたが、お三方とも龍稜から遠くにお住まいです。まだ到着されておりません」

「淡海の大叔父君さえいれば、かまわないだろう」

采女が先に立ち、大殿の簀子縁から母屋へと踏み込む。

大殿は枢戸のみが開いており他は閉じられている。そのため内部は薄暗く、結び燈台が等間隔に並べられていた。空露が戸の傍らに控えていた。日織と目が合うと、険しい色の目でこちらを見る。

最奥《さいおう》の宝案《ほうあん》の左右にも、ひときわ背の高い燈台。遷転透黒箱が透明な輝きで、揺れる炎の光を反射していた。傍らには白い顔の淡海皇子がいた。不審そうな、戸惑ったような表情で日織を迎える。

「日織皇子。龍鱗を見つけたと伝え聞いたが」

「はい。見つけました。これから遷転透黒箱に収めます」

「龍鱗をそこに持っているのか」

「いいえ」

日織の答えに、淡海は眉をひそめた。

「もっていない？」

ざっと、ひときわ強くなった雨脚が風を呼び、燈台の灯りが母屋の奥へ向かって一斉になびく。

三

「はい。持っておりません」

「龍鱗を見つけたのではなかったのか」

「見つけました。しかし龍鱗は、遷転透黒箱がなければ手に入らないもの。なので遷転透黒箱をお預かりし、龍鱗を入れ、こちらにお戻しします。お預かりしたい」

淡海の目に警戒の色が走る。

「これがなければ手に入らぬ？　そのようなことが」

「日織は、龍鱗など見つけておらぬのだろう」

せせら笑う声が、枢戸から風とともに吹き込んだ。不津だ。

日織はふり返らなかった。

(来るだろうとは思っていたが)

采女や舎人が騒ぎ出せば、当然不津も気づく。誰かを捕まえて何があったと問えば、日織が龍鱗を見つけたとすぐに知れる。それを聞いて、大人しく宮にこもっている不津ではない。

「遷転透黒箱を借り受けたい」

不津を無視し、今一度淡海に請《こ》う。すると不津が笑みを浮かべた。

「渡してみては如何《いかが》ですか、淡海の大叔父君。本当に日織が龍鱗を見つけたというのならば、俺もぜひこの目で見たい。探し求めたそれを」

まるきり日織の言葉を信じていない揶揄《やゆ》する口調だった。それも当然のことで、皆が探し回って見つからなかった龍鱗を、突然見つけたと言われても信じられまい。

しばしの逡巡《しゅんじゅん》の後、淡海は頷く。

「よいだろう。持って行くが良い。ただしわたしも一緒に行く。そうでなければ渡せぬ」

「どうぞ」

と答えると、不津も声をあげた。

「俺も行く」

大きな嫌悪が日織の冷静さを奪いそうになるが、ぐっと堪《こら》え、極力平坦《へいたん》な声で答えた。

「来ればいい」

宝案へ近づくと、日織は遷転透黒箱に手を触れる。

長方形をなす水晶の箱。大人の掌《てのひら》四つ分程度の大きさで、触れるとひやりとした。本体の縁と蓋《ふた》の縁には、単純な草模様の意匠が浮き彫りにされているが、その他に装飾はない。本体を両手でもちあげると、ずっしりと重みがある。

蓋が閉まらないので、空露に目配せして蓋を持たせた。

歩き出す日織に空露も従う。その後を淡海と不津が続く。

「どこへ行くのだ」

淡海が問う。不安なのだろう。

「龍稜の頂へ参ります」

答えると、空露すらも不安な顔をした。そこで何をするつもりかと問うような視線を感じたが、日織はただ小さく頷いただけで歩き続ける。

簀子縁を出て懸造《かけづく》りの回廊へ向かい、そこから龍稜の頂を目指す。

上るにつれ風が強まった。遠雷は徐々に龍稜に迫っている。

頂の岩の上へ出ると回廊が途切れる。途切れる回廊の屋根の下に、黒い衣の青年がいた。長い髪をゆるく一つに結び、腕組みし、警戒の色を強くしてこちらを見つめている美しい顔。

（いてくれたか、悠花）

悠花の姿を認めて、淡海と不津が不審げな表情になる。

「彼はわたしが呼んだ。手伝いの護領衆だ」

「あのように美しい護領衆が、いたか？」

淡海の声は聞こえないふりをして、日織は悠花に近づく。

「よく来てくれた。手伝って欲しい」

「何をすればいい」

日織は背後に従う空露に向かって、顎《あご》をしゃくった。

「蓋を彼に渡せ」

「蓋を？」

空露は訝《いぶか》しげだったが、日織が「頼む」と囁くと、観念したように悠花に蓋を手渡した。水晶の蓋だけを渡され、悠花は困惑顔で日織を見返す。

「それを持って、わたしについてきて欲しい」

悠花は素直に頷く。

「何をするつもりだ、日織。早く見せてみろ。龍鱗を」

不津が柱にもたれ、面白い見世物を待つかのような不真面目《ふまじめ》な合いの手を入れた。

「見せてやろう」

低く答え、日織は淡海に向き直る。

「龍鱗を、遷転透黒箱に収めてご覧に入れる」

宣言して雨の中に踏み出す。悠花と空露もついてきた。

大きな雨粒がばたばたと額や頬や肩を叩《たた》き、瞬《また》く間に日織はずぶ濡《ぬ》れになった。傍らを歩む悠花と空露の髪も濡れ、額に雫《しずく》が流れる。頭上の近いところで、空が呻《うめ》くように鳴っている。いつ稲妻が走っても不思議ではない。

巨大な爪《つめ》のように湾曲し、先細りして中空に突き出た龍稜の先端。日織はそこに立つ。

悠花は隣に並んだが、空露は片膝をついて背後に控えた。

崖縁《がけつぷち》のぎりぎりまで歩を進めると、何の具合か雨粒と風が、龍稜の下から岩肌を舐《な》めるように強く吹き上がってくる。

眼下の景色は、大量の雨を含んで膨らみきって湿った草地の広がり。その向こうに池や湖。水辺の郷や里の建物が、薄墨で描いたように密集している様子。立ち上がる祈峰《きほう》。ぐるりと視線を巡らせれば、龍ノ原を護《まも》る外輪山を見渡せた。

「日織」

雨粒をさけて目を眇《すが》めた日織を、悠花が呼ぶ。ふり返ると彼はひどく心配そうな表情をしていた。

「あなたは本当に、龍鱗を見つけられたのか？　ここに龍鱗があるというのか」

日織は微笑んだ。

「ああ、見つけた。そしてここにある。目の前に」

「わたしには、どこにあるのかわからない」

「ならば、龍鱗を手に入れて見せよう」

遷転透黒箱を、日織は両手で掲げた。箱の内側を手前にして捧《ささ》げると、内側の底を通して龍ノ原の景色が見える。透明だからこそ。

すると、突然だった。

遷転透黒箱の、日織の手が触れている箇所が黒く曇った。

手の温みで色を変えたかと思えるほどに、自然にじわりと広がる曇り。その曇りは徐々に範囲を広げ、そして色を濃くする。

（来たか）

吾《われ》知らず、口もとが緩む。

（間違っていなかった）

悠花が瞬きを忘れたかのように遷転透黒箱を見つめていた。

空露が片膝の上に乗せた拳《こぶし》を強く握りしめた。

回廊にいる淡海や不津には、何が起こっているのかまだわからないらしく、不審な表情のままこちらを見ている。

箱の底に龍ノ原の景色を見ながら、ゆっくりと遷転透黒箱を巡らせていく。

その動きに呼吸を合わせるかのように、遷転透黒箱の黒い曇りが広がる。

「なぜ。龍鱗はないのに」

悠花の呟《つぶや》きの後に、空が裂けるように白く光った。間を置かず頭から足先へ突き抜ける鋭い音が走る。音の余韻に耳の奥がじんと痺《しび》れたが、日織は静かに答えた。

「龍鱗は目の前だ。龍ノ原こそが龍鱗の一つ」

日織は続ける。

「遷転透黒箱に入るべきは、地大神、地龍の鱗と伝えられた。だが考えてみよ、地龍の大きさを。地龍は央大地をその体の上に乗せているのだ。鱗一つといえども、そもそもこんな小さな箱に収まるわけがなかったんだ。地龍の鱗とは、比喩《ひゆ》だ」

遷転透黒箱は半分まで黒く色を変えていた。日織の掌が触れている部分は、艶々《つやつや》と光沢すら発する黒へと。

遠目でも変化に気づいたらしく、淡海と不津が愕然《がくぜん》とし、屋根の下から数歩、濡れるのもかまわず雨の中へ出ている。

「それで気がついた。地龍の鱗――すなわち、地龍の表面を覆《おお》うもの。それは大地。そしてこの央大地には一原八洲があり、その国土を比較すれば答えが見えた」

「……そうか」

悠花が呆然と呟く。

「八洲はそれぞれ、国土の大きさはほぼ等しい。龍ノ原は八洲一国の十分の一の国土」

「そう。央大地は、龍ノ原の八十一国分の広さがあるということ。地龍の表面を覆うものが八十一。そして龍ノ原はそのうちの八十一分の一。その一という数は、鱗一つと等しい。これは偶然なのか、地大神の意図したことなのかは、わからないが。そのように国の成り立ちが仕組まれている」

ひとつ息を吐き、断言した。

「龍鱗とはすなわち、龍ノ原の大地そのもの」

そら恐ろしいと、日織は感じている。

宇預の命を奪った運命や、その骸《むくろ》に見向きもせず飛び去った神の眷属《けんぞく》に怒り、そんなものに従ってなるものかと怒りを滾《たぎ》らせてきた。今も運命や神に抗う気概は薄れていないが、相手の巨大さが絶望的なほどに恐ろしい。

央大地の成り立ちまで、神とその眷属によって整えられているかもしれない現実を目《ま》の当たりにすれば、自らの抵抗など、神にとっては気づきもしないほど微《かす》かなものだと。

（それでも。わたしはわたしの望みを叶えるために、抵抗はする）

日織は唇から流れ込む雨粒を噛む。

「ただ龍鱗が龍ノ原の大地を指すと知ったところで、どうやって箱に収めれば良いかわからなかっただろう。大地を、箱に収められるわけがない。しかし、わたしたちには居鹿がいてくれた。龍鱗と遷転透黒箱とは対になるもので、遷転透黒箱でなければ龍鱗を収められないと、彼女が言葉を解いてくれた。大地を箱に収めるには遷転透黒箱の特性そのものが必要だと知り、すぐにわかった。この箱の目を惹《ひ》くべき特徴はただ一つ。透けているということ」

大きなものも、遠くから見れば小さく見える。

龍稜の頂から見渡せば龍ノ原は一望できる。

だからこそ龍鱗は龍稜にしかないと言われていたのだ。護領山ではだめだ。龍稜や樹木に遮られ、どこに立っても一望は不可能。この国で唯一《ゆいいつ》、何ものにも邪魔されず、ぐるりと国を見渡せるのは龍稜の頂だけ。

そして大きなものを閉じ込めるには、その遠景を箱に移す——透かし見るのだ。

箱の内側から透かし見れば、それは箱の中にある。

大地も箱の中へ収められる。

ゆっくりと龍ノ原の遠景を、箱の底を通して一周見渡し終わると、透明だった箱の底が中央に絞られるように浸食されていき、黒一色となった。漆黒の水晶の箱を手にした日織は、悠花をふり返った。

「悠花。蓋を」

悠花の手にある蓋は透明。彼は慎重に箱の上に蓋を重ねる。

するりと嵌《は》まった。

微妙にかみ合わなかったはずの遷転透黒箱は、色を変えた途端、何の抵抗もなく蓋が閉じた。嵌まった途端に、蓋が一瞬で漆黒へと変わる。

日織の手には、黒い箱が出現していた。

龍鱗を収めた遷転透黒箱。

しかし、黒く変化して蓋を閉じたその中には、実態のあるものは入ってはいない。

皇尊が崩御した後、遷転透黒箱は色をなくして透明になり蓋が開く。その中からは龍鱗が消えていると言われているが、実際には、龍鱗が消えるわけではなかった。

もともと遷転透黒箱の中身は、空なのだ。

「日織が勝った」

空露の震える声が聞こえる。

「日織が皇尊に……」

日織と悠花は顔を見合わせた。二人とも呆然としていた。目の前に黒い水晶の箱を見ながらも、まだ実感が湧《わ》かないのだ。雨に打たれ、濡れる箱を幾度も見下ろし、幾度も顔を見合わせる。

「これでわたしは、入道できる」

稲光が、白く光った。空を裂くような雷鳴が響いた、その直後。

「そんなはずはない！」

感情的な声が雨粒を突き抜けて来た。ふり返ると不津が屋根の下で、両手の拳を握り震わせていた。日織を指さし、怒鳴る。

「龍の鱗など見えはしなかった。あの中は空だ。何かのまやかしだ」

「しかし遷転透黒箱は色を変え、蓋を閉じている。それはその中に龍鱗が収められた証《あかし》」

青白くさえ見える顔色で、淡海が答える。彼も信じられないものを見たはずなのだが、目で見たものは事実として認識したようだ。

しかし不津は違った。

「そんなはずはない、まやかしだ。どこかに本物の龍鱗があるはずだ。日織が皇尊にふさわしい者であるはずはないのだ」

余裕も皮肉も、不津から消し飛んでいた。見つけられはしないと、彼はたかをくくっていたのだ。そして己が皇尊の御位に即《つ》くと、ほぼ確信していたのだろう。だからこそこうやって見物にやってきたのだろうが、それが全《すべ》て覆《くつがえ》されたのだ。

自信がはがれ落ちた必死の姿。

日織を指さす爪の先が、怒りと動揺で震えている。

「まやかしだ」

「いや、日織皇子の手にある遷転透黒箱は確かに」

「日織は皇尊にふさわしくない」

淡海の言葉を不津は遮った。

「淡海の大叔父君。日織は皇尊となるべき者ではない。目的もなく、皇尊の御位だけを望んでいる。俺のように龍ノ原を統べることと向き合い、国の行く末を案じてはいない。そのような者が皇尊となって良いのか」

「異な事を」

雨に濡れながら、悠花が微笑みふり返り、冷たい声を出す。

「皇尊など血筋であれば誰でも良いと、そう仰《おっしゃ》ったのは不津王《ふつのおおきみ》、あなたではなかったか」

一瞬言葉に詰まるが、それでも不津は悠花を睨《ね》めつけ言う。

「何者かは知らぬが、黙っていよ。しかし確かに俺は、そう言った。誰でも良いと。その通りだ。だからこそ、わざわざ科人を皇尊とするべきなのか」

淡海の顔色が変わる。

「科人？　日織皇子になんの罪があると？」

「日織は、皇尊の発した令に背いている。それが罪でなくてなんだ。令を無視し、己の欲求のままに振る舞っている。そのような者は、皇尊の候補に挙がるべきではなかった」

「どういう意味か」

「日織は遊子を妻と」

鋭い淡海の問いに、不津が答えようとした、そのとき。

「日織様の手にある龍鱗は、まやかしです！　別に、本物の龍鱗があります」

雨音を突き通す、澄んだ高い女の声。多少舌足らずな甘さのあるその声は、日織の耳に馴染《なじ》んだものだ。

(まさか、なぜここに)

日織は当然のこと、不津と淡海も顔色が変わった。声は、淡海と不津の立っている背後の、回廊の方から聞こえた。全員の視線が声の主へと注がれる。

八章　光射《さ》す

一

「本物の龍鱗《りゅうりん》があるんです！」

　叫んだ少女の髪は結われておらず、よほど急いで駆けつけてきたのかひどく濡《ぬ》れていた。口もとに靨鈿《ようでん》も描いていない。背子《はいし》は鮮やかな鴨羽色《かものはいろ》に、纈裙《ゆはたのも》は真朱《しんしゅ》。領巾《ひれ》は纏《まと》わず、胸の前に抱えるようにしていたが、それも濡れそぼち、だらりと膝《ひざ》の辺りまで先が垂れさがっていた。彼女の装《よそお》いは常に潑剌《はつらつ》として幼い印象のはずなのに、今、彼女から幼さは感じられない。それは濡れて体に張り付いた衣や髪のせいばかりではなく、口もとを引き締めた表情と、恐ろしいほど冷静な色をしている瞳《ひとみ》のせいだ。

「月白《つきしろ》」

　日織《ひおり》はただ戸惑って名を呼ぶ。

（ついてきていたのか？　なぜ）

先ほど会ったときは内衣一枚の姿だったのに、最低限の身なりを整えている。大路《おち》に整えさせたのだろう。そうまでして急ぎやってきた彼女の目的が、わからなかった。しかも彼女はなんと言ったか？　本物の龍鱗があると？

月白は日織を見ていなかった。彼女の視線の先にあるのは、不津《ふっ》だ。

「不津様。こちらにおいでください。龍鱗を差し上げます」

固い声で告げると、不津の顔に期待と困惑が広がる。

「月白。俺にか？　俺に龍鱗をくれると言ったのか」

こくんと月白は頷《うなず》く。

「お護《まも》り頂いたご恩は、お返しします」

「龍鱗の在処《ありか》を知っているのか」

「つきとめました」

日織と悠花《はるはな》、空露《うつつゆ》は唖然《あぜん》とし、月白と遷転透黒箱《せんてんとうこくばこ》を見比べた。

（本物の龍鱗？）

そんなことがあるのだろうか。傍らに寄ってきた空露が呻《うめ》く。

「そんなはずは、ありません。龍鱗は、遷転透黒箱に入る唯一《ゆいいつ》のもののはず」

「……だが」

月白のきっぱりとした態度に迷いはない。日織は混乱した。もしや自分の手にある龍鱗はまやかしなのだろうか、と。誰も見たことのない龍鱗なのだから、そうであっても不思議はない。その不安を察したらしく、空露が厳しい声で言う。

「遷転透黒箱が色を変え封じられた。それは龍鱗が本物の証《あかし》です。心を揺らしてはなりません。その箱も手放してはいけません」

不津の顔には安堵《あんど》が広がっている。

「秩序を知る者はいるということだ、日織。それがおまえの妻、しかも月白だとは、大層な皮肉ではないか」

日織をふり返った彼の目は真剣だった。

「俺は龍《たつ》ノ原《はら》を変えたい。是が非でも皇尊《すめらみこと》の御位《みくらい》が欲しい。ただ闇雲《やみくも》に御位を欲しがるおまえとは、違うのだ。おまえがないがしろにする秩序を欲し、区分や区別を整え、八洲に比肩《ひけん》しうる国にしたいのだ」

そう言い終わると、彼は傲然《ごうぜん》と顔を上げて月白の方へと進む。

「月白、待て。どういうことだ！」

遷転透黒箱を抱いて回廊へ駆け込み、不津を追い越し月白のもとへ走ろうとした。しかし月白が鋭く制止した。

「日織様は来ないで！」

見据えられ、怯《ひる》んで足が止まった。月白のこれほど頑《かたく》なな顔を見たのは初めてだった。

これが日織を愛し、日織が愛している、可愛《かわい》らしい妻なのか。

悠然と、不津が日織の横を通り過ぎようとしたので、日織は細く鋭い声で囁《ささや》く。

「おまえは、自らの父が誰に殺されたのか知っているのか」

足を止めた不津は、前を見たまま無表情に答えた。

「知っている。本人にも告げた、おまえが殺したと知っているぞと」

目を見開く日織に、不津は苦い笑みを向ける。

「知っていて、なぜ。なぜ断罪しなかった」

「ご覧の通りだ。利用する価値があったからだ。龍鱗が見つかれば、日織がそれを手にする前に、俺に知らせろと言ってあった。そうすることで、罪も過去も、その身の秘密も、全《すべ》てに口を閉ざすと約束した。そして、思惑以上の働きをしてくれたようだな」

言葉もない日織の反応に満足したらしく、不津はそのまま月白の方へ向かう。傍らに来た不津に、月白は軽く膝を折る。それは主《あるじ》に従う者の仕草。

「本物があるのだな、月白」

「はい」

「案内しろ」

命じると不津は、淡海《おうみ》をふり返った。

「本物の龍鱗をご覧に入れましょうか、淡海の大叔父君」

淡海は日織の手にある遷転透黒箱と、歩き出した不津の後ろ姿を見比べる。

「本物の龍鱗があると？　しかし遷転透黒箱の蓋《ふた》が閉じ、黒に変じたということは、そこに龍鱗が収まった証」

白い指で皺《しわ》の深い額を何度もこすり、淡海は混乱している様子だった。それでも歩き出した不津に従っていく。

日織の隣に、悠花と空露が並ぶ。

「日織」

行けと促すように、悠花が日織の背に手をかけた。彼の視線は、姿勢正しく歩む不津と、それを案内する月白の、確信に満ちたような背に注がれている。

日織とともに、悠花と空露も歩を進めた。

月白と不津に従いながら、日織は腕に抱えた、なめらかな箱の感触を確かめる。ここに遷転透黒箱があり、蓋は閉まり、黒く色を変えているのだ。

これが唯一無二のもののはず。

(月白)

日織は心の中で、こちらを一顧だにしない妻の名を呼ぶ。

(何を考えている。何をするつもりだ、月白)

山篠《やましの》を害したのが誰なのか、日織は昨夜気がついた。

山篠は楡宮《にれのみや》で殺害された。楡宮で意図的に山篠を殺害する目的が誰にもわからなかったが、それは実際、目的も意味もなかったとしたら？　そうだとすれば、殺害は突発的なものだと思って差し支えない。誰かが意図せず殺し、慌《あわ》てたその者は亡骸《なきがら》を動かそうとしたが、男の体が重すぎて遠くまで運べなかった。運ぶ途中でくたびれ、いったん亡骸を簀子縁《すのこえん》に下ろして血だまりを作った。そしてすぐにまた重い男の体を支えて運んだ。しかし正殿の正面まで運ぶのがせいぜいで、それ以上移動させるのを諦《あきら》めた。だからあの場所に放置する羽目になったのだ。

犯人は力の弱い女。

男の体を運ぶのに女一人では到底無理なので、亡骸を運んだのは最低二人。

楡宮にいる女は、杣屋《そまや》、大路、月白。杣屋には不可能だ。常に悠花の目がある。ということは、月白と大路しかいない。

亡骸を運んだのは、月白と大路。そして二人のうち、どちらが山篠を害したのかは見当がつく。

なぜなら山篠の胸には傷がありながら、衣が裂けていなかったからだ。あれを日織は当初、害した後に衣を着替えさせたと思っていたが、それは違う。

実際は、害されたとき山篠は衣を着ていなかったのだ。裸の胸を刺され、死んだ後に衣を着せられた。

衣を脱いで、彼が何をしようとしていたのか、あるいはしたのか。どちらにしても老《ろう》婆《ば》の大路ではなく、月白が目当てだったろう。月白は、悠花の所から持ち出していた護り刀で、やって来た山篠を刺したのだ。彼女が密《ひそ》かに悠花の護り刀を盗み出したのは、龍《りゅう》稜《りょう》に入った頃から身の危険を感じていたからなのだろう。日織が祈《き》社《しゃ》へ行くのを、月白はひどく不安がってもいたのだから。

山篠を害したのは、月白。

不津はそれを知っていて見逃した。実の父に対してさえ冷淡な、その情動のありように驚嘆した。彼は己の目的のためならば肉親の情など捨て去れる。

それは支配者としては、望まれる資質かもしれない。

（月白。あなたは不津に、お護り頂いたご恩と言った。しかし本当にあなたは、不津に感謝しているのか？　しかも本物の龍鱗があると？　そんなものが存在するのか？　存在するとしても、どうやって月白はそれを見つけた）

月白に声をかけたいが、今の彼女は先刻までとは別人のようだった。日織に目もくれず真《ま》っ直《す》ぐ歩く。こんな月白は知らない。

（月白。どうした。月白）

伸びた背筋が可《か》哀《わい》相《そう》だ。抱きしめて、甘えさせてやりたい。彼女が今まさに日織を裏切ろうとしているのだとしても、仕方がない。月白はそうせざるを得ないだろう。

月白自身を守るために。

月白は絶対に、自分の秘密を誰にも知られたくないはずだった。たとえ日織にでも。

回廊を下り、向かったのは大殿《だいでん》。回廊の屋根の下を外れて回り込み、裏へ出る。

雨音を圧するほどに、激しい水音が響く。大殿の背後に立ち上がった岩壁から太い水の流れが吹き出し、落ちて、滝壺《たきつぼ》に注いでいる。どこからどうして、これほどの水が湧《わ》くのか誰も知らず、そしてまたこの水がどこへ流れゆくのかも知らない滝。

滝壺の周囲は大小の岩で野趣ある縁取りがされており、常に濡《ぬ》れる岩の表面は青と緑の濃淡をなす厚い苔《こけ》に覆《おお》われ、岩の隙間《すきま》からは羊歯《しだ》が顔を出す。

その岩の一つ、水面に近い平たい岩上に月白が立った。

「不津様以外の方は、そこで止まって」

威圧的ではないが、必死さの滲《にじ》む月白の声。淡海をはじめ日織、悠花、空露と全員の足が止まる。その場にいる全ての者の上に激しい雨が降りかかり、雷鳴が空を裂く。

采女《うねめ》や舎人《とねり》が異変に気づき、何事かと大殿の簀子縁へと群がった。

滝壺の縁に立った月白の髪も衣も、激しい雨と滝の飛沫《しぶき》で見る間にぐっしょりと濡れた。不津も濡れながら滝壺へと近づく。

稲妻が白い光を投げた。不津の顔が、深い陰影をつけながら白く光る。

雨音と滝の音と、雷鳴と。全てが重なり、音が場を圧する。

「龍鱗は滝壺の中に隠されています。覗《のぞ》き込めば、その姿が見えます」

「滝壺にか？」

「はい。お手を伸ばせば、届きます」

月白が岩の端に寄って場を空けると、空いた場所に不津が立つ。滝壺を覗き込む。


稲妻が光った。

それと同時。

別のものが光る。鋼《はがね》の刀身だった。

滝壺を覗き込む不津の背後。そこに立った月白の手に、日織のものとおぼしき護り刀があった。胸に抱えていた領巾の下に、隠し持っていたものを抜き放ったのだ。

月白がそれを両手で構え、かがみ込む不津の背に突き立てようとする。


「月白！」

咄嗟《とっさ》に叫んだ日織の声に、反応したのは不津だった。ふり返ったそこに白刃《はくじん》を見た彼は、月白の手首を摑《つか》み、護り刀をもぎ取っていた。

「騙《だま》したか！」

憤怒《ふんぬ》の形相で、思わずだろう、不津が刃《やいば》を振るった。

大殿の簀子縁に鈴なりになっていた采女たちが悲鳴をあげ顔を被《おお》う。

月白の体がのけぞり、揺れ、激しい雨に打ち倒されるように岩から転げ落ち、ぬかるむ泥の中に沈む。周囲の泥水が一気に赤く染まる。

「穢《けが》れだ！」

舎人の誰かが声をあげた。

何かを怖《おそ》れ逃れようとするように、不津は、滝壺と倒れた月白から勢いよく大殿の方へと後退《あとずさ》った。足を止めると、その場で愕然《がくぜん》と、己の手にある血で汚れた刃と、遠くに倒れ伏した月白を見比べている。

「月白！」

手にある遷転透黒箱を悠花に押しつけ、日織は、月白のもとへ駆けつけようとした。

しかし。

「来ないで！」

悲鳴のような月白の声が、日織の足を止めさせた。

「月白？」

月白は泥に両手をついて体を起こし、滝壺を囲む岩にすがりつきながら、がくがく膝を震わせ立ちあがろうとしていた。岩にすがりついてようやく立ちあがった彼女の右の鎖骨から左の脇腹《わきばら》まで衣が裂け、上半身は血で染まっていた。雨と滝の飛沫で血の滲みが広がり、衣がみるみる赤に染まる。

「月白！」

月白の全身が震えていた。顔を歪《ゆが》め、弱々しい声で「来ないで」と言う。

いまだに不津は呆然《ぼうぜん》と立ち尽くし、血まみれで立ちあがった月白を見つめていた。

「龍稜を血で穢《けが》した者を捕らえよ！」

鋭く叫んだのは空露だった。命ずる声に弾《はじ》かれ、舎人たちが何人も大殿から飛び出し、泥を跳ねあげて不津に殺到する。血に汚れた護り刀を手に立ち尽くしていた不津は、手からそれをもぎ取られ、泥の中へ押さえ込まれる。

「角打《つのう》ちを！」

命じた声は采女の一人だった。一部の舎人たちが鹿角《かづぬ》を求めて駆けだした。

押さえ込まれ、泥に頬をこすりつけられながら、不津は必死に顔をあげて叫ぶ。

「俺は襲われたのだ。皆、見ていたはずだ。放せ！」

「それでも龍稜を血で穢した罪は罪です。淡海皇子様、ご判断を」

空露に促された淡海は動揺し、黒目が激しく左右に動く。

「いや、しかし。あれは不津王《ふつのおおきみ》が襲われ。しかし、血を」

「放置はできますまい！　龍稜を、しかも大殿の敷地を血で穢すのは神と皇尊の双方への不敬。これは大不敬。八虐《ぎやく》の一つ。我ら神職からすれば、何があっても許しがたい罪」

断ずる空露に気圧《けお》されたのか、頼りない声で命じる。

「不津王を楠宮《くすのみや》の正殿へ。縄をかけ、見張りをつけよ。致し方なしとはいえ、八虐の一つを犯した者を自由にさせておけぬ」

「淡海の大叔父君！」

抗議の声をあげる不津に、淡海は首を横に振る。

「判断を待たれよ、不津王。皇尊の判断が下るまで」

「俺はその皇尊になるべき者だ」

「なるべき者で、あったのだ。それは先ほどまでで、既に龍鱗は日織皇子《みこ》の手にある」

舎人たちに引きずられるようにして行く不津の姿は、日織の目に入っていなかった。

月白の傷と出血がすさまじいのに焦《あせ》り、彼女から目を離せない。激しい雨が日織と月白に打ちかかっている。

周囲が、かっと白く光った。空に稲妻が走り、地響きに似た雷鳴が落ちる。

「月白」

静かに呼びかけながら、ゆっくりと脅《おど》かさないように滝へと近づく。

視線が動き、月白の目が日織を捕らえた。

「日織様」

月白は答えたが、それと同時に口から血泡を吐いた。

「月白！」

駆け寄ろうとした日織に向かって、俯《うつむ》き血を吐いた月白が悲鳴じみた声をあげる。

「来ないで！　お願い！」

立ち止まらざるを得なくなり、日織はまた動きを止めた。伸ばした指先が虚《むな》しく雨粒をしたたらせる。月白は蒼白《そうはく》な顔をあげてこちらを見る。全身が震え、唇の端は血で汚れ、目の焦点は定まらない。凄絶《せいぜつ》な姿に日織の声が震えた。

「月白」

「……痛い。……痛い」

月白は肩で息をしながら、顔を歪めて呟《つぶや》いていた。痛みを紛らす努力をしているらしいが、どだい無理だ。骨に達するほどの深手なのは見てわかる。岩にすがりついているとはいえ、立っているのすら信じられない意志力だ。

「月白、落ち着いて。手当をさせておくれ。しかも随分濡れてしまっている。着替えなければね」

興奮させないようにゆっくりと、静かに言う。月白の揺れ潤《うる》む瞳。

「日織様。どこまで、知ってるの？」

切れ切れに問う。

「なんのことだろう、それは」

「わたしのこと、どこまで、知ってるの」

「あなたはわたしの妻だ。それは知っている。あと、あなたは甘えん坊だ。それも知っている」

月白の唇に微《かす》かな笑みが浮かぶ。

「ああ、そうか。そんなふうに、優しいことを言ってくれるのは。きっと全部。全部を、知ってるのかな。そうじゃなきゃ、龍道に入る前に、わたしの所へ来て、あんなふうに慰めてくれないはずだもの」

「なんのことを言ってる」

「当然かな。わたしも、全部、日織様の隠していること、知ってるから。わたしと日織様は、同じだもの」

ぎくりとした。

同じ。

その言葉の意味は、訊《き》かずともわかった。

(月白は――知ってる？　わたしが女であることも、遊子《ゆうし》であることも)

激しい雨の紗幕《しゃまく》越しに見つめ合った。頬に当たる雨粒が痛い。それほどに雨が激しい。

空には鋭い稲光が走る。

昨夜、夜の暗闇の中で、日織は全てに気がついてしまった。

月白が遊子である、と。

（不津が莫迦《ばか》な真似《まね》を働いたせいで、わたしは、気がつきたくないことに気がついてしまった）

不津は楡宮に踏み込んできたとき、居鹿《いしか》を目にして日織を揶揄《やゆ》した。「おまえはよくよく、遊子が好きらしい」と。居鹿一人を見て「よくよく」とは言うまい。最低でももう一人、二人は、日織が遊子を好む例を知らなければその言葉は出ない。

しかもさらに、不津は悠花を遊子と思い込んだ。日織が手をつける女は遊子だと思い込む、その根拠は何か。悠花が人目を避けて育てられたことの他に、日織のもう一人の妻も遊子だとしたら不津の勘違いも頷ける。

日織は好んで遊子を選んで妻にしているのだ、と。居鹿を見てさらにそれを確信し、悠花もそうに違いないと判断した。

月白は、一族の宴や催しにほとんど顔を出さずに育った。

そのことで山篠に目をつけられ、彼が居鹿にしたのと同じ要求を、月白にしたとしても不思議ではない。居鹿の両親は山篠を拒絶して娘を祈社へと送ったが、もし月白の両親が、どちらも最悪の事態ならば、吾《わ》が娘を遠くへやりたくないと考えて山篠の申し出を承諾したなら――。

　だから月白は男に嫌悪《けんお》を抱いていた。男の欲がどれほど醜悪なものか、少女ながらに知ってしまっていたから。

　それはほぼ事実だろうと、確信がある。龍稜に入った日、不津は日織に「妻を娶《めと》ったそうだな。どうだ」と声を掛けた。あれは何も知らずに月白を妻にした日織を揶揄したのだ。さらに居鹿が山篠の訪問を受けたのが、二年前。山篠は今までの相手が夫をもって通えなくなったと言って、居鹿に目をつけたらしいと聞いた。

　二年前――日織が月白を妻にした。

　龍稜に月白がいると知り、山篠は彼女を訪ねたのだろう。月白が全てを呑《の》み込み耐えるしかない立場だと承知したうえで、己の欲望を満たすために当然のような顔をして楡宮にやって来たのだろう。しかし月白はもはや日織の妻だった。彼女自身、かつてのように唯々諾々《いいだくだく》と思いのままになるのを良しとせず、山篠は報復されたのだ。

　山篠が楡宮で死んだのを知り、不津だけはうすうす犯人の察しがついただろう。月白のことを知っていたのだから。

　殺された山篠には、日織は一片の同情も覚えない。その死が月白の手によってもたらされたことで、月白が科人《とがにん》になることの方が、苦痛だ。

　月白の足もとは真っ赤な血だまりになっていた。それが雨に流され、泥の上へさらに広がっていく。このままでは死んでしまう。

「風邪をひく。おいで」

手を伸ばし優しく誘う。

月白は男の体を知っている。日織にあれほど抱きついていれば、体が男と違うことに気がついたはずだ。

日織は男として振る舞っていたので、当然龍の声が聞こえないのは隠していなかった。ゆえに月白は、日織は遊子であるから男として育ち、難を逃れたのだと理解したはず。月白も龍の声を聞いていない。彼女は聞こえるふりをしていただけだ。ふり返れば今更わかる、端々にあった不自然な振る舞い。

ただ日織は「月白には聞こえる」と思い込んでいたので気にとめなかったのだ。

龍が現れたときは必ず、常に月白の傍らにいる大路が先に口を開き「そうですね、月白様」と同意を求めるようにしていた。それは月白に、龍の声が聞こえていると知らせる合図で、それを受け取った月白は、大路の言葉をなぞって振る舞う。

(だからあの時、わたしは違和感を覚えた)

月白が白の月草を持ってきたとき、杣屋が姿を現して話をしている最中に、龍の声を聞いた。

あの時、杣屋が龍の声が聞こえると口にするまで、月白は日織と同じように「何だろう」と不思議そうなそぶりだったのだ。近くに大路がおらず、注意を促す者がいなかったから。

（なんて可哀相なことをさせていたのか。わたしは、わたしの正体を明かし、正直に月白と向き合えば良かった）

後悔に歯がみする。

（月白はわたしのことを知っていて、愛してくれていたのに）

女であることも、遊子であることも知った上で、月白は日織を愛してくれたのだ。彼女が人を殺そうとした瞬間を目の前に見て、さらに実際に殺したと知っていても、感じるのは哀れさと可愛さだけ。可愛いこの子を救ってやりたいと、そればかりだ。

（お姉様は間に合わなかった）

湿った草地にうち捨てられた骸《むくろ》が、目の前にちらつく。あんなことは二度と嫌だ。日織が愛し、日織を愛してくれる人が無残な姿になるのだけは、もう見たくない。

「ほら。おいで月白。こちらに来て」

ゆっくりと歩を進め、優しく、優しく、声をかけ手を伸ばす。

「日織様」

声に誘われるように月白の右手が、差し出した日織の手へと伸びる。

指先が触れた。

（月白！）

指先が触れた瞬間、熱いものに触ったかのようにびくりと月白は手を引っ込めた。

「だめ」

「どうしたの」

「だって日織様は、わたしのこと全部知ってしまったのだもの」

月白の全身の震えが激しくなっていた。その様子に動揺して、声をあげたくなる。ぐずぐずしている暇はない。今すぐにでも血を止めなければならない。

「知らない」

「今知らなくても、きっと知る。だってわたし、不津様を殺そうとしたのだもの」

声が掠《かす》れていた。体が麻痺《まひ》したのか、月白の顔に痛みをこらえる険しさはなくなっていたが、そのぶん一層、顔からも唇からも血の気が失《う》せていた。滴《したた》り続ける雨粒と滝の飛沫が、彼女の肌から色を奪っていく。

「どうでもいい、そんなこと。こちらに来て、月白。お願い」

懇願した。

しかし月白は、自分の足もとの血だまりに冷えた視線を向けたまま答えない。人を殺《あや》めようとした罪悪感よりも、それを日織に見られたことの方が重要そうに見えた。

「どうして殺そうとしたか、理由を探られる。そしたら日織様に知られる」

月白の耳に日織の懇願は届いていない。自分の思考の中だけで話をしているらしい彼女に、日織は答える。

「探らない。約束する」

月白は顔をあげた。目は焦点が定まらず、夢を見ながら喋《しゃべ》っている人のようだった。

「ああ……そうなのね。そう約束できるってことは、もう理由を知ってるのね」

「違う、違うよ、月白」

そう言うのが精一杯だった。否定しても、月白には通じないとわかっていた。

「わたし、嫌だったの。一番嫌なことは、日織様にわたしのことを全部知られてしまうことだった。不津様はきっと、日織様が皇尊になりそうになったら、わたしのことを公《おおやけ》にする。そして日織様を除こうとする。日織様に知られるのが、嫌だった。皆に知られるのも、嫌。それが怖かったの。だから」

絶望というものが、表情になるとしたらこんなふうなのだろう。月白は笑っているような、ぼんやりしているような、力のない柔和な顔をしている。

怖い。

絶望の表情は、これほど人をぞっとさせるのか。もう全てが無駄なのだと、未来も何もないのだと、穏やかに淡々と死の影に諭されるような。

(やめて、嫌だ)

真っ黒い不安が押し寄せる。

「でもね、日織様。わたしはね、別に、自分のためだけじゃないの。日織様に皇尊になって欲しくて。だから」

視線が絡《から》み合った。

「月白」

「日織様。皇尊になって。日織様の御代《みよ》は、きっとみんな幸せになる。居鹿も他の子も」

月白は微笑《ほほえ》んだ。

いつもの可愛い片えくぼを見せて笑い――血の雫《しずく》を散らして背後へ飛んだ。

「月白！」

二

駆け寄ろうとした日織を飛沫が襲う。それをかき分けるようにして滝壺の縁に向かい、血だまりになった岩の上に膝をつき手を伸ばした。

「月白！」

上体が傾き滝壺に転げ込みそうになった体を、背後から伸びた誰かの腕が腰を抱えて支えた。

「危ない！」

悠花の声。振り向きもできず、日織は滝壺を見つめた。

湧き立つような水。けして浮かび上がれないだろう、そのうねり。

「月白！」

虚しく空を掻《か》く指先は、悠花にしっかりと体を抱かれているので、それより遠くへは届かない。月白を呑み込んだ水のうねりに触れることすらできず。

「……月白」

指先から力が抜けた。同時に全身からも力が抜け、両手がだらりと落ちる。水飛沫と雨が睫《まつげ》にたまり、したたり、視界が滲む。全身が冷たい。水の落ちる轟音《ごうおん》が全身を圧迫するようだ。

「わたしは」

声がこぼれる。

「救えなかった」

両手で顔を覆う。

体の奥底から、突如何かがこみあげる。

（お姉様！　お姉様！　わたしは、また、また！）

また、救えなかった。

可愛いと思っていた、ずっと大切に護っていこうと思っていた者を、救えなかった。

大好きだった宇預《うよ》も。可愛らしくてたまらなかった、月白も。日織が愛し、愛してくれた者を、みすみす失った。無力感が力を奪う。

激しい雨に打たれながら全身が濡れ冷えていくのに、頬に次々流れる涙だけが熱い。

胸の奥からこみあげてきた何かと、頭の中にあるものが衝突し、ごちゃごちゃになる。

自分の中にあるあらゆる思いと記憶がかき乱され、混ざり合い、自分の体の輪郭すら知覚できないほど混乱した。

淡海も、采女も舎人たちも棒立ちだった。彼らは石にでもなったかのように、激しい雨音と雨の紗幕の向こうでただ灰色の影になった。

目の前には渦巻く水。頭の上からは、たたきつけるような激しい水音。

背後から、悠花が日織を抱く。

「泣かないで」

「救えなかった、わたしは、もう」

「まだ救える」

「救えなかった！」

拒絶の声をあげた。

泣きながら、自分を笑う声が出る。

「もう」

「もう……」

心がねじ切られるような痛み。悲鳴をあげたいのに、その声すら痛みに呑み込まれる。雨に打たれ、滝の飛沫にさらされ、ずぶ濡れになったまま、時が止まったかのようだった。

日織は混乱し、後悔と哀《かな》しみが胸の中で暴れて、自分の脚には二度と力が入らないと思えた。望みもなにもかもこのときは消えて、頭の中は真っ白だった。

ただ心には、月白と。その名だけがこだましている。

自分の中で誰かが、もう終わったな、と囁いているような気がした。

(わたしは救いたいと望みながら。誰も救えない。卑怯《ひきょう》に生き延び、ただ愛《いと》しい人たちが消えていくのを見るだけ)

顔を覆った掌《て》の下で言葉がこぼれる。

「わたしには、救えない。何者になったとしても、きっと今と同じことを繰り返す」

ふいに、日織を背後から抱く者の腕に力がこもった。

「まだ救える。居鹿と──わたしを救って」

救って。

請《こ》う言葉が、混乱した胸に響いた。真っ直ぐに。

「救って、日織」

呼ばれている。

混乱の極みの中で、請う声が鋭い一筋の針のように日織の中に刺さる。

救って。

誰も、今まで日織に言わなかった一言だった。

初めて請われ、ふいに意識が冴《さ》える。

今まで日織は、救いたいと思っていた。しかしそれはただ日織だけの思いで、しょせん自分勝手な思いだったのだ。そんなものは己の中に一撃が走れば、脆《もろ》く崩れて当然のもの。

しかし救ってと請われることは、誰かの思いが日織の中に流れ込むこと。

流れ込んだものが、ばらばらになりそうだった日織の内部をつなぎ止める。

(救って、と？　わたしに)

背後から日織を抱いた悠花が、優しく囁く。

「救える者と救えない者がある。哀しいけれど、現実だね。けれどだからといって、これから救えるかも知れない者を放り出さないで。あなたは神に問うのだろう。あなたには問いたいことがたくさんあるはず」

悠花の声は静かで落ち着いている。

「それが月白のためにもなる、などとは言わない。あなたの亡《な》くなったお姉様のためになる、とも言わない。月白は救えなかった。あなたのお姉様も救えなかった。それは事実で彼女たちの苦痛も死も変わらない。けれどそれ以外は、まだなんとかできるかもしれない。あなたは、わたしたちを救えるかもしれない」

宇預の死も月白の死も、彼女たちの苦痛も、それを救えなかった日織の無力も、変えることなどできない。その容赦のない事実を突きつけられながら、それに続く言葉が耳にこだまする。

まだ、と。

悠花は、まだと言っている。

「わたしたちのために、あなたは皇尊になれ。あなたは龍鱗を見つけた。望みは目の前だ。立って、日織。龍道へ。それであなたの願いが叶《かな》う。そしてわたしたちは救われる」

顔を覆った指の隙間から、飛沫に濡れる岩が見えた。岩と岩の間から必死に顔を出しているのは、月草。鮮やかに濡れる緑の葉に、その花の色は白。

これほど雨に打たれているのに月草は花弁を開いていた。雨粒は容赦なく打ち付けているのに、それでも花は開いている。

（白の月草。こんなところに）

月白に見つめられている気がした。

「日織。わたしたちを救って」

体を背後に強く引かれ、うねる水ばかり見えていた視界が反転し、濡れそぼった美しい青年の顔が間近になった。片膝立ちになった悠花の膝に、日織は背を預けて抱えられている。雨が直接、頬に額に瞳に降りかかる。白い光が悠花の背後で瞬《また》く。稲妻だ。

悠花の手が、日織の頬に触れた。

「救えなかった」

「知っている」

「それでも、わたしに」

悠花は頷く。

「あなたに、わたしたちは望む。救って欲しいと」

「わたしは救えるか？　まだ」

「わからない」

悠花は淡々と答える。

「だが、わたしたちを救えるとしたら、あなただけ。神に挑み、問うと決意した、あなただけだ」

かがみ込むと、息がかかるほど間近で悠花が囁く。

「請う。救って、吾背子《わがせこ》」

無意識に手を伸ばし、悠花の頬に触れていた。

「吾妹子《わぎもこ》」

悠花が微笑む。美しい笑みだった。

(護らなければ。救わなければ。——まだ)

すまなかった月白、と。降り続く雨音のように胸の中に声が響き続けるが、それでも日織はまだ、絶望することは許されない。この妻を娶ったから。

絶望して妻の願いを無視することはできない。それは月白の願いを無視するのと同様の行為で、日織の中で許されない罪悪だ。卑怯にも生き延び、周囲を欺き、神を恨んで生きてきたのは、なんのためか。

「日織」

雨音にかき消されるような、弱々しい空露の声がした。視線を巡らせると、空露が遷転透黒箱を胸に抱え、悠花の傍らに膝をついているのを認めた。瞳には不安がはっきりと見て取れた。感情を律することを得意とする彼でも、動揺を隠せない。

空露は期待している。無慈悲に恋を奪った現実を憎み、それに膝を折るのを良しとせず、ともに不遜《ふそん》な望みを抱き、二十年もの長きにわたって傍らにいた彼だ。空露もけして口にしたことはなかったが、日織に言いたい一言は常にあったはず。

救って欲しい、と。

皇尊となれる者は限られている。その中で空露の望みを叶え、彼の憎悪《ぞうお》を和らげ救えるのは、彼の周囲には日織だけだったのだから。

ただ空露自身の望みを日織に託すのを、彼は日織を利用しているように感じてもいる。だからこそ躊躇《ちゅうちょ》する。救って欲しいと言えない。結局のところ、空露は心優しい男なのだ。だからこそ宇預が恋したのだ。

（わたしは優しくなどない。自分の思いだけにとらわれ続けて、ここまで来たのだから、自分しか見えていない身勝手な人間なのだ。しかしだからこそ、この身勝手が誰かの願いと同じなら、身勝手を通すべきなのだ）

己を奮い立たせる。何があろうと望みを叶えるのだと。

「空露」

声に力は戻らなかったが、それでもはっきりと命じられた。

「龍道へ行く。準備を」

涙を流しながらでも、這《は》ってでも、日織は行かなければならない。

「龍道へ」

悠花の頬に添えていた手を彼の肩へと移すと、悠花は察してくれたらしく日織の体を引き起こす。支えられるようにして立ちあがると、足もとがぐらつく。悠花の肩に手をかけたまま体を支え、背後の滝をふり返る。

（月白）

身を投げる寸前の月白の笑顔を思い出す。

――日織様。皇尊になって。

声が聞こえた気がした。あの瞬間、彼女が口にした言葉を日織は半分も意識できていなかったが、今ようやく意味を持ってその言葉が聞こえた。

（月白）

再び涙が溢《あふ》れる。

どれほど、月白は苦しんで生きていたのだろうか。日織よりももっと、苦痛に満ちて生きていたに違いない。

もっともっと愛してやりたかった。日織の秘密をうちあけ、共有し、苦痛や恐怖や屈辱をわずかでも和らげてやれれば良かった。

それができなかった。ならばせめて今、月白が望むことをしたい。

彼女は望んだのだ、日織の御代が来ることを。

一歩踏み出すと体が傾《かし》いだ。悠花の手が日織の体を支える。

空露が先に立ち、大殿へと歩きながら、雨音を突き通す声で告げた。

「皇尊となるべく選ばれたのは、日織皇子！　他に御位に即くべき者はない。人は日織皇子を選んだ。後は地大神《ちのおおかみ》が選ぶのみ。日織皇子は今より入道する」

雷鳴が轟《とどろ》く。

異様な状況なのは確かだった。龍鱗は見つかったものの、皇尊候補の二人のうち一人が、皇尊候補の妻を斬《き》りつけ、八虐の一つを犯し捕らえられた。その斬られた妻すらも身を投げた。

「このような時に、入道など。せめて真尾《まなお》と左右大臣の到着を待ち、しかるべき後に」

雨にさらされ、白い肌がさらに白さを増した淡海皇子が、震え声をあげる。

淡海に迫るように歩みながら、空露は抱えていた遷転透黒箱を両手に捧《ささ》げ持ち、それを証《あかし》のように見せつけた。なめらかで光沢のある黒い水晶の箱の表面に、激しく雨粒が跳ね乱れる。空露は強い声で言う。

「龍鱗を見つけた者が皇尊。そうと決められていたはず。なにが問題でしょうか」

「不津王が」

「全《すべ》ては日織皇子が龍鱗を手に入れた後のこと。何が起ころうと、日織皇子が龍鱗を手に入れた事実とは関わりはなし」

底光りする目で、空露は淡海を睨《にら》む。遷転透黒箱を、さらに高く目の位置に掲げた。

「龍鱗を見つけ手に入れた日織皇子こそが、入道すべき者。それで良しと決めたのは、先の皇尊。そして今、日織皇子は入道を望まれている。誰がそれを止められる」

恐れおののいたか、淡海が大殿へと後ずさりし、集まる采女や舎人たちは、どう振舞うべきかわからないらしく身を寄せ合っている。

さらに空露が声を張った。

「道を空けよ！　日織皇子が入道する！」

三

白杉《しらすぎ》の辛いような香りが湿気に混じり、神域を満たす護領山《ごりようさん》。その最高峰祈峰《きほう》に拓《ひら》かれた祈社は、静寂を持って常としているが、この夜明けからにわかに慌《あわ》ただしくなった。

龍稜から飛来した鳥が、一つの知らせをもたらしたのだ。

龍鱗が見つかった。見つけたのは日織皇子。大祇《おおぎ》真尾は急ぎ龍稜に参られよ、と。そうしたためられた淡海皇子からの文を、鳥は運んで来た。

真尾は護領衆三人を供につけ、馬を駆った。いつもであれば大祇の威儀を示すために輿《こし》で移動するが、文の筆致から、急ぐと察せられたからだった。

さらに、神職ならではの予感があったからかもしれない。

胸騒ぎともいえる、何か。

祈社から平地へと続く山道には、左右から木々の枝葉が張り出している。それらの枝葉は水を含み、頭上すれすれまで垂れ下がっているものもある。馬の蹄《ひづめ》はぬかるむ泥を撥《は》ね、黒い袴《はかま》の裾《すそ》にまで泥が散った。

真尾の皮衣にしたたる水滴が、馬の速度で背後に流れる。常になく急ぐ大祇に、追従の護領衆の一人が、目に入る雨粒のために顔をしかめながら大声で問う。

「真尾様、なぜそのように急がれます」

手綱を握り視線を薄暗い山道へ向けたまま、答えた。

「わからぬ」

「龍鱗が見つかれば、もう心配ないのでは」

「その通りだ。しかし、なぜか……心が騒ぐ」

□□□

同じ頃、龍稜を囲む広い草原の中央。真っ直ぐに敷かれた一本道に、供一人のみを連れて馬を走らせる造多麻呂《つくりのたまろ》の姿があった。彼はどうせ濡れると言って、妻がすすめる皮衣を着ることなく右宮を出てきた。気が急《せ》いていた。

日織皇子が龍鱗を見つけたと知らせが来ると、多麻呂は少しでも早く龍稜へ行こうと馬を準備させたのだ。急ぎ龍稜に来いという、淡海皇子の言葉など不要だった。彼は知らせを聞いただけで、とにかくまず龍稜へ行こうと思ったのだから。

口もとに笑みがこぼれる。

皇尊候補の中で、多麻呂は日織皇子が皇尊になるのを望んでいた。不津王は左大臣阿《あ》知穂足《ちのほたり》の義理の息子で、山篠皇子は不津王の父。どちらにしろ穂足の身内で、二人のどちらが御位に即こうとも、穂足が増長するのは目に見えていた。

若い多麻呂にとって、穂足は厄介な存在だ。職分が違うため衝突することはないが、龍ノ原の実権を握っているに等しい振る舞いをすることがある。実際、皇尊も大祇も、太政大臣《おおまつりのおとど》も、実務に関わらない。政《まつりごと》を司《つかさど》るのは左右の大臣で、その左右で職分を分けて専横を食い止めている。にもかかわらず、穂足は多麻呂が若年なのを良いことに、こちらの職分にも口を出しがち。

これが皇尊外戚《がいせき》となれば、もはや増長は止められまい。

日織皇子には、そのようなしがらみがない。

宮にこもりがちで、一族の者たちとも親しく接しない変わり者の皇子ではあるが、それはそれで良い。地大神に認められ、龍ノ原の頂にあり、央大地《ひさしだいち》を鎮《しず》める重しであるのだから、その地位にあり大地を鎮めてくれさえすれば良い。

夜が明けたものの、龍稜の影に入った道は暗い。雨脚は変わらず激しい。

（まずは、殯雨《もがりあめ》が止《や》んでくれれば良い）

黒い影となって、覆い被《かぶ》さってくるような威圧感で迫る龍稜を見上げた。すると龍稜から、游気《ゆうき》を刺す角音《かくおん》が高く響いているのに気づく。

「角打《つのう》ち？　凶事か？」

思わず口に出す。龍鱗が見つかったのではなかったのか？　と、疑問と不安が生じる。

龍鱗が見つかったのは吉事のはずだが、なぜ角音がするのだろうか。

（なぜだ）

夜明け前の薄闇に響く破邪の音を聞きながら、ふと思う。

（殯雨は本当に止むのか？）

日織皇子が龍鱗を見つけたのだから、皇子が皇尊として即位すれば程なく殯雨は止む。

それはわかっているはずなのに、角音と、全身を濡らし体に張り付く衣の不快感が不安を大きくした。あまりの雨の激しさと、時折空を裂いて龍稜を青白く照らす稲妻のせいで、この荒れ狂っているものが止むとは思えない。

□□□

阿知穂足は焦り、従者を怒鳴りつけながら馬に飛び乗り左宮を出た。

(なぜ不津様ではないのだ！)

苛立《いらだ》っていた。

龍稜から突然やってきた舎人が、淡海皇子からの伝言だとして、急ぎ龍稜に参られよと伝えた。龍鱗が見つかった、と。それを聞いた瞬間小躍りしそうになったが、続く言葉で血の気が引いた。

龍鱗を見つけたのは、日織皇子である、と。

馬に乗り慣れない穂足は、馬に焦《じ》れて、馬が不機嫌に首を振る。それを必死で抑えて轡《くつわ》をとる従者に、早く進めと当たり散らした。被った皮衣は瞬く間に水を吸って重くなり、頭を押さえつけられるような不快さ。

(娘を二人も妻に差し上げたのに)

それによって穂足は皇尊の一族と縁を結んだ。これで娘の夫たる不津王が皇尊となれば、自分は皇尊の義父である。皇尊の一族の血は流れていなくとも、その一族に等しい尊い者となれる。

穂足は皇尊の一族に幼い頃から憧《あこが》れた。女たちは末席の者でさえ龍の声を聞き、男たちは宮を与えられ尊称をもって呼ばれて生きる。羨《うらや》ましかった。その一族と近い場所で生きたかった。

（不津様は、なにをしておられたのだ）

不津は目端の利《き》く人物だ。けして日織皇子に出し抜かれはしないと思っていたのに、なにかがあったに違いない。

（何が）

焦りとともに、ふいに背筋に悪寒が走る。そのとき雷鳴が轟き、悪寒と轟音に穂足は首をすくめた。彼の耳は角音に似た何かを拾ってはいたが、気にとめずにいた。

それでも感じていた。何かがあったと。

□□□

居鹿は東殿の母屋《もや》の端に座って外を見ていた。開いた枢戸《くるるど》の敷居のところで、簀子縁《すのこえん》の向こうに見える灰色の空ばかり見上げる。傍らに杣屋がいた。目を覚ました彼女は楡宮が空になっているのに驚き、人を探して歩き回り、居鹿を見つけたらしい。

杣屋が言うには、悠花の姿もないという。

北殿にいるとばかり思っていた悠花がいないと聞いて、居鹿はにわかに不安になった。居鹿は杣屋に、杣屋が気を失っている間に起こった事の顚末《てんまつ》を話した。彼女は険しい顔をしたものの、すぐにあきらめたように溜息《ためいき》をつき「悠花様はおそらく、日織様といらっしゃるのでしょう」と言い、「お待ちしましょう」と居鹿の隣に腰を据えたのだ。

二人とも、軒端《のきば》から間断なく垂れて欄干に跳ねる雨粒と、その向こうで光る稲妻を見つめていた。冷たい風が吹いて雨粒を無秩序に乱し続け、空は暗い灰色のままだったが、ものの輪郭や景色が薄ぼんやりとだが見えてくる。

しばらく前から角打ちの音が響いていた。何かがあったとは察したが、居鹿も杣屋も、その場を動けなかった。無闇《むやみ》に動き回らず、日織が戻ってくるのを待つのが良いと冷静に判断した部分もあるが、その実、不安が大きく動けなかったのだ。

舎人たちが両手にたずさえた鹿角《かづぬ》を、頭の上にあげ打ち合わせ、それを膝下《ひざした》に降ろしそこで打ち合わせ、また頭上にあげて打ち鳴らす。その動きを繰り返す角打ちの音。単調でありながら重なり合うと、その音が真実、龍稜にある不吉な何かを追い立てようとしている感があった。

庭にある楝《おうち》の木に居鹿は目を移す。常ならけぶるような淡い紫の花を咲かせているはずなのに、殯雨が続く今は、葉と葉のあいだに微かに白い蕾《つぼみ》が見えるのみ。

夜が明けたようだったが、殯雨の降る世界はなお暗い。

響く角音が怖かった。

「日織様は、龍鱗を見つけたと仰《おつしや》ったんです」

居鹿はぽつりと口にした。

「日織様が即位なさいますよね？」

杣屋にそう聞いてしまったのは、自分が何かを怖がっているからだと居鹿は感じた。日織が龍鱗を見つけたのは間違いないはずなのに、なぜこれほど怖くて心配なのか。

杣屋は居鹿の肩を抱き寄せてくれた。彼女も、何かの不安を紛らすために、居鹿を抱き寄せたような気がした。

「即位なさいますよね？　龍鱗を見つけたのだから」

重ねて問う。

「入道があるわね」

「それが終われば、即位なさるのでしょう？」

「そう。無事に終われば」

杣屋は暗い空に視線を据えていた。何かを祈るように。

□□□

ちりちりと喉《のど》が痛む。

龍道は炭を焼いた窯《かま》のように、常に異様に乾いている。日織を筆頭に、ほとんどの者は濡《ぬ》れそぼったままで暗い龍道に入ったが、歩む毎《ごと》に全身にまといつく水滴が温まった。

日織の、泥と血で汚れた衣からしたたる雫も途切れた。

手灯《てあかり》を持った采女を先頭に、日織、空露、悠花と続く。その後ろから淡海。そして采女と舎人が数人追従する。

龍道に角音は聞こえず、歩む人の足音と衣擦《きぬず》れの音ばかりが大きく響く。

常に灯されている灯りが、左右の岩壁に等間隔に並ぶ。その間を抜けると、最奥《さいおう》に巨大な黒い枢戸――地睡戸《ちのねむりと》が立ちはだかる空間。戸の左右には燈台が置かれて炎が揺れ、正面には鍵《かぎ》を安置した宝案《ほうあん》がある。

采女が二人で宝案を脇《わき》へと移動させ、鍵を淡海に手渡す。

青錆《あおさび》の浮いた鍵は、掌《てのひら》には収まりきらない大きさだった。淡海はそれを手に地睡戸の前に進み出て、舎人の助けを借りながら錠前に鍵を差し込み、ひねる。金属音とともに錠前が外れ、舎人がそれを受け取って下がる。

舎人三人がかりで閂《かんぬき》が抜かれた。

神域を示す縄が掛けられていたが、それも采女の手によって外された。

「鍵は開いた。入道を願う」

恐れるように地睡戸から後ずさりした淡海は、顔を伏せて告げた。采女も舎人も壁際《かべぎわ》に寄り、その場に跪《ひざまず》き叩頭《こうとう》する。

一歩、日織は地睡戸に近づく。

戸の隙間《すきま》から鋭く熱い風が、真っ正面に吹き付けた。

(熱い)

封印を解いたからだろうか。吹き付ける風が常よりも熱を帯びているようだった。戸の向こう側はおそらくもっと熱いだろうが、その中へ入らねばならない。

そもそも――向こう側に何が待っているのか誰も知らない。知っているのは歴代の皇尊のみだが、誰一人それを語ったことはない。

問うときが来た。

宇預の亡骸《なきがら》の上を無慈悲に飛び去った龍の姿を見つめた幼いときから、ずっと神に問うてみたかったのだ。宇預が死ぬのは当然だったのか、と。これほど理不尽が横行する世を、神は良しとしているのか、と。

(もし神がわたしを認めれば、神は答えたことになるだろう。良しとはしていない、と。

それを変えようとすることを認めると）

怖かった。

問うのが怖いのではなく、現実に吹き付けてくる熱風の激しさが怖かった。それは生き物としての本能的な恐怖で、熱風の中に分け入れば無事ではいられないという、命の危険を察する恐怖。目を閉じ深く呼吸した。

「日織。大丈夫ですか」

空露の声に応《こた》えて目を開く。

「ああ。落ち着いているよ。それよりも」

日織はふり返ると、目配せして悠花を呼ぶ。近づいてきた彼も表情が硬い。日織は悠花の耳もとで、ごく小さな声で告げた。傍らの空露の他には、聞きとれないように。

「悠花。わたしはこれから、龍道に入る。ただ、わたしが神に認められるとは限らない」

「弱気な」

眉《まゆ》をひそめた彼に、日織は首を横に振る。

「可能性を言っているだけだ。その可能性がある。そしてもしそうなった場合は、その後を悠花に託したい」

「託すとは何を？」

「わたしが認められなかった場合は――、今度は悠花が入道しろ」

目を見開き、悠花は日織を見返す。

「何を言っている。わたしは」

「おまえは先代皇尊の皇子。本来であれば御位を継ぐべきは、悠花だった。それが人の思惑によってねじ曲げられているだけだとしたら、神は悠花を認めるはず」

「忘れていないか、日織。わたしは禍皇子《まがつみこ》だ」

細い声に、日織は淡々と返す。

「覚えている。ただ過去の芦火皇子《あしびのみこ》の例に怯《おび》えたのは人であり、神の判断を仰いだわけではない。ならば判断を仰ぎ、問え」

禍皇子と呼ばれる芦火皇子は、即位しようと龍道に入り、地大神に許されず焼かれた。それは彼が龍の声を聞く皇子であったからだと古《いにしえ》の人は考えたが、日織は違う。

その者が皇尊たるにふさわしくなかったからこその神の拒絶だと、考える。

生まれ落ちたその時に身につけていた能力、あるいは身につけていなかった能力は、ただの特性だ。容姿の違いや、走る速さの違いと同じ。そんなもので人の価値は決まるはずなく、だからこそ神はそんなもので判断をするとは考えない。

ただ、もし、それをもって神々が判断するというのであれば、それこそ日織は神を軽蔑《けいべつ》する。そのような神に生かされる大地など、海に沈んで滅べば良い。

そう考えるからこそ、自らの命を懸けて問う。

滅べば良いと軽蔑するほど憎むためには、自らも相応の覚悟をもって神の真意を確かめなければならない。

「人々が怯え試さなかったことを、おまえが試すんだ」

「命を賭《と》してか」

「わたしも、命を賭す」

悠花は言葉に詰まったようだ。低く呻《うめ》くとしばらく沈黙し、再び口を開く。

「神が認めても、重臣たちが認めまい。今更。不津王もいる」

「不津か」

日織は首を横に振った。彼がこれからどのような処遇となるかはわからないが、彼の望む道が断たれているのだけは確かだった。

「不津は八虐の一つを犯したのだ。それを皇尊に選ぶことはまずない。となれば、おまえしかいない。入道して神に認められたら、自らの身分を明かせば良い。悠花は先代皇尊の皇子で、入道を終えていれば誰も文句は言えないはず。しかも先代皇尊の遺言である条件、龍鱗すら既に手に入れたのだから」

「龍鱗を手に入れたのは、日織だ」

「遷転透黒箱の蓋《ふた》を閉じたのは、悠花だ。見つけたのはわたしかも知れない。しかし手に入れたのは、わたしか悠花、どちらになると思う？　蓋をして、閉じ込めた。それは悠花の手による」

驚愕《きょうがく》したらしく、悠花は「あっ」と小さく声を出す。

「だから。だから、あなたはわたしを、あの場に呼んでいたのか」

頷《うなず》いた。

最初から日織は、自らが龍道で焼かれる可能性を考慮していた。自分の望みが叶わなかった時は、自分の代わりに望みを叶えてくれる者を、と。

「わたしは、女だ。遊子であることはともかく、女であることで神に拒絶される可能性は大きい」

生まれ出たときにもちえる特性によって、人の価値は決まらない。神もそのようなものを考慮しないとは考えたい。

しかし男と女という生き物としての違いは、明確に存在する。優劣ではなく、生き物としての存在そのものの違いだ。

女は子を産むが男は産まない。そんな生き物として決定的な差が、神が望む皇尊の条件に組み込まれている可能性はある。皇尊は男でなければならないと、神の口から聞いた者はいない。だとしても、古代から延々と男ばかりが皇尊の位に即《つ》いたのは、それなりの理由があるかもしれない。

そうだとしても日織は問うてみたかったのだ。そしてもし神が、女を皇尊と認めなくとも、神すらも欺《あざむ》き通してやりたいと幼い心に思ったのだ。

「だが悠花は、男。皇尊の皇子だ。龍の声を聞く以外は、わたしよりも随分、認められる可能性は大きいと思う」

言葉をなくしたような悠花から空露へと、日織は目を移す。

「空露。もしわたしが龍道で焼かれたとわかったら、そのときはおまえが、悠花を入道させるようにその場を整えろ。淡海の大叔父を殴り倒しても良い」

「心得ました」

空露は冷静だ。彼も日織と同様に二十年を過ごしていたのだから、日織の思惑も、それが必要なことも承知している。覚悟をする時間は、日織も空露も充分すぎるほどあったのだ。

「頼むよ、悠花」

肩に触れると、ようやく悠花は小さく息を吐き、頷く。

「承知した。あなたに命を賭して問えと言いながら、己が逃げることはできまいね」

「悠花が皇尊になれば、全てが丸く収まるがな。あなたは血統正しい皇尊となり、男として生きられる。龍ノ原の人々も重臣たちも喜ぶはず。見たこともない、女の皇尊が立つよりは」

悠花は無言で、おもむろに日織の前に跪き彼女の腰の長紐《ながひも》に手をかけた。一旦《いったん》その結び目を解くと、再びゆっくりと思いを込めるように結びなおし、立ちあがる。

日織の口もとがゆるむ。

帯の紐を結ぶのは、妻から夫への無事を祈るまじない。

「誰がなにを望もうと、わたしは――吾背子が皇尊の御位に即くことを望む」

真《ま》っ直《す》ぐで美しい悠花の瞳《ひとみ》に見据えられ、日織は笑えた。

「わたしは良い妻を持った」

きびすを返す。

「往《ゆ》く」

声を張った。

空露はその場に膝をつくが、悠花はしっかりと日織の背中に視線を据えたまま立っていた。その強い視線を感じる。

一歩、一歩。地睡戸に近づく。未知の暗闇そのものが形になり、立ちふさがっているような巨大な黒い戸。取るに足りない人の存在など、一瞬で炭に変えるだろうと思わせる威圧感。

吹き付ける熱風は触れると眉をひそめたくなるほど熱い。それでも怯《ひる》まず歩を進め、戸に手をかけた。両開きの戸には、黒金の取っ手がついている。それに両手を当てる。

じわりと熱い。吹き付ける熱風に比べればなんと言うこともないが、それでもこの黒金を暖める熱源の強さを思うと、体が躊躇《ためら》う。

(往かなければ)

一度目を閉じ、深呼吸する。

(不津よ。悪いが、おまえに御位はやれない、けして)

日織が御位に即けなくとも、悠花がいる。自分の後に託すべき相手がいることが、頼もしい。自分が果たせなくとも、自分やその他の人の思いは果たされるだろうと。

(お姉様。空露。月白。居鹿――悠花)

まじないのように心の中で唱える。

ここまで来られた。

あとは問うのみ。神に。

少し力を込めて引くと、戸はなめらかに開く。

踏み込んだ、一歩。烏皮履《くりかわのくつ》の足裏が熱い。

熱風が全身を襲った。

□□□

日織が地睡戸を開いた瞬間、向こう側に見えたのはただの真っ暗闇だった。一歩、日織が中へ入ったと思うと、戸がまるで意思をもったもののように突然閉じた。跪き、あるいは顔を伏せていた者たちが、その音にはっと視線をあげたほど。

(日織)

空露はその音に何かを断ち切られたような気がして、息が詰まり、目を閉じる。

断ち切られたのはこの場所までともに歩んできた日織との、何かだろうか。

(ここまで連れてきてしまった、日織を)

宇預の亡骸を目《ま》の当たりにした、たった七つだった日織の衝撃を抱き留めたあの日。その傷の深さに心を痛めた。しかし少年だった空露もまた彼女と同様、どうしようもない傷を抱えたのだ。

だから、日織の不遜な望みを諫《いさ》めきれなかった。それどころか一緒にそれを望んでしまった。守り役としても護領衆としても、許されざることに。

罪深いとわかっていたが、それでも望んだ。宇預を失った苦痛を紛らすように、護領衆ながら神を憎み世を憎み、全てを謀《たばか》ろうと画策した。しかも謀った全ては空露ではなく、日織が背負うにもかかわらず。

(申し訳ありません、日織)

この二十年を思えばどうしようもない罪悪感を覚える。しかしもう一度やり直す機会が与えられたとしても、空露は必ず同じことを繰り返すだろう。そうしなければ、いられないだろう。

日織に全てを背負わせるかわりに空露ができるのは、彼女の望むとおりにしてやることだ。ここまで来た日織が、今、彼に託した望みはたった一つ。

日織が即位できなかった時は、悠花を入道させること。

(必ず)

目を開き、無表情のまま地睡戸を見つめる。

(なにがあろうと、日織の望みを叶えます)

□□□

悠花は両手の拳《こぶし》を握り、日織が消えた地睡戸を見上げていた。

(戻って来い、日織)

励ますように心の中で繰り返す。

(わたしは、皇尊になろうなどと考えたこともないのに。託されても迷惑だ。だから、戻って来るのだ)

悠花と日織は、おなじように世間を欺き生き延びてきた。同じく鬱屈《うっくつ》したものを抱えていただろうが、悠花はただ苛立つばかりで、それ以上は考えたことがなかった。日織は違っていたのだ。

苛立ち、憎み、龍ノ原の現実をひっくり返すのを望み続けた。そんな大それたことを考えた。悠花に言わせれば莫迦《ばか》だ。自らの境遇を憎み悲しんで、それを変えるために現実をひっくり返すのを望むなど、誇大妄想だ。莫迦なことだ。大人しく苛立ち、己を哀れみ、うつうつと隠れ過ごせば、生きるだけは生きられるのに。

（けれど日織は莫迦なことを望んだ）

それだけ日織は、勇敢だったのだろう。

きつく目を閉じた悠花の瞼《まぶた》に、月白が最後の瞬間に見せた哀しい笑顔が浮かぶ。その瞳は縋《すが》る者の色をしていた。

彼女は可愛い人だった。賽《さい》を振ってはしゃいでいたり、頬を膨らませたり、日織に甘えたり。そんな様子を見るのは微笑《ほほえ》ましかった。可愛らしい妹ができたような気すらしていた。あんなに可愛らしく無邪気に見えたのに、本当は、悠花や日織以上に苦しんでいた。そして最後の最後に縋ったのは、日織のつくるだろう未来なのだ。

最後の瞬間の月白は、心から、日織が皇尊となることだけを望んだはずだった。

日織は、月白や悠花や、空露の願い、さらには亡くなった宇預皇女の無念、それら全てのものを預けられ、それを自分の望みと重ねて受け止めた。全てが、今、日織に背負わされ、託される。それを思うと胸が苦しい。

(月白も、わたしも、空露も。ただ、日織に請うのみなのだ。何もできない)

静寂が落ちる。

長い、長い、静寂。

誰も微動だにしない。

(日織。どうした、日織。日織!)

暗闇に燈台の炎が揺れ、巨大な黒い戸が立ちふさがるだけ。

物音一つない。

――聞け!

突き刺さるような鋭い声がした。

思わず周囲に目を向けたのは、その場では悠花のみだった。誰もが地睡戸を見つめている。悠花にしか聞こえていない、これは龍の声。一族の女はこの場にいない。

――聞け。

――聞け。

――聞け！

幾重にも重なる声は、今まで聞いたことがない。異様だ。

龍が騒ぎ、声をあげている。

――聞け！

――聞け！

（これは、なんだ!?）

全身がそそけ立つ。いても立ってもいられなかった。この場を離れるのは躊躇われたが、それでも龍がこれほど騒ぐのを確かめずにはおれない。日織は龍道に入っているのだ。その状況で龍が騒ぐのは、どういうわけか。

（まさか、日織の身が）

龍の姿を求めて、悠花は走り出した。空露がはっと不安な顔で悠花を見たが、それに応じる余裕もなく、暗闇の中にある抜け道へと向かった。

細い隧道《ずいどう》を抜けると、懸造《かけづく》りの回廊へ出た。

出た途端に強い風が、龍稜の麓《ふもと》から岩肌を舐《な》めるように吹きあがってくる。

——聞け！

破邪の角音は止んでいた。そのかわりに聞こえた声は、龍稜の頂から響く。回廊の欄干に駆け寄り、濡れたそれを摑《つか》むと身を乗り出して頂を見上げた。龍がいた。大きな龍だ。しかも一頭ではない。

いつか大殿の上に現れたのよりも、さらに三倍ほど大きな龍が、五頭。薄い灰色の雲に爪《つめ》を立て、それを足がかりにして蹴《け》あがり、くるりと身を返しうねり、また蹴あがり。互いに互いを追い、遊ぶように、大きなゆるい渦を描いていた。

龍たちは髭《ひげ》をそよがせ、銀の鱗《うろこ》がきらり、きらり、光る。

はっとした。

(光!?)

龍たちの鱗が光るのは薄い光が反射しているからだ。雲の切れ間があり、そこから日の光が射《さ》している。周囲を見て、自分の手もとを見て、悠花は息をのむ。

摑んだ欄干は濡れているが——殯雨が止んでいた。

軒端から落ちる雫に、光が射して輝いている。

――聞け。

悠花の耳に声が響く。

力が抜け、彼はその場に膝をついた。

――皇尊、即位。

【参考文献】

『日本服飾史　女性編　風俗博物館所蔵』／井筒雅風著／光村推古書院
『日本服飾史　男性編　風俗博物館所蔵』／井筒雅風著／光村推古書院
『図解日本の装束』／池上良太著、新紀元社編集部編／新紀元社
『ビギナーズ・クラシックス　日本の古典　万葉集』／角川書店編／角川ソフィア文庫
『図説日本文化の歴史３　奈良』／黛弘道著／小学館
『古代史復元９　古代の都と村』／金子裕之著／講談社
『日本の歴史３　飛鳥・奈良時代　律令国家と万葉びと』／鐘江宏之著／小学館

※奈良県立万葉文化館の展示および、同館が毎月発行されている「よろずは」も参考にしています。

本書は新潮文庫のために書き下ろされた。

小野不由美著

月の影　影の海（上・下）
―十二国記―

平凡な女子高生の日々は、見知らぬ異界へと連れ去られ一変した。苦難の旅を経て「生」への信念が迸る、シリーズ本編の幕開け。

小野不由美著

屍　鬼（一～五）

「村は死によって包囲されている」。一人、また一人、相次ぐ葬送。殺人か、疫病か、それとも……。超弩級の恐怖が音もなく忍び寄る。

小野不由美著

残　穢
山本周五郎賞受賞

何かが畳を擦る音、いるはずのない赤ん坊の泣き声……。転居先で起きる怪異に潜む因縁とは。戦慄のドキュメンタリー・ホラー長編。

上橋菜穂子著

精霊の守り人
野間児童文芸新人賞受賞
産経児童出版文化賞受賞

精霊に卵を産み付けられた皇子チャグム。女用心棒バルサは、体を張って皇子を守る。数多くの受賞歴を誇る、痛快で新しい冒険物語。

上橋菜穂子著

狐笛のかなた
野間児童文芸賞受賞

不思議な力を持つ少女・小夜と、霊狐・野火。森陰屋敷に閉じ込められた少年・小春丸をめぐり、孤独で健気な二人の愛が燃え上がる。

畠　中　恵　著

しゃばけ
日本ファンタジーノベル大賞優秀賞受賞

大店の若だんな一太郎は、めっぽう体が弱い。なのに猟奇事件に巻き込まれ、仲間の妖怪と解決に乗り出すことに。大江戸人情捕物帖。

和田竜著
村上海賊の娘（一〜四）
本屋大賞・親鸞賞・吉川英治文学新人賞受賞
信長vs.本願寺、睨み合いが続く難波海に敢然と向かう娘がいた。壮絶な陸海の戦いが幕を開ける。木津川合戦の史実に基づく歴史巨編。

宮部みゆき著
模倣犯
芸術選奨受賞（一〜五）
邪悪な欲望のままに「女性狩り」を繰り返し、マスコミを愚弄して勝ち誇る怪物の正体は？　著者の代表作にして現代ミステリの金字塔！

宮部みゆき著
ソロモンの偽証
―第I部　事件―（上・下）
クリスマス未明に転落死したひとりの中学生。彼の死は、自殺か、殺人か――。作家生活25年の集大成、現代ミステリーの最高峰。

伊坂幸太郎著
重力ピエロ
ルールは越えられるか、世界は変えられるか。未知の感動をたたえて、発表時より読書界を圧倒した記念碑的名作、待望の文庫化！

伊坂幸太郎著
ゴールデンスランバー
山本周五郎賞受賞
本屋大賞受賞
俺は犯人じゃない！　首相暗殺の濡れ衣をきせられ、巨大な陰謀に包囲された男。必死の逃走。スリル炸裂超弩級エンタテインメント。

米澤穂信著
満願
山本周五郎賞受賞
磨かれた文体と冴えわたる技巧。この短篇集は、もはや完璧としか言いようがない――。驚異のミステリー3冠を制覇した名作。

古野まほろ著

R.E.D. 警察庁特殊防犯対策官室

総理直轄の特殊捜査班、女性6人の精鋭チームが謎のテロリスト〈勿忘草《ワスレナグサ》〉を追う。元警察キャリアによる警察ミステリの新機軸。

武田綾乃著

君と漕ぐ
—ながとろ高校カヌー部—

初心者の舞奈、体格と実力を備えた恵梨香、上位を目指す希衣、掛け持ちの千帆。カヌー部女子の奮闘を爽やかに描く青春部活小説。

月原　渉著

首無館の殺人

その館では、首のない死体が首を抱く——。斜陽の商家で起きる連続首無事件。奇妙な琴の音、動く首、謎の中庭。本格ミステリー。

王城夕紀著

青の数学

雪の日に出会った少女は、数学オリンピックを制した天才だった。数学に高校生活を賭す少年少女たちを描く、熱く切ない青春長編。

板倉俊之著

トリガー
—国家認定殺人者—

近未来「日本国」を舞台に、射殺許可法の下、正義のため殺《あや》めることを赦されし者が弾丸を放つ！　板倉俊之の衝撃デビュー作文庫化。

京極夏彦著

文庫版
ヒトごろし（上・下）

人殺しに魅入られた少年は長じて新選組鬼の副長として剣を振るう。襲撃、粛清、虚無。心に翳を宿す土方歳三の生を鮮烈に描く。

道尾秀介著
向日葵の咲かない夏
終業式の日に自殺したはずのS君の声が聞こえる。「僕は殺されたんだ」。夏の冒険の結末は。最注目の新鋭作家が描く、新たな神話。

芦沢央著
許されようとは思いません
入社三年目、いつも最下位だった営業成績が大きく上がった修哉。だが、何かがおかしい。どんでん返し100%のミステリー短編集。

早見和真著
イノセント・デイズ
日本推理作家協会賞受賞
放火殺人で死刑を宣告された田中幸乃。彼女が抱え続けた、あまりにも哀しい真実――極限の孤独を描き抜いた慟哭の長篇ミステリー。

長江俊和著
出版禁止
女はなぜ〝心中〟から生還したのか。封印された謎の「ルポ」とは。おぞましい展開と、息を呑むどんでん返し。戦慄のミステリー。

又吉直樹著
劇場
大阪から上京し、劇団を旗揚げした永田と、恋人の沙希。理想と現実の狭間で必死にもがく二人の、生涯忘れ得ぬ不器用な恋の物語。

原田マハ著
楽園のカンヴァス
山本周五郎賞受賞
ルソーの名画に酷似した一枚の絵。秘められた真実の究明に、二人の男女が挑む！　興奮と感動のアートミステリ。

越谷オサム著

陽だまりの彼女

彼女がついた、一世一代の嘘。その意味を知ったとき、恋は前代未聞のハッピーエンドへ走り始める——必死で愛しい13年間の恋物語。

沢村　凜著

王都の落伍者
—ソナンと空人1—

荒れた生活を送る青年ソナンは自らの悪事がもとで死に瀕する。だが神の気まぐれで異国へ——。心震わせる傑作ファンタジー第一巻。

清水　朔著

奇譚蒐集録
—北の大地のイコンヌプ—

流れ歩く村《ヤイケシテコタン》に伝わる鬼の婚礼、変身婚《ヤイカラ・ウコレ》とは——。帝大講師・南辺《みなべ》田《だ》廣章《こうしょう》が大正の北海道で滅亡した村の謎を解く、民俗学ミステリ。

住野よる著

か「」く「」し「」ご「」と「

5人の男女、それぞれの秘密。知っているようで知らない、お互いの想い。『君の膵臓をたべたい』著者が贈る共感必至の青春群像劇。

重松　清著

きみの友だち

僕らはいつも探してる、「友だち」のほんとうの意味——。優等生にひねた奴、弱虫や八方美人。それぞれの物語が織りなす連作長編。

角田光代著

さがしもの

「おばあちゃん、幽霊になってもこれが読みたかったの?」運命を変え、世界につながる小さな魔法「本」への愛にあふれた短編集。

太宰　治著
人間失格
生への意志を失い、廃人同様に生きる男が綴る手記を通して、自らの生涯の終りに臨んで、著者が内的真実のすべてを投げ出した小説。

宮沢賢治著
新編　銀河鉄道の夜
貧しい少年ジョバンニが銀河鉄道で美しく哀しい夜空の旅をする表題作等、童話13編戯曲1編。絢爛で多彩な作品世界を味わえる一冊。

遠藤周作著
沈黙
谷崎潤一郎賞受賞

殉教を遂げるキリシタン信徒と棄教を迫られるポルトガル司祭。神の存在、背教の心理、東洋と西洋の思想的断絶等を追求した問題作。

藤沢周平著
橋ものがたり
様々な人間が日毎行き交う江戸の橋を舞台に演じられる、出会いと別れ。男女の喜怒哀楽の表情を瑞々しい筆致に描く傑作時代小説。

司馬遼太郎著
燃えよ剣
（上・下）

組織作りの異才によって、新選組を最強の集団へ作りあげてゆく"バラガキのトシ"――剣に生き剣に死んだ新選組副長土方歳三の生涯。

山本周五郎著
さぶ
職人仲間のさぶと栄二。濡れ衣を着せられ捨鉢になる栄二を、さぶは忍耐強く支える。友情を通じて人間のあるべき姿を描く時代長編。

新潮文庫最新刊

窪美澄著
トリニティ
織田作之助賞受賞

ライターの登紀子、イラストレーターの妙子、専業主婦の鈴子。三者三様の女たちの愛と苦悩、そして受けつがれる希望を描く長編小説。

村田喜代子著
エリザベスの友達

97歳の初音さんは、娘の顔もわからない。記憶は零れ、魂は天津租界で過ごしたまばゆい日々の中へ。人生の終焉を優しく照らす物語。

乾緑郎著
仇討検校

鍼聖・杉山検校は贋者《にせもの》だった!? 連鎖する仇討の呪縛に囚われた、壮絶な八十五年の生涯を描いた、一気読み必至の時代サスペンス。

八木荘司著
天誅の剣

その時、正義は血に染まった! 九段坂の闇討ちから安重根の銃弾まで、〈暗殺〉を軸に描きだす幕末明治の激流。渾身の歴史小説。

知念実希人著
久遠の檻
―天久鷹央の事件カルテ―

15年前とまったく同じ容姿で病院に現れた美少女、楯石希津奈。彼女は本当に、歳をとらないのか。不老不死の謎に、天才女医が挑む。

武田綾乃著
君と漕ぐ4
―ながとろ高校カヌー部の栄光―

ついに舞奈も大会デビュー。四人で挑むフォア競技の結果は――。新入生の登場など、新たなステージを迎える青春部活小説第四弾。

新潮文庫最新刊

三川みり著
龍ノ国幻想1
神欺く皇子
皇位を目指す皇子は、実は女！　一方、その身を偽り生き抜く者たち――命懸けの「嘘」で建国に挑む、男女逆転宮廷ファンタジー。

津野海太郎著
最後の読書
読売文学賞受賞
目はよわり、記憶はおとろえ、蔵書は家を圧迫する。でも実は、老人読書はこんなに楽しい！　稀代の読書人が軽やかに綴る現状報告。

石井千湖著
文豪たちの友情
文学史にその名の轟く文豪たち。彼らの人間関係は友情に留まらぬ濃厚な魅力に満ちていた。文庫化に際し新章を加え改稿した完全版。

野村進著
出雲世界紀行
―生きているアジア、神々の祝祭―
出雲・石見・境港。そこは「心の根っこ」につながっていた！　歩くほどに見えてくる、アジアにつながる多層世界。感動の発見旅。

髙山正之著
変見自在
習近平は日本語で脅す
尖閣領有を画策し、日本併合をも謀る習近平。ところが赤い皇帝の喋る中国語の70％以上は日本語だった！　世間の欺瞞を暴くコラム。

永野健二著
経営者
―日本経済生き残りをかけた闘い―
中内㓛、小倉昌男、鈴木敏文、出井伸之、柳井正、孫正義――。日本経済を語るうえで欠かせない、18人のリーダーの葛藤と決断。

イラスト　千景
デザイン　川谷康久（川谷デザイン）

龍ノ国幻想1

神《かみ》欺《あざむ》く皇《み》子《こ》

新潮文庫　み－60－11

令和三年九月一日発行

著者　三川《みかわ》みり

発行者　佐藤隆信

発行所　株式会社 新潮社

郵便番号　一六二―八七一一
東京都新宿区矢来町七一
電話 編集部(〇三)三二六六―五四四〇
読者係(〇三)三二六六―五一一一
https://www.shinchosha.co.jp

価格はカバーに表示してあります。

乱丁・落丁本は、ご面倒ですが小社読者係宛ご送付ください。送料小社負担にてお取替えいたします。

印刷・錦明印刷株式会社　製本・錦明印刷株式会社

ISBN978-4-10-180218-3 C0193